A JOGADA DO PRÍNCIPE

TÍTULO ORIGINAL *Prince's Gambit*
© 2013 C.S. Pacat
© 2015 "Chapter 9½" – C.S. Pacat
Todos os direitos reservados, incluindo o direito de reprodução de toda a obra ou parte dela, em qualquer formato. Esta edição é publicada mediante acordo com The Berkley Publishing Group, um selo da Penguin Publishing Group, uma divisão da Penguin Random House LLC.
© 2017 VR Editora S.A.
© 2023 VR Editora S.A. (2ª edição)

Plataforma21 é o selo jovem da VR Editora

DIREÇÃO EDITORIAL Marco Garcia
EDIÇÃO Thaíse Costa Macêdo
PREPARAÇÃO Isadora Próspero
REVISÃO Juliana Bormio de Sousa, João Rodrigues e Marina Constantino
COLABORAÇÃO Raquel Nakasone
ARTE DE CAPA © Studio JG
DESIGN DE CAPA Carolina Pontes
DIAGRAMAÇÃO DE CAPA Balão Editorial
PROJETO GRÁFICO E DIAGRAMAÇÃO DE MIOLO Pamella Destefi

Dados Internacionais de Catalogação na Publicação (CIP)
(Câmara Brasileira do Livro, SP, Brasil)

Pacat, C. S.
A jogada do príncipe / C. S. Pacat; tradução Edmundo Barreiros. – 2. ed. – Cotia, SP: Plataforma21, 2023. – (Príncipe Cativo ; 2)

Título original: Prince's gambit
ISBN 978-65-88343-43-2

1. Ficção histórica 2. Romance histórico I. Título II. Série.

22-137417   CDD-A823

Índices para catálogo sistemático:
1. Ficção: Literatura australiana A823
Henrique Ribeiro Soares – Bibliotecário – CRB-8/9314

Todos os direitos desta edição reservados à
VR EDITORA S.A.
Via das Magnólias, 327 – Sala 01 | Jardim Colibri
CEP 06713-270 | Cotia | SP
Tel. | Fax: (+55 11) 4702-9148
plataforma21.com.br | plataforma21@vreditoras.com.br

C. S. PACAT

A JOGADA DO PRÍNCIPE

VOLUME DOIS DA TRILOGIA **PRÍNCIPE CATIVO**

TRADUÇÃO Edmundo Barreiros

A jogada do príncipe é dedicado a todos os leitores
e fãs de *Príncipe Cativo*. Vocês tornaram
possível a continuação desta história.

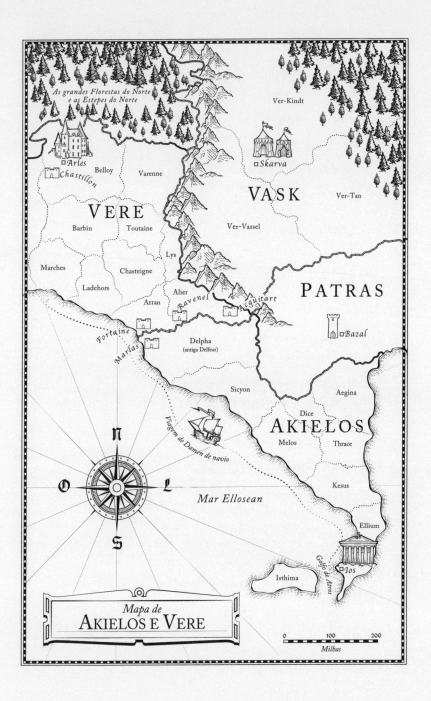

Personagens

Akielos

KASTOR, rei de Akielos
DAMIANOS (DAMEN), herdeiro do trono de Akielos
JOKASTE, uma dama da corte akielon
NIKANDROS, kyros de Delpha
MAKEDON, um comandante
NAOS, um soldado

Vere

A CORTE
O REGENTE de Vere
LAURENT, herdeiro do trono de Vere
NICAISE, escravizado de estimação do regente
GUION, senhor de Fontaine, membro do Conselho Veretiano e ex-embaixador em Akielos
VANNES, embaixadora em Vask
ANCEL, um escravizado de estimação

OS HOMENS DO PRÍNCIPE
GOVART, capitão da Guarda do Príncipe
JORD
ORLANT
ROCHER
HUET
AIMERIC

LAZAR, um dos mercenários do regente, agora lutando com os homens do príncipe

PASCHAL, um médico

EM NESSON
CHARLS, um mercador
VOLO, um jogador trapaceiro

EM ACQUITART
ARNOUL, um criado

EM RAVENEL
TOUARS, senhor de Ravenel
THEVENIN, seu filho
ENGUERRAN, capitão das tropas de Ravenel
HESTAL, conselheiro de lorde Touars
GUYMAR, um soldado
GUERIN, um ferreiro

EM BRETEAU
ADRIC, membro da pequena nobreza
CHARRON, membro da pequena nobreza

PATRAS
TORGEIR, rei de Patras
TORVELD, irmão mais jovem de Torgeir e embaixador em Vere
ERASMUS, seu escravizado

VASK
HALVIK, uma líder de clã
KASHEL, mulher de um clã

DO PASSADO
THEOMEDES, antigo rei de Akielos e pai de Damen
EGERIA, antiga rainha de Akielos e mãe de Damen
HYPERMENESTRA, antiga amante de Theomedes e mãe de Kastor
EUANDROS, antigo rei de Akielos, fundador da casa de Theomedes
ALERON, antigo rei de Vere e pai de Laurent
AUGUSTE, ex-herdeiro do trono de Vere e irmão mais velho de Laurent

Capítulo um

As sombras estavam compridas com o pôr do sol quando eles se aproximaram; e o horizonte, vermelho. Chastillon era uma única torre imponente, um volume arredondado e escuro contra o céu. Era enorme e antigo, como os castelos distantes ao sul, Ravenel e Fortaine, construídos para resistir a um cerco agressivo. Damen observou a vista, preocupado. Ele achou impossível olhar para o que se aproximava sem ver o castelo em Marlas, aquela torre distante flanqueada por vastos campos vermelhos.

— É região de caça — disse Orlant, confundindo a natureza de seu olhar. — Desafio você a uma corrida até lá.

Ele não disse nada. Não estava ali para correr. Era uma sensação estranha estar desacorrentado e cavalgando com um grupo de soldados veretianos por vontade própria.

Um dia a cavalo, mesmo no ritmo lento das carroças, através de uma paisagem rural agradável no fim da primavera já era suficiente para julgar a qualidade de uma companhia. Govart fez muito pouca coisa além de permanecer sentado, uma forma impessoal acima da cauda agitada do cavalo musculoso. Mas quem quer que tivesse liderado esses homens os havia treinado para

C. S. PACAT

manter formação impecável durante o longo curso de uma marcha. A disciplina era um pouco surpreendente. Damen se perguntou se eles poderiam manter suas linhas em uma luta.

Se pudessem, havia motivo para esperança, embora, na verdade, sua fonte de bom humor tivesse mais a ver com o ar livre, a luz do sol e a ilusão de liberdade que veio ao receber um cavalo e uma espada. Nem mesmo o peso da coleira e dos braceletes de ouro no pescoço e nos pulsos podia diminuir isso.

Os criados domésticos tinham aparecido para encontrá-los, arrumados como estariam para a chegada de qualquer grupo significativo. Os homens do regente, que supostamente estavam baseados em Chastillon aguardando a chegada do príncipe, não podiam ser vistos em lugar nenhum.

Havia 50 cavalos para serem levados aos estábulos, 50 armaduras e arreios para serem soltos, e 50 lugares para serem preparados nos alojamentos – e isso eram apenas os soldados, sem os criados e carroças. Mas, no pátio enorme, o grupo do príncipe parecia pequeno, insignificante. Chastillon era grande o suficiente para engolir 50 homens como se esse número não fosse nada.

Ninguém estava armando tendas. Os homens iriam dormir nos alojamentos. Laurent iria dormir na fortaleza.

Laurent saiu da sela, tirou as luvas de montaria, enfiou-as no cinto e voltou a atenção para o castelão. Govart gritou algumas ordens, e Damen se viu ocupado com a amadura e os serviços e cuidados com o cavalo.

Do outro lado do pátio, dois cães alanos vieram correndo pelas escadas para se jogarem extaticamente sobre Laurent, que esfregou um deles atrás da orelha, causando um espasmo de ciúme no outro.

Orlant interrompeu a atenção de Damen.

– O médico chamou você – disse ele, apontando com o queixo um toldo na outra extremidade do pátio, sob o qual era possível ver uma cabeça grisalha familiar. Damen largou o peitoral que estava segurando e foi.

– Sente-se – disse o médico.

Damen fez isso, com bastante cuidado, no único assento disponível, um banquinho de três pernas. O médico começou a desafivelar uma bolsa de couro trabalhado.

– Mostre-me suas costas.

– Elas estão bem.

– Depois de um dia na sela? De armadura? – disse o médico.

– Elas estão bem.

O médico disse:

– Tire a camisa.

O olhar do médico era implacável. Depois de um longo momento, Damen levou as mãos às costas e tirou a camisa, expondo a largura de seus ombros para o médico.

Elas estavam bem. Suas costas tinham curado o suficiente para cicatrizes terem substituído as feridas recentes. Damen esticou o pescoço para tentar dar uma olhada, mas, como não era uma coruja, não viu quase nada. Ele parou antes de ficar com dor no pescoço.

O médico remexeu em sua bolsa e pegou um de seus infinitos unguentos.

– Uma massagem?

– Essas são sálvias curativas. Isso deve ser feito toda noite. Vai ajudar que as cicatrizes desapareçam um pouco, com o tempo.

Aquilo era mesmo demais.

– É cosmético?

O médico disse:

– Me disseram que você ia ser difícil. Muito bem, quanto melhor isso curar, menos suas costas vão incomodá-lo pela rigidez, tanto agora quanto mais tarde em sua vida, de modo que você vai conseguir brandir melhor uma espada, matar muita gente. Disseram-me que você iria responder a esse argumento.

– O príncipe – disse Damen. Mas, claro, todo esse cuidado delicado com suas costas era como aliviar com um beijo o rosto vermelho em que se tivesse dado um tapa.

Damen ficou furioso por ele estar certo. Damen precisava ser capaz de lutar.

O unguento era fresco e perfumado e agia sobre os efeitos de um dia longo a cavalo. Um a um, os músculos de Damen relaxaram. Seu pescoço dobrou para a frente, seu cabelo caiu um pouco sobre o rosto. Sua respiração relaxou. O médico trabalhava com mãos impessoais.

– Não sei seu nome – admitiu Damen.

– Você não se lembra de meu nome. Você perdeu várias vezes a consciência na noite em que nos conhecemos. Mais uma ou duas chicotadas, e você talvez não tivesse sobrevivido.

Damen emitiu uma expressão de escárnio.

– Não foi tão mal.

O médico deu um olhar estranho para ele.

A JOGADA DO PRÍNCIPE

– Meu nome é Paschal – foi tudo o que ele disse.

– Paschal – disse Damen. – É a primeira vez que você viaja com tropas em campanha?

– Não. Eu era o médico do rei. Eu cuidei dos feridos em Marlas e Sanpelier.

Houve silêncio. Damen queria perguntar a Paschal o que ele sabia dos homens do regente, mas não disse nada, apenas segurou a camisa embolada nas mãos. O trabalho em suas costas continuou, lento e metódico.

– Eu lutei em Marlas – disse Damen.

– Eu imaginava que sim.

Outro silêncio. Damen observava o chão abaixo do toldo, terra batida em vez de pedra. Ele olhou para uma marca de trilha, para a borda rasgada de uma folha seca. As mãos em suas costas foram erguidas e finalmente terminaram.

Do lado de fora, o pátio estava esvaziando; os homens de Laurent eram eficientes. Damen se levantou e sacudiu a camisa.

– Se serviu ao rei – disse Damen. – Por que agora serve à casa do príncipe, e não a seu tio?

– Os homens se encontram nos lugares onde eles mesmos se colocam – disse Paschal, fechando bruscamente a bolsa.

◆ ◆ ◆

Ao voltar ao pátio, ele não pôde se apresentar a Govart, que tinha desaparecido, mas encontrou Jord dirigindo o tráfego.

– Você sabe ler e escrever? – Jord perguntou a ele.

– Sim, claro – disse Damen. Então parou.

Jord não percebeu.

– Quase nada foi feito para nos preparar para amanhã. O príncipe diz que nós não vamos partir sem um arsenal completo. Ele também diz que não vamos atrasar a partida. Vá até a armaria oeste, faça um levantamento do estoque e o entregue àquele homem. – Ele apontou. – Rochert.

Como fazer um levantamento completo seria algo que duraria a noite inteira, Damen supôs que o que ele deveria fazer era conferir os registros existentes, que ele encontrou em uma série de livros encadernados em couro. Ele abriu o primeiro deles, à procura das páginas corretas, e sentiu algo estranho ao perceber que estava olhando para uma lista, de sete anos atrás, de armas de caça feitas para o príncipe herdeiro Auguste.

Preparado para sua alteza o príncipe herdeiro Augustus, uma guarnição de cutelaria para caça, um bastão, oito pontas de lança afiadas, arco e cordas.

Ele não estava sozinho na armaria. De algum lugar atrás das prateleiras veio a voz culta de um jovem cortesão dizendo:

– Vocês ouviram suas ordens, elas vêm do príncipe.

– Por que eu devo acreditar nisso? Você é seu escravo de estimação? – disse uma voz mais rouca.

E mais uma:

– Eu pagaria para ver isso.

E mais outra:

– O príncipe tem gelo nas veias. Ele não fode. Vamos receber ordens quando o capitão chegar, e ele mesmo nos disser.

A JOGADA DO PRÍNCIPE

– Como você ousa falar assim do príncipe? Escolha sua arma. Eu disse para escolher sua arma, agora.

– Você vai se machucar, filhote.

– Se você é covarde demais para... – disse o cortesão, e, antes que ele tivesse chegado ao meio da frase, Damen fechou a mão em torno de uma das espadas e saiu andando.

Ele fez a curva bem a tempo de ver um dos três homens uniformizados do regente se preparar, socar e acertar o cortesão com força no rosto.

Mas o cortesão não era um cortesão. Era o jovem soldado cujo nome Laurent mencionara secamente a Jord. *Mande os criados dormirem com as pernas fechadas. E Aimeric.*

Aimeric cambaleou para trás e atingiu a parede. Encostado, deslizou meio caminho até o chão enquanto abria e fechava os olhos com piscadas estupefatas. De seu nariz escorria sangue.

Os três homens viram Damen.

– Isso vai calá-lo – disse Damen com justiça. – Por que vocês não param por aí, e eu o levo de volta ao alojamento?

Não foi o tamanho de Damen que os deteve. Não foi a espada que ele segurava despreocupadamente na mão. Se aqueles homens quisessem mesmo se meter em uma luta, havia espadas suficientes, peças de armadura arremessáveis e estantes tortas para transformar aquilo em algo longo e absurdo. Mas quando o líder dos homens viu a coleira de ouro de Damen, ele estendeu o braço e deteve os outros.

E Damen entendeu, nesse momento, exatamente como as coisas seriam naquela campanha: os homens do regente no topo;

Aimeric e os homens do príncipe, alvos, porque não tinham ninguém com quem reclamar, exceto Govart, que bateria neles também. Govart, o capanga favorito do regente, mandado ali para manter em xeque os homens do príncipe. Mas Damen era diferente. Damen era intocável, porque tinha uma linha direta de comunicação com o príncipe.

Ele esperou. Os homens, sem disposição para desafiar abertamente o príncipe, optaram pela discrição: o que tinha atingido Aimeric balançou a cabeça devagar, e os três se retiraram enquanto Damen os observava partir.

Ele se voltou para Aimeric, notando sua bela pele e seus pulsos elegantes. Era comum que os filhos mais jovens da nobreza buscassem uma posição na Guarda Real para tentar fazer um nome para si. Mas, pelo que Damen tinha visto, os homens de Laurent eram de um tipo mais duro. Aimeric estava provavelmente tão deslocado em meio a eles quanto aparentava.

Damen estendeu a mão, que Aimeric ignorou ao se levantar.

– Quantos anos você tem? Dezoito?

– Dezenove – disse Aimeric.

Em torno do nariz esmagado, havia um rosto aristocrático de bela estrutura óssea, sobrancelhas de belas formas, cílios compridos escuros. Ele era mais atraente de perto. Era possível notar uma boca bonita, mesmo pingando sangue do nariz.

Damen disse:

– Nunca é uma boa ideia começar uma luta. Em especial contra três homens, quando você é do tipo que é derrubado com um soco.

A JOGADA DO PRÍNCIPE

– Se eu caio, eu torno a me levantar. Não tenho medo de ser atingido – disse Aimeric.

– Que bom, porque se você insistir em provocar os homens do regente, isso vai acontecer muito. Jogue a cabeça para trás.

Aimeric olhou fixamente para ele, com a mão sobre o nariz, cheia de sangue.

– Você é o escravo de estimação do príncipe. Já ouvi tudo sobre você.

Damen disse:

– Se você não vai inclinar a cabeça para trás, por que não procuramos Paschal? Ele pode dar a você um unguento perfumado.

Aimeric não se mexeu.

– Você não aguentou as chicotadas como um homem, abriu a boca e reclamou com o regente. Você pôs as mãos sobre ele. Cuspiu em sua reputação. Aí tentou fugir, e ele ainda interveio a seu favor, porque nunca abandonaria um membro de sua casa à regência, nem mesmo alguém como você.

Damen tinha ficado bem imóvel. Ele olhou o rosto jovem e ensanguentado do rapaz e lembrou a si mesmo de que Aimeric estivera disposto a levar uma surra de três homens para defender a honra de seu príncipe. Ele chamaria isso de uma paixão equivocada, mas vira o brilho de algo similar em Jord, em Orlant e até mesmo, de seu próprio jeito tranquilo, em Paschal.

Damen pensou no estojo de marfim e ouro que guardava uma criatura enganadora, egoísta e não confiável.

– Você é muito leal a ele. Por que isso?

– Eu não sou um cão akielon traidor – disse Aimeric.

C. S. PACAT

◆ ◆ ◆

Damen entregou o levantamento do estoque para Rochert, e a Guarda do Príncipe começou a tarefa de preparar armas, armaduras e carroças para a partida na manhã seguinte. Era trabalho que deveria ter sido feito antes de sua chegada pelos homens do regente. Mas dos 150 homens do regente designados para marchar com o príncipe, menos de duas dúzias apareceram para ajudá-lo.

Damen se juntou ao trabalho, onde era o único homem a cheirar, de modo caro, a unguentos e canela. O único problema que permanecia nas costas de Damen era o fato de que o castelão havia ordenado que se apresentasse à fortaleza quando terminasse.

Depois de aproximadamente uma hora, Jord o abordou.

– Aimeric é novo. Ele falou que não vai acontecer outra vez – disse Jord.

Vai acontecer outra vez, e assim que as duas facções neste acampamento começarem a retaliar uma contra a outra, a campanha estará acabada. Mas ele preferiu dizer:

– Onde está o capitão?

– O capitão está em uma das baias, enterrado no cavalariço – disse Jord. – O príncipe está esperando por ele no alojamento. Na verdade... Me mandaram dizer a você que fosse buscá-lo.

– No estábulo – disse Damen. Ele olhou fixamente para Jord sem acreditar.

– Antes você que eu – disse Jord. – Procure por ele nos fundos. E, quando terminar, apresente-se na fortaleza.

A JOGADA DO PRÍNCIPE

Era uma grande caminhada através de dois pátios desde o alojamento até o estábulo. Damen torceu para que Govart tivesse acabado quando ele chegasse, mas, é claro, ele não tinha acabado. O estábulo continha todos os ruídos baixos feitos por cavalos à noite, mas, ainda assim, Damen ouviu antes de ver: os sons delicados e rítmicos vindos, como Jord previra, dos fundos.

Damen comparou a reação de Govart por ser interrompido com a de Laurent por ser mantido esperando. Ele empurrou e abriu a porta da baia.

Lá dentro, Govart estava claramente fodendo o cavalariço contra a parede dos fundos. A calça do garoto estava em um monte amassado sobre a palha, perto dos pés de Damen. Suas pernas nuas estavam bem afastadas, e sua camisa estava aberta e levantada nas costas. Seu rosto estava apertado contra a forração rústica de madeira e era mantido no lugar pelo punho de Govart em seu cabelo. Govart estava vestido. Ele tinha desamarrado a própria calça apenas o suficiente para tirar o pau.

Govart parou o suficiente para olhar para o lado e dizer:

– O que foi? – antes de continuar, deliberadamente. O cavalariço, ao ver Damen, reagiu diferente e se contorceu.

– Pare – disse o cavalariço – Pare. Não com alguém vendo...

– Calma. É só o escravo de estimação do príncipe.

Govart puxou a cabeça do cavalariço para trás para dar ênfase. Damen disse:

– O príncipe quer falar com você.

– Ele pode esperar – disse Govart.

– Não, não pode.

C. S. PACAT

– Ele quer que eu tire o pau por ordem dele? E vá visitá-lo com a pica dura? – Govart exibiu os dentes em um sorriso. – Você acha que essa história de ser especial demais para foder é só um teatro, e que ele na verdade é só um sedutor que quer pica?

Damen sentiu a raiva se acomodar em seu interior, um peso tangível. Ele reconheceu um eco da impotência que Aimeric devia ter experimentado na armaria, exceto que ele não era um novato de 19 anos que nunca tinha visto uma luta. Seus olhos passaram impassivelmente pelo corpo semidespido do cavalariço. Ele percebeu que em um momento ia devolver a Govart naquela baia pequena e empoeirada tudo o que ele merecia pelo estupro de Erasmus.

Ele disse:

– Seu príncipe lhe deu uma ordem.

Govart parou o que estava fazendo e empurrou o cavalariço para longe, irritado.

– Merda, não consigo gozar com tudo isso... – disse enquanto se guardava outra vez. O cavalariço cambaleou alguns passos, suspirando.

– O alojamento – disse Damen, e recebeu o impacto do ombro de Govart contra o dele quando o homem saiu.

O cavalariço olhava fixamente para Damen, respirando com dificuldade. Ele estava apoiado contra a parede com uma das mãos; a outra estava entre as pernas com uma modéstia furiosa. Sem palavras, Damen pegou a calça do garoto e a jogou para ele.

– Ele devia me pagar um sol de cobre – disse, carrancudo, o cavalariço.

Damen disse:

– Eu vou falar com o príncipe.

◆ ◆ ◆

Então era hora de se apresentar ao castelão, que o conduziu escada acima e por todo o caminho até o quarto de dormir. Não era tão ornamentado quanto os aposentos do palácio em Arles. As paredes eram de pedras grossas lavadas. As janelas eram de vidro fosco, cobertas por treliças. Com a escuridão lá fora, elas não ofereciam vista. Em vez disso, refletiam as sombras do quarto. Um friso de folhas de parreira percorria o aposento. Havia um consolo de lareira esculpido, fogo sobre um braseiro, e lampiões e tapeçarias nas paredes. E, ele percebeu com uma sensação de alívio, as almofadas e sedas de um estrado separado de escravizado. A opulência pesada da cama dominava o aposento.

As paredes em torno da cama eram cobertas por painéis de madeira escura entalhada, retratando uma cena de caça com um javali espetado no pescoço pela ponta de uma lança. Não havia sinal do brasão azul e dourado de estrela. As cortinas eram vermelhas.

Damen disse:

– Esses são os aposentos do regente. – Havia algo desconfortavelmente transgressor na ideia de dormir no lugar que era do tio de Laurent. – O príncipe fica aqui com frequência?

O castelão confundiu-se, achando que ele estava falando da fortaleza, não do quarto.

– Não muito. Ele e o tio vinham muito juntos no primeiro e segundo anos depois de Marlas. Quando cresceu, o príncipe perdeu o gosto pelos passeios aqui. Ele agora vem só raramente a Chastillon.

Por ordens do castelão, os criados lhe levaram pão e carne, e ele comeu. Eles limparam os pratos e trouxeram um belo jarro com cálice e deixaram, talvez por acidente, a faca. Damen olhou para a faca e pensou sobre o quanto ele teria dado por um descuido desses quando estava preso em Arles: uma faca que ele pudesse pegar e usar para abrir caminho para fora do palácio.

Ele se sentou para esperar.

Sobre a mesa à sua frente, havia um mapa detalhado de Vere e Akielos, cada montanha e pico, cada cidade e fortaleza meticulosamente registrados. O rio Seraine serpenteava para o sul, mas ele já sabia que eles não estavam seguindo o rio. Ele pôs o dedo em Chastillon e traçou um caminho possível até Delpha, para o sul através de Vere, até chegar à linha que marcava os limites de seu próprio país, todos os nomes de lugares escritos chocantemente em veretiano: *Achelos, Delfeur*.

Em Arles, o regente enviara assassinos para matar o sobrinho. Tinha sido morte no fundo de uma taça envenenada e na ponta de uma espada. Isso não era o que estava acontecendo ali. Junte duas companhias rivais, ponha-as sob um capitão intolerante e partidário e entregue o resultado a um príncipe comandante novato. Esse grupo ia se fazer em pedaços.

E provavelmente não havia nada que Damen pudesse fazer para impedir que isso acontecesse. Aquela seria uma viagem que

A JOGADA DO PRÍNCIPE

desintegraria o moral; a emboscada que seguramente os esperava na fronteira iria devastar uma companhia já desorganizada, arruinada por lutas internas e liderança negligente. Laurent era o único contrapeso contra o regente, e Damen iria fazer tudo o que prometera para mantê-lo vivo, mas a grande verdade sobre aquela viagem à fronteira era que parecia ser um último lance em um jogo que já havia terminado.

Qualquer que fosse o assunto que Laurent tinha com Govart, ele o ocupou até tarde da noite. Os sons da fortaleza silenciaram, o adejar das chamas na lareira tornou-se audível.

Damen sentou e esperou, com as mãos frouxamente entrelaçadas. Os sentimentos que a liberdade – a ilusão de liberdade – provocava nele eram estranhos. Ele pensou em Jord, em Aimeric e em todos os homens de Laurent trabalhando a noite inteira para se preparar para partir pela manhã. Havia criados domésticos na fortaleza, e ele não estava ansioso pela volta de Laurent. Mas enquanto esperava nos aposentos vazios, com o fogo tremulando na lareira, com os olhos passando pelas linhas cuidadosas do mapa, ele teve a consciência, que raramente tivera durante o cativeiro, de estar sozinho.

Laurent entrou, e Damen se levantou de seu assento. Orlant podia ser visto à porta, atrás dele.

– Você pode ir. Não preciso de guarda na porta – disse Laurent.

Orlant balançou a cabeça afirmativamente. A porta se fechou.

Laurent disse:

– Guardei você para o fim.

Damen disse:

– O senhor deve um sol de cobre ao cavalariço.

– O cavalariço devia aprender a cobrar seu pagamento antes de virar de quatro.

Laurent calmamente pegou o jarro e o cálice e se serviu de uma bebida. Damen não conseguiu evitar olhar para o cálice, lembrando a última vez que eles tinham ficado sozinhos juntos nos aposentos de Laurent.

Sobrancelhas pálidas se arquearam levemente.

– Sua virtude está segura. É apenas água. Provavelmente. – Laurent deu um gole, em seguida baixou o cálice, segurando-o com dedos refinados. Ele olhou para a cadeira, como um anfitrião poderia fazer ao oferecer um assento, e disse, como se as palavras o divertissem: – Fique à vontade. Você vai passar a noite aqui.

– Sem correntes? – disse Damen. – O senhor não acha que vou tentar partir, parando apenas para matá-lo na saída?

– Não até chegarmos mais perto da fronteira – disse Laurent. Ele retribuiu igualmente o olhar de Damen. Não havia som, apenas os estalidos e o crepitar do fogo abafado.

– O senhor tem mesmo gelo nas veias, não é? – disse Damen.

Laurent pôs cuidadosamente o cálice de volta na mesa e pegou a faca.

Era uma faca afiada, feita para cortar carne. Damen sentiu seu pulso acelerar quando Laurent se aproximou. Apenas algumas noites atrás, ele vira Laurent cortar a garganta de um homem, derramando sangue tão vermelho quanto a seda que cobria a cama em seu quarto. Ele sentiu um choque quando os dedos de Laurent tocaram os seus, apertando o cabo da faca em sua mão. Laurent segurou o pulso de Damen abaixo da algema de ouro, firmou a pegada e puxou a faca em sua direção, de modo que ela ficou apontada para seu próprio estômago. A ponta da faca pressionou levemente o azul-escuro de seu traje de príncipe.

– Você me ouviu mandar Orlant sair – disse Laurent.

Damen sentiu a mão de Laurent deslizar de seu pulso para seus dedos e apertar.

Laurent disse:

– Não vou perder tempo com poses e ameaças. Por que não resolvemos qualquer dúvida sobre suas intenções?

Ela estava bem posicionada, logo abaixo da caixa torácica. Tudo o que ele teria de fazer era empurrar e virar para cima.

Ele ficou muito irritantemente seguro de si ao provar que estava certo. Damen sentiu um desejo forte se abater sobre ele; não totalmente um desejo de violência, mas um desejo de enfiar a faca na compostura de Laurent, de forçá-lo a mostrar algo além de indiferença fria.

Ele disse:

– Tenho certeza de que há criados domésticos ainda acordados. Como eu sei que o senhor não vai gritar?

– Eu pareço ser do tipo que grita?

– Eu não vou usar a faca – disse Damen. – Mas, se está disposto a botá-la em minha mão, o senhor subestima o quanto eu quero isso.

– Não – disse Laurent. – Eu sei exatamente o que é querer matar um homem e esperar.

Damen recuou e baixou a faca. Seus dedos permaneciam apertados ao redor dela. Eles olharam nos olhos um do outro.

Laurent disse:

– Quando esta campanha terminar, acho que, se você for um homem, não um verme, vai tentar obter vingança pelo que lhe aconteceu. Eu espero isso. Nesse dia, nós jogamos os dados e vemos como saem. Até lá, você me serve. Permita-me, portanto, deixar uma coisa clara acima de tudo: eu espero sua obediência. Você está sob meu comando. Se se opuser ao que lhe mandarem fazer, vou ouvir argumentos razoáveis em particular, mas se você desobedecer a uma ordem depois de dada, eu o mando de novo para o pelourinho para ser chicoteado.

– Eu desobedeci a alguma ordem? – disse Damen. Laurent deu outro daqueles olhares longos e estranhamente penetrantes.

– Não – disse Laurent. – Você arrancou Govart do estábulo para realizar suas tarefas e resgatou Aimeric de uma briga.

Damen disse:

– Todos os seus outros homens vão trabalhar até o amanhecer para preparar a partida de amanhã. O que eu estou fazendo aqui?

Outra pausa, e então Laurent indicou a cadeira novamente. Dessa vez, Damen seguiu sua sugestão e se sentou. Laurent ocupou a cadeira em frente. Entre eles, sobre a mesa, todos os detalhes intricados do mapa estavam abertos.

– Você disse que conhecia o território – disse Laurent.

Capítulo dois

Muito antes de partirem na manhã seguinte, ficou óbvio que o regente escolhera o pior tipo de homem que pôde encontrar para mandar com o sobrinho. Era óbvio também o fato de que eles estavam posicionados em Chastillon para esconder da corte sua qualidade lamentável. Não eram nem soldados treinados, mas mercenários, a maioria deles lutadores de segunda e terceira classe.

Com uma ralé como aquela, o rosto bonito de Laurent não estava ajudando em nada. Damen ouviu uma dúzia de calúnias e insinuações maliciosas antes mesmo de encilhar seu cavalo. Não era surpreendente que Aimeric tivesse ficado furioso: até Damen, que não tinha nenhuma objeção a que os homens difamassem Laurent, estava ficando irritado. Era desrespeitoso falar assim de qualquer comandante. *Ele vai relaxar para a pica certa*, ouviu ele. Damen puxou com força demais a correia do cavalo.

Talvez estivesse mal-humorado. A noite anterior tinha sido estranha, sentado diante de um mapa em frente a Laurent, respondendo a perguntas.

O fogo ficara baixo na lareira, um braseiro quente. *Você disse que conhecia o território*, falara Laurent, e Damen se viu confrontado com uma noite dando informações táticas para um inimigo que ele podia enfrentar um dia, país contra país, rei contra rei.

E esse era o melhor resultado possível: partia do princípio de que Laurent iria derrotar o tio e que Damen iria voltar para Akielos e reclamar seu trono.

– Você tem alguma objeção? – perguntara Laurent.

Damen havia inspirado fundo. Um Laurent forte significava um regente enfraquecido, e se Vere fosse distraída por uma disputa familiar pela sucessão, isso só iria beneficiar Akielos. Que Laurent e o tio brigassem.

Devagar e com cuidado, ele começara a falar.

Eles conversaram sobre o terreno na fronteira e sobre a rota que tomariam para chegar até lá. Não cavalgariam em linha reta para o sul. Em vez disso, seria uma jornada de duas semanas para o sudoeste através das províncias veretianas de Varenne e Alier, uma trilha que circundaria a fronteira montanhosa vaskiana. Era uma mudança do caminho direto que tinha sido planejado pelo regente, e Laurent já havia enviado cavaleiros para informar as fortalezas. Laurent, pensou Damen, estava ganhando tempo, estendendo a viagem o máximo possível.

Eles conversaram sobre os méritos das defesas de Ravenel em comparação com as de Fortaine. Laurent não parecera demonstrar nenhuma inclinação para dormir. Não tinha olhado para a cama nenhuma vez.

Com o passar da noite, o príncipe trocara o comportamento contido por uma pose relaxada e jovial, erguendo um joelho

A JOGADA DO PRÍNCIPE

contra o peito e o envolvendo com um braço. O olhar de Damen foi atraído pela postura relaxada dos membros de Laurent, o pulso equilibrado sobre o joelho, os ossos compridos e finamente articulados. Ele estava consciente de uma tensão difusa, mas crescente, uma sensação quase como se ele estivesse esperando... esperando alguma coisa, sem saber ao certo o quê. Era como estar sozinho em um poço com uma serpente: a serpente podia relaxar; você, não.

Cerca de meia hora antes do amanhecer, Laurent se levantara.

– Acabamos por hoje – dissera ele brevemente. Em seguida, para surpresa de Damen, ele saíra para começar os preparativos matinais. Damen fora bruscamente informado de que seria convocado quando necessário.

O castelão o chamara algumas horas depois. Damen aproveitara a oportunidade para dormir um pouco, retirando-se determinadamente para seu estrado e fechando os olhos. Na próxima vez que viu Laurent, ele estava no pátio, usando armadura e parecendo relaxado e pronto para partir a cavalo. Se Laurent tinha dormido, não fora na cama do regente.

Houve menos atrasos do que Damen esperava. A chegada de Laurent antes do amanhecer, com suas observações arrogantes aguçadas por uma noite sem dormir, fora suficiente para ejetar os homens do regente de suas camas e colocá-los em algo semelhante a fileiras.

Eles partiram.

◆ ◆ ◆

Não houve nenhum desastre imediato.

Eles cavalgaram por campinas longas e verdes, perfumadas com flores brancas e amarelas. Govart, grosseiro e autoritário, ia à frente em um cavalo de batalha, e ao lado dele – jovem, elegante e dourado –, cavalgava o príncipe. Laurent parecia uma figura de proa – algo que chamava atenção, mas era inútil. Govart não tinha sido punido pelo atraso provocado pelo cavalariço. Nada tampouco acontecera com os homens do regente por fugirem ao seu dever na noite anterior.

Havia, no total, duzentos homens, seguidos por criados, carroças, suprimentos e cavalos adicionais. Não havia gado, como haveria no rastro de um exército maior em campanha. Aquela era uma tropa pequena com o luxo de várias paradas para reunir suprimentos no caminho até seu destino. Não havia prostitutas nem prostitutos seguindo o grupo.

Mas eles se estendiam por quase meio quilômetro devido aos retardatários. Govart mandou cavaleiros da dianteira voltarem até o fim da coluna para mandá-los se mexer, o que provocou um pequeno distúrbio entre os cavalos, mas nenhuma melhora perceptível no movimento à frente. Laurent observou tudo isso, mas não tomou nenhuma atitude.

Montar acampamento levou várias horas, o que foi tempo demais. Tempo desperdiçado era tempo roubado do descanso, e os homens do príncipe já tinham passado metade da noite anterior acordados. Govart dava ordens básicas, mas não ligava muito para trabalhos mais sutis nem para os detalhes. Entre os homens do príncipe, Jord era responsável pela maioria das responsabilidades de capitão, como fizera na noite anterior, e Damen recebia ordens dele.

Alguns homens do regente simplesmente trabalhavam duro porque havia trabalho a ser feito, mas era um impulso que se originava naturalmente, não por qualquer disciplina ou comando. Havia pouca ordem entre eles, e nenhuma hierarquia, de modo que um homem podia fazer corpo mole à vontade, sem repercussão além do ressentimento crescente dos outros ao seu redor.

Seriam duas semanas disso, com uma briga no fim. Damen cerrou os dentes, baixou a cabeça e prosseguiu com o trabalho que lhe haviam atribuído. Ele cuidou do cavalo e da armadura. Armou a tenda do príncipe. Transportou suprimentos e carregou água e lenha. Lavou-se com os homens. Comeu. A comida era boa. Algumas coisas eram bem-feitas. As sentinelas foram postadas rapidamente, assim como os batedores, e ficaram em posição com o mesmo profissionalismo dos guardas que o haviam vigiado no palácio. O local do acampamento era bem escolhido.

Ele estava caminhando pelo acampamento até Paschal quando ouviu Orlant do outro lado de uma lona.

– Você devia me contar quem foi, para que possamos cuidar disso.

– Não importa quem foi. Foi culpa minha. Eu disse a você. – A voz persistente de Aimeric era inconfundível.

– Rochert viu três homens do regente saindo da armaria. Ele disse que um deles era Lazar.

– Foi culpa minha. Eu provoquei o ataque. Lazar estava insultando o príncipe...

Damen deu um suspiro, se virou e saiu à procura de Jord.

– Talvez você devesse falar com Orlant.

– Por quê?

– Porque já o vi convencê-lo a não começar uma briga uma vez.

O homem com quem Jord estava falando deu um olhar desagradável para Damen depois que Jord saiu.

– Soube que você era bom em espalhar histórias. E o que vai fazer enquanto Jord interrompe essa luta?

– Ser massageado – respondeu Damen, sucinto.

Ele se apresentou, ridiculamente, a Paschal. E depois a Laurent.

A tenda era muito grande. Grande o suficiente para Damen, que era alto, caminhar livremente em seu interior sem ter de olhar nervosamente para o alto para evitar obstruções. As paredes de lona estavam cobertas de belos tecidos azuis e creme, entremeados de fios de ouro, e bem acima de sua cabeça o teto pairava suspenso em dobras ornamentais de seda.

Laurent estava sentado na área de entrada, que estava arrumada para visitantes, com cadeiras e uma mesa de recepção, muito parecida com uma tenda de campo de guerra. Ele estava falando com um dos criados de aparência mais desmazelada sobre armamentos. Só que não estava falando, mas basicamente ouvindo. Ele gesticulou para Damen entrar e esperar.

A tenda era aquecida com braseiros e iluminada ainda por velas. Em primeiro plano, Laurent continuava a falar com o criado. Atrás de um tabique, no fundo da tenda, ficava a área de dormir, um amontoado de almofadas, sedas e roupas de cama enroladas. E, enfaticamente separado, seu próprio estrado de escravizado.

A JOGADA DO PRÍNCIPE

O criado foi dispensado, e Laurent se levantou. Damen virou os olhos do leito para o príncipe, e encontrou um silêncio prolongado, o olhar frio e azul de Laurent sobre ele.

– Então? Sirva-me – disse Laurent.

– Servir? – perguntou Damen.

A compreensão veio aos poucos. Sentiu-se como na arena de treinamento, quando não quis se aproximar da cruz.

– Você esqueceu como? – indagou Laurent.

Ele disse:

– Da última vez, isso não acabou bem.

– Então sugiro que você se comporte melhor – disse Laurent.

O príncipe calmamente deu as costas para Damen e esperou. Os laços do traje externo brocado de Laurent começavam na nuca e desciam em linha reta pelas costas. Era ridículo... temer aquilo. Damen se aproximou.

Para começar a desamarrar o traje, ele precisava erguer os dedos e afastar para o lado as pontas do cabelo dourado, macio como pelo de raposa. Quando fez isso, Laurent inclinou muito de leve a cabeça, oferecendo um acesso melhor.

Era o dever normal de um criado pessoal vestir e despir seu mestre. Laurent aceitou o serviço com a indiferença de alguém há muito acostumado a isso. A abertura no brocado se alargou e revelou por baixo o branco de uma camisa, quente por ter sido apertada pelo pesado tecido externo e pela armadura. A pele de Laurent e a camisa eram exatamente do mesmo tom delicado de branco. Damen puxou o traje por cima dos ombros do príncipe e, apenas por um momento, sentiu sob as mãos a tensão dura e musculosa das costas de Laurent.

– Assim está bom – disse Laurent, afastando-se e jogando a roupa para o lado. – Vá e sente-se à mesa.

Sobre a mesa estava o mapa familiar, preso nas pontas por três laranjas e uma taça. Laurent se posicionou na cadeira diante de Damen, informal de calça e camisa. Ele pegou uma das laranjas e começou a descascá-la. Um canto do mapa se enrolou.

– Quando lutamos contra Akielos em Sanpelier, houve uma manobra que rompeu nosso flanco leste. Conte-me como isso funcionou – ordenou Laurent.

◆ ◆ ◆

De manhã, o acampamento acordou cedo, e Jord chamou Damen até o campo de treinamento improvisado ao lado da tenda da armaria.

Era, em teoria, uma boa ideia. Damen e os soldados veretianos eram proponentes de estilos diferentes, e havia muitas coisas que podiam aprender uns com os outros. Damen sem dúvida gostou da ideia de voltar à rotina de treinos, e se Govart não estava organizando treinamentos, uma reunião informal serviria no lugar.

Quando ele chegou à tenda da armaria, tirou um instante para examinar o local. Os homens do príncipe estavam treinando com espadas, e seus olhos avistaram Jord e Orlant, em seguida Aimeric. Não havia muitos homens do regente entre eles, mas um ou dois estavam lá, entre eles Lazar.

Não houvera explosão na noite anterior, e Orlant e Lazar estavam a menos de cem passos um do outro sem nenhum sinal de dano corporal, mas isso significava que Orlant tinha um

A JOGADA DO PRÍNCIPE

ressentimento que ainda não fora resolvido a contento – e quando Orlant parou o que estava fazendo e se aproximou, Damen se viu cara a cara com um desafio que devia ter previsto.

Ele pegou a espada de treino de madeira instintivamente quando Orlant a jogou para ele.

– Você é bom?

– Sou – disse Damen.

Ele podia ver pela expressão de Orlant qual era sua intenção. As pessoas começaram a perceber e interromper seu próprio treino.

– Isso não é uma boa ideia – disse Damen.

– É verdade, você não gosta de lutar – disse Orlant. – Prefere agir pelas costas das pessoas.

A espada era uma arma de treino, de madeira do cabo à ponta, com couro enrolado em torno do punho para dar firmeza. Damen sentiu seu peso na mão.

– Com medo de se exercitar? – perguntou Orlant.

– Não – disse Damen.

– Então qual é o problema? Não sabe lutar? – continuou Orlant. – Só está aqui para foder o príncipe?

Damen golpeou. Orlant defendeu, e logo eles estavam envolvidos em uma troca dura de golpes. Espadas de madeira não costumavam provocar golpes fatais, mas podiam machucar e causar fraturas. Orlant lutava com isso em mente: seus ataques não eram contidos. Damen, depois de lançar o primeiro golpe, agora cedia um passo de chão.

Era o tipo de luta que era feita em batalha – rápida e dura –, não em duelo, onde as primeiras trocas em geral eram exploratórias, cautelosas e hesitantes, especialmente quando o adversário era desconhecido. Ali, espada batia contra espada, e a saraivada de golpes detinha-se apenas momentaneamente, de vez em quando, para ser retomada com força outra vez.

Orlant era bom. Estava entre os melhores homens no campo, uma distinção que compartilhava com Lazar, Jord e um ou dois dos outros homens do príncipe – todos os quais Damen reconhecia de suas semanas de cativeiro. Ele imaginou que devia se sentir lisonjeado por Laurent ter posto seus melhores espadachins para vigiá-lo no palácio.

Fazia mais de um mês que Damen não usava uma espada. Parecia ter passado mais tempo desde o último dia que fizera isso, aquele dia em Akielos quando foi ingênuo o suficiente para pedir para ver o irmão. Um mês, mas ele estava acostumado a horas de treinamento duro diariamente, um programa iniciado na mais tenra infância, no qual um intervalo de um mês nada significava. Não tinha sido tempo suficiente sequer para os calos amaciarem.

Ele sentia falta de lutar. Algo profundo em seu interior se satisfazia ao se apegar à fisicalidade, ao se concentrar em uma arte, em uma pessoa, golpe e contragolpe em uma velocidade em que a lógica se transformava em instinto. Ainda assim, o estilo de luta veretiano era diferente o bastante para que os contragolpes não pudessem ser apenas automáticos, e Damen experimentou uma sensação em parte de alívio, em parte de pura diversão, mantendo-se cuidadosamente sob controle.

Um ou dois minutos depois, Orlant se afastou.

– Você vai lutar comigo ou não?

A JOGADA DO PRÍNCIPE

– Você disse que estava se exercitando – respondeu Damen de maneira neutra.

Orlant baixou a espada, deu dois passos para o lado na direção de um dos homens que assistiam, e puxou da bainha dele uma espada reta de aço polido de 70 centímetros, com a qual sem preâmbulos atacou com velocidade assassina o pescoço de Damen.

Não houve tempo para pensar. Não houve tempo para considerar se Orlant tinha a intenção de conter o golpe ou se queria mesmo partir Damen ao meio. A espada reta não podia ser desviada. Com o peso e o impulso de Orlant por trás, ela cortaria uma espada de treino de madeira com a mesma facilidade com que cortaria manteiga.

Damen se moveu mais rápido que o golpe da espada – sem parar, dentro do alcance de Orlant, e no segundo seguinte as costas de Orlant atingiram o chão, tirando com força o ar de seu peito, e a ponta da espada de Damen estava em sua garganta.

Em torno deles, a área de treinamento ficara em silêncio.

Damen recuou. Orlant se levantou devagar. Sua espada jazia no chão.

Ninguém falava. Orlant olhou da espada largada para Damen, então de volta para ela, mas fora isso não se mexeu. Damen sentiu a mão de Jord segurar seu ombro, e tirou os olhos de Orlant e os virou na direção que Jord indicou brevemente com o queixo.

Laurent chegara à área de treinamento e estava parado ali perto, junto da tenda da armaria a observá-los.

– Ele estava à sua procura – disse Jord.

Damen entregou a espada e foi até ele.

Ele caminhou pela grama alta. Laurent não fez nenhuma tentativa de encontrá-lo a meio caminho, apenas esperou. Uma brisa tinha começado. As bandeirolas da tenda tremulavam violentamente.

– Estava me procurando?

Laurent não respondeu, e Damen não conseguiu interpretar sua expressão.

– O que foi? – perguntou ele.

– Você é melhor que eu.

Damen não conseguiu evitar uma reação divertida, ou o olhar longo que desceu da cabeça de Laurent até seus pés e subiu de volta, o que foi provavelmente um pouco insultuoso. Mas, sério.

Laurent corou. A cor tomou seu rosto de modo intenso, e um músculo se tensionou em seu queixo quando um sentimento desconhecido foi ostensivamente reprimido. Não foi como nenhuma reação que Damen já vira dele, e ele não resistiu a incitá-la um pouco mais.

– Por quê? Você quer treinar? Podemos manter tudo amigável – disse ele.

– Não – respondeu Laurent.

O que quer que pudesse acontecer entre os dois depois disso foi evitado por Jord, que se aproximava por trás de Damen com Aimeric.

– Alteza. Desculpe, se precisar de mais tempo com...

– Não – disse Laurent. – Em vez disso, quero falar com você. Acompanhe-me até o acampamento principal.

Os dois saíram andando juntos, deixando Damen com Aimeric.

– Ele odeia você – disse Aimeric, animado.

No fim da cavalgada do dia, Jord foi procurá-lo.

A JOGADA DO PRÍNCIPE

Ele gostava de Jord. Gostava de seu pragmatismo e do senso de responsabilidade que ele claramente sentia em relação aos homens. Qualquer que fosse sua origem, ele tinha as características de um belo líder. Mesmo com todos os deveres adicionais que estava acumulando, ainda tivera tempo para fazer isso.

– Quero que saiba – começou Jord – que, quando chamei você para se juntar a nós esta manhã, não foi para dar a Orlant a chance de...

– Eu sei disso – disse Damen.

Jord balançou a cabeça lentamente.

– Sempre que quiser treinar, ficarei honrado em lutar com você. Sou muito melhor que Orlant.

– Também sei disso.

Jord deu a coisa mais próxima de um sorriso que Damen já tinha recebido dele.

– Você não foi assim tão bom quando lutou com Govart.

– Quando lutei com Govart – disse Damen –, meus pulmões estavam cheios de *chalis*...

Outro balanço lento da cabeça.

– Não sei ao certo como é em Akielos – disse Jord –, mas você não devia usar essa coisa antes de uma luta. Deixa seus reflexos mais lentos. Reduz sua força. Apenas um conselho de amigo.

– Obrigado – disse Damen, depois de um momento longo e prolongado.

◆ ◆ ◆

C. S. PACAT

Quando aconteceu, foi Lazar outra vez, e Aimeric. Era a terceira noite de viagem, e eles estavam acampados na fortaleza de Bailleux, uma estrutura dilapidada com um nome pomposo. Os alojamentos no interior eram tão miseráveis que os homens os evitaram, e até Laurent permaneceu em sua bela tenda em vez de passar a noite entre quatro paredes, mas havia alguns criados domésticos a serviço, e a fortaleza fazia parte de uma rede de suprimento que permitiu aos homens reabastecer.

Ninguém sabia como a luta começou, mas quando se deram conta, Aimeric estava no chão, com Lazar assomando sobre ele. Dessa vez, estava sujo, mas não sangrava. Foi azar ter sido Govart a intervir, o que ele fez puxando Aimeric com força e, em seguida, dando um tapa em seu rosto com as costas da mão por criar problema. Govart foi um dos primeiros a chegar, e quando Aimeric estava se levantando, esfregando o queixo, uma multidão respeitável já se reunia, atraída pelo barulho.

Foi azar ser tarde da noite e a maior parte do trabalho do dia ter terminado, o que dava aos homens tempo livre para se reunir.

Jord teve de segurar Orlant fisicamente, e Govart não ajudou ao mandar Jord manter seus homens na linha. Aimeric não estava ali para receber tratamento especial, disse Govart, e se alguém retaliasse contra Lazar, eles iam saber. Violência se espalhou pelos homens como óleo à espera de uma chama, e se Lazar tivesse feito um único movimento de agressão, ela teria se incendiado. Mas ele deu um passo para trás, e teve a bondade, ou o bom senso, de parecer preocupado em vez de satisfeito com o pronunciamento de Govart.

A JOGADA DO PRÍNCIPE

De algum modo, Jord conseguiu manter a paz, mas quando os homens se dispersaram, ele rompeu completamente a cadeia de comando e foi direto até a tenda de Laurent.

Damen esperou que ele saísse. Em seguida, respirou fundo e se dirigiu para a entrada.

Quando entrou na tenda, Laurent disse:

– Você acha que eu deveria repreender Lazar. Jord já me disse isso.

– Lazar é um espadachim decente e é um dos poucos homens de seu tio que trabalha de verdade. Acho que o senhor deveria repreender Aimeric.

– O quê? – perguntou Laurent.

– Ele é jovem demais. É atraente demais. Ele começa brigas. Ele não é a razão pela qual vim falar com você, mas como perguntou o que eu acho... Aimeric causa problemas, e qualquer dia desses ele vai parar de flertar com você e deixar que um dos homens o foda, e os problemas vão piorar.

Laurent absorveu a informação.

– Não posso repreendê-lo – disse Laurent. – O pai dele é o conselheiro Guion. O homem que você conheceu como embaixador em Akielos.

Damen o encarou. Ele pensou em Aimeric defendendo Laurent na armaria, com a mão em um nariz ensanguentado, e disse, com calma:

– E qual dos castelos da fronteira é controlado pelo pai dele?

– Fortaine – disse Laurent com a mesma voz.

– Você está usando um menino para ganhar influência com o pai?

– Aimeric não é uma criança atraída por uma guloseima coberta de mel. Ele é o quarto filho de Guion. Sabe que estar aqui divide a lealdade do pai. É em parte a razão de ele ter se juntado a mim. Ele quer a atenção do pai – explicou Laurent. – Se você não veio para falar de Aimeric, por que está aqui?

– Você me disse que, se eu tivesse preocupações ou objeções, ouviria meus argumentos em particular – disse Damen. – Vim aqui falar sobre Govart.

Laurent assentiu lentamente.

Damen relembrou os dias de disciplina relapsa. A luta daquela noite tinha sido a oportunidade perfeita para um capitão intervir e começar a tomar o controle dos problemas no acampamento, com punições escrupulosamente iguais e a mensagem de que a violência de qualquer grupo não seria tolerada. Em vez disso, a situação piorou. Ele foi franco.

– Sei que, por alguma razão, você está dando liberdade para Govart. Talvez espere que ele caia vítima dos próprios erros, ou que, quanto mais dificuldades ele cause, mais fácil seja dispensá-lo. Mas as coisas não estão se desenrolando assim. Agora, os homens estão ressentidos com ele, mas pela manhã estarão ressentidos com você por não ter comando sobre ele. Ele precisa ser submetido imediatamente à sua autoridade, e disciplinado por não seguir ordens.

– Mas ele está seguindo ordens – disse Laurent. Então, após a reação de Damen: – Não as minhas ordens.

Ele já tinha percebido isso, embora se perguntasse que ordens o regente teria dado a Govart. *Faça o que quiser e não escute meu sobrinho.* Provavelmente algo assim.

– Sei que você é capaz de colocar Govart sob controle sem que isso seja visto como um ato de agressão contra seu tio. Não

A JOGADA DO PRÍNCIPE

acredito que tema Govart. Se temesse, nunca teria me colocado contra ele no ringue. Se tem medo dele...

– Basta – disse Laurent.

Damen cerrou os dentes.

– Quanto mais isso durar, mais difícil vai ser recuperar seu moral com os homens de seu tio. Eles já falam do senhor como...

– Eu disse basta – repetiu Laurent.

Damen ficou em silêncio. Foi preciso muito esforço. Laurent o encarava de cenho franzido.

– Por que você me dá bons conselhos? – perguntou o príncipe. *Não foi por isso que me trouxe com você?* Em vez de falar isso em voz alta, Damen retrucou:

– Por que você não aceita algum deles?

– Govart é capitão e resolveu os assuntos de maneira satisfatória para mim – disse Laurent. Mas a expressão fechada não deixou seu rosto, e seus olhos estavam opacos, como se seus pensamentos tivessem se voltado para dentro. – Tenho de cuidar de negócios lá fora. Não vou precisar de seus serviços esta noite. Você tem minha permissão para se retirar.

Damen observou a partida de Laurent e só de leve experimentou a vontade de jogar coisas. Àquela altura ele já sabia que Laurent nunca agia de forma precipitada, mas sempre se retirava e dava a si mesmo tempo para ficar sozinho e pensar. Agora era hora de recuar e torcer.

45

Capítulo três

Damen não adormeceu rapidamente, embora tivesse instalações mais confortáveis que qualquer um dos soldados no acampamento. Seu estrado de escravizado era macio e coberto de almofadas, e ele tinha seda contra a pele.

Quando Laurent voltou, ele estava acordado e se ergueu parcialmente, sem saber se seus serviços seriam necessários. Laurent o ignorou. À noite, depois que as conversas deles terminavam, o príncipe geralmente não lhe dava mais atenção do que a um móvel. Esta noite, Laurent se sentou e escreveu um despacho à luz da vela sobre a mesa. Quando acabou, dobrou e lacrou o despacho com cera vermelha e um sinete que ele não usava no dedo, mas mantinha em uma dobra da roupa.

Depois disso, ele ficou ali sentado por algum tempo. Em seu rosto havia a mesma impressão introspectiva que ele usara mais cedo naquela noite. Por fim, Laurent se levantou, apagou a vela com a ponta dos dedos e, à meia-luz sombria dos braseiros, preparou-se para a cama.

◆ ◆ ◆

A manhã começou bem.

Damen se levantou e foi cuidar de seus afazeres. Fogos foram apagados, tendas foram embaladas e carregadas em carroças, e os homens começaram a se preparar para montar. O despacho que Laurent tinha escrito na noite anterior galopou para leste com um cavalo e um cavaleiro.

Os insultos proferidos não eram mal-intencionados, e ninguém foi jogado no chão, o que era o melhor que podia se esperar daquele grupo, pensou Damen enquanto preparava a sela.

Ele percebeu a presença de Laurent de viés, com seu cabelo claro e usando roupas de montaria de couro. Ele não era o único que prestava atenção a Laurent. Mais de uma cabeça se voltou na direção do príncipe, e alguns homens começaram a se reunir. Laurent tinha Lazar e Aimeric à sua frente. Sentindo o tremor de uma ansiedade vaga, Damen baixou a sela com que estava trabalhando e se aproximou.

Aimeric, que mostrava tudo no rosto, estava dando um olhar aberto de veneração e mortificação para Laurent. Era nitidamente uma agonia para ele estar sendo levado diante do príncipe por uma indiscrição. Lazar era mais difícil interpretar.

– Alteza, eu peço desculpas. Foi minha culpa. Não vai voltar a acontecer. – Isso foi a primeira coisa que Damen ouviu quando chegou ao alcance das vozes. Aimeric. É claro.

– O que o provocou? – perguntou Laurent em um tom casual.

Só então Aimeric pareceu perceber estar em uma situação perigosa.

– Não é importante. Só que eu estava errado.

– Não é importante? – perguntou Laurent, que sabia, tinha de saber, quando seu olhar pousou delicadamente sobre Lazar.

Lazar estava em silêncio. Por baixo, havia ressentimento e raiva, que se dobravam sobre si mesmos, unidos em derrota mal-humorada quando ele baixou os olhos. Enquanto observava Laurent fazer Lazar baixar a mirada, Damen de repente percebeu que Laurent levaria aquilo até o fim, em público, e olhou sub-repticiamente à sua volta. Já havia homens demais observando.

Ele tinha de confiar que Laurent sabia o que estava fazendo.

– Onde está o capitão? – perguntou Laurent.

O capitão não pôde ser encontrado imediatamente. Orlant foi mandado à sua procura. Ele demorou tanto procurando por Govart que Damen, lembrando-se dos estábulos, sentiu uma simpatia silenciosa por Orlant, apesar de suas diferenças.

Laurent esperava calmamente.

Ele esperou mais. As coisas começaram a ficar estranhas. Um riso contido geral correu entre os homens que assistiam e começou a se espalhar pelo acampamento. O príncipe desejava ter uma conversa em público com o capitão. O capitão estava fazendo o príncipe esperar a seu bel-prazer. Quem quer que fosse ser humilhado, seria divertido. Já estava divertido.

Damen sentiu o toque frio de uma premonição terrível. Não era isso o que tinha pretendido ao aconselhar Laurent na noite anterior. Quanto mais tempo o príncipe fosse forçado a esperar, mais sua autoridade iria se erodir em público.

Quando Govart finalmente chegou, ele abordou Laurent

A JOGADA DO PRÍNCIPE

despreocupadamente, ainda afivelando o cinto, como se não houvesse nenhum problema que todos soubessem a natureza carnal do que ele estivera fazendo.

Era o momento de Laurent afirmar sua autoridade e disciplinar Govart, calmamente e sem preconceito.

Em vez disso:

— Eu atrapalhei sua foda? — perguntou Laurent.

— Não, eu terminei. O que você quer? — disse Govart com um desdém insultuoso.

E de repente ficou claro que havia algo a mais entre Laurent e Govart do que Damen sabia, e que Govart não estava preocupado com a possibilidade de uma cena em público, certo da autoridade do regente.

Antes que Laurent pudesse responder, Orlant chegou. Ele trazia pelo braço uma mulher de cabelo castanho cacheado e saias pesadas. Era isso, então, o que Govart estivera fazendo. Houve uma onda de reação entre os homens que assistiam.

— Você me fez esperar — disse Laurent — enquanto engravidava uma das mulheres da fortaleza?

— Homens fodem — disse Govart.

Estava errado. Estava tudo errado. Era mesquinho e pessoal, e uma repreensão verbal não iria funcionar com Govart. Ele simplesmente não se importava.

— Homens fodem — repetiu Laurent.

— Eu fodi a boca dela, não sua boceta. Seu problema — disse Govart, e só então Damen percebeu como as coisas estavam dando errado, como Govart estava seguro de sua autoridade, e como sua antipatia por Laurent era enraizada profundamente – é que o único homem que você já desejou foi seu irmão.

E qualquer esperança que Damen tivesse de que Laurent conseguiria controlar aquela cena terminou quando a expressão de Laurent se fechou, seus olhos ficando frios e, com o som pronunciado de aço, ele sacou a espada da bainha.

– Saque – ordenou Laurent.

Não, não, não. Damen deu um passo instintivo à frente, então parou e cerrou os punhos, impotente.

Ele olhou para Govart. Nunca vira Govart usar uma espada, mas o conhecia do ringue como um lutador veterano. Laurent era um príncipe palaciano que evitara seu dever na fronteira por toda a vida, e que nunca enfrentava um adversário honestamente se pudesse atacá-lo pelos lados.

Pior: Govart tinha por trás todo o apoio do regente, e embora fosse duvidoso que algum dos homens que assistiam soubessem, ele provavelmente tinha recebido carta branca para despachar o sobrinho, se surgisse uma oportunidade de fazer isso.

Govart sacou.

O impensável ia acontecer: o capitão da guarda, desafiado para um duelo de honra, iria matar o herdeiro do trono diante das tropas.

Laurent, pelo visto, era arrogante o suficiente para fazer isso sem armadura. Ele nitidamente não achava que fosse perder, não se estava convidando toda a tropa para ver aquilo. Ele não estava pensando com nenhuma clareza. Laurent, com seu corpo sem marcas e sua pele mimada de quem sempre viveu entre quatro

A JOGADA DO PRÍNCIPE

paredes, estava acostumado com os esportes do palácio, onde seus adversários sempre e educadamente o deixavam vencer.

Ele vai ser morto, pensou Damen, vendo o futuro, nesse momento, com clareza perfeita.

Govart atacou com um relaxamento negligente. Aço deslizou contra aço quando as espadas dos dois homens se juntaram em uma explosão de violência, e o coração de Damen foi parar em sua boca – ele não tivera a intenção de provocar isso, que as coisas acabassem assim, não desse jeito –, então os dois homens se afastaram e as batidas do coração de Damen ficaram altas com o choque da surpresa: ao fim da primeira troca, Laurent ainda estava vivo.

E ao fim da segunda também.

E ao fim da terceira, ele estava, persistentemente e de maneira formidável, ainda vivo, e observava seu adversário com calma, estudando-o.

Isso era intolerável para Govart: quanto mais Laurent permanecesse ileso, mais a situação o envergonharia, pois Govart era, afinal de contas, mais forte, mais alto e mais velho, além de ser um soldado. Dessa vez, Govart não deu nenhuma trégua quando investiu, avançando em um ataque selvagem com cortes e estocadas.

Ataque que Laurent defendeu, a força do impacto sobre seus pulsos finos minimizada por uma técnica refinada que usava o ímpeto do adversário em vez de ir contra ele. Damen parou de se retrair e começou a assistir.

Laurent lutava como falava. O perigo estava na forma como

51

usava a mente: não havia uma coisa que ele fizesse que não fosse planejada com antecedência. Ainda assim, ele não era previsível, porque nisso, como em tudo mais que fazia, havia camadas de intenção, momentos em que padrões esperados de repente se dissolviam em outra coisa. Damen reconheceu os sinais dos truques inventivos de Laurent. Govart, não. Govart, ao se ver incapaz de ganhar com tanta facilidade quanto esperava, fez a única coisa que Damen teria lhe alertado para não fazer. Ele ficou com raiva. Isso foi um erro. Se havia uma coisa que Laurent sabia, era como provocar uma pessoa até deixá-la furiosa, e em seguida começar a explorar a emoção.

Laurent respondeu à segunda onda de assaltos de Govart com uma graça fácil e uma série especialmente veretiana de golpes que deixaram Damen louco de vontade de pegar uma espada.

Àquela altura, raiva e descrença estavam começando a afetar seriamente a habilidade de Govart com a espada. Ele estava cometendo erros elementares, desperdiçando energia e atacando nas linhas erradas. Laurent não era fisicamente forte o bastante para receber um dos golpes diretos de Govart com a espada – ele tinha de evitá-los ou desviar deles de forma sofisticada, com aparadas angulares e alterações na trajetória. Eles teriam sido letais se Govart tivesse acertado algum.

Mas não conseguiu. Enquanto Damen assistia, Govart atacava furiosamente com golpes amplos. Ele não ia ganhar aquela luta tendo sido levado pela raiva a cometer erros tolos. Aquilo estava ficando óbvio para todo homem que assistia.

Outra coisa estava ficando dolorosamente clara.

Laurent, com o tipo de proporções que lhe concediam equilíbrio e coordenação, não os tinha, como dizia seu tio, desperdiçado. Claro, ele devia ter tido os melhores mestres e os melhores tutores. Mas alcançar aquele nível de habilidade também exigia um treinamento longo e duro, e desde uma idade muito tenra.

Na verdade, não era uma luta equilibrada. Era uma lição de humilhação pública abjeta. Mas quem dava a lição, quem superava sem esforços o oponente, não era Govart.

– Pegue-a – ordenou Laurent na primeira vez que Govart perdeu a arma.

Havia uma longa linha vermelha no braço da espada de Govart. Ele tinha cedido seis passos de terreno, e seu peito arfava visivelmente. Ele pegou a espada devagar, sem tirar os olhos de Laurent.

Não houve mais golpes levados pela raiva, nada de ataques desequilibrados nem golpes abertos. A necessidade fez com que Govart avaliasse Laurent e o enfrentasse com uma técnica de esgrima melhor. Dessa vez, quando se encontraram, Govart lutava seriamente. Não fez diferença. Laurent lutava com uma determinação fria e implacável, e havia uma inevitabilidade no que estava prestes a acontecer, na linha de sangue que brotou dessa vez da perna de Govart, na espada de Govart jogada mais uma vez na grama.

– Pegue-a – tornou a dizer Laurent.

Damen se lembrou de Auguste, da força que segurara o *front* hora após hora, e contra a qual onda após onda havia quebrado. E ali lutava o irmão mais novo.

– Achei que ele fosse um frouxo – disse um dos homens do regente.

– Acha que ele vai matá-lo? – especulou outro.

Damen sabia a resposta para essa pergunta. Laurent não iria matá-lo. Ele iria dobrá-lo, ali, na frente de todo mundo.

Talvez Govart tivesse sentido a intenção de Laurent, porque na terceira vez que perdeu a espada também perdeu a cabeça. Jogar de lado as convenções de um duelo era preferível à humilhação de uma derrota completa; ele abandonou a espada e simplesmente atacou. Desse jeito, era simples. Se ele levasse a luta para o solo, ganharia. Não havia tempo para ninguém intervir. Mas para uma pessoa com os reflexos de Laurent, foi tempo suficiente para fazer uma escolha.

Laurent ergueu a espada e a atravessou pelo corpo de Govart. Não através de sua barriga, nem de seu peito, mas do ombro. Um talho ou corte raso não seria suficiente para deter Govart, por isso Laurent firmou o cabo da espada contra o próprio ombro e usou todo o peso do corpo para enfiá-la com mais força e deter o movimento de Govart. Era um truque usado em caçadas de javali quando a lança feria, mas não matava: firmar a ponta cega da lança contra o ombro e manter o javali empalado à distância.

Às vezes um javali escapava ou quebrava a madeira da lança, mas Govart era um homem atravessado por uma espada, e caiu de joelhos. Foi necessário um esforço visível de músculos e tendões para Laurent arrancar a espada.

– Tirem a roupa dele – disse Laurent. – Confisquem seu cavalo e seus pertences. Atirem-no para fora da fortaleza. Há uma aldeia três quilômetros ao oeste. Se quiser muito, ele vai sobreviver à viagem.

Ele disse isso com calma em meio ao silêncio, dirigindo-se

A JOGADA DO PRÍNCIPE

a dois dos homens do regente, os quais se moveram sem hesitar para obedecer a suas ordens. Mais ninguém se mexeu.

Mais ninguém. Sentindo-se como se estivesse saindo de algum tipo de atordoamento, Damen olhou ao redor para os homens reunidos. Primeiro para os homens do príncipe, esperando instintivamente ver a própria reação à luta refletida no rosto deles, mas, em vez disso, eles demonstravam satisfação combinada com uma completa falta de surpresa. Ele percebeu que nenhum deles ficara preocupado que Laurent pudesse perder.

A resposta entre os homens do regente era mais variada. Havia sinais tanto de satisfação como de diversão: talvez tivessem gostado do espetáculo, admirando a demonstração de habilidade. Havia uma pitada de alguma outra coisa também, e Damen sabia que eles eram homens que associavam autoridade à força. Talvez estivessem pensando de forma diferente sobre seu príncipe e seu rosto bonito agora que ele tinha demonstrado um pouco disso.

Foi Lazar quem rompeu o torpor, jogando um pano para Laurent. Laurent o pegou e limpou a espada como um criado de cozinha faria com uma faca de trinchar. Então a embainhou e abandonou o pano, agora vermelho-escuro.

Dirigindo-se aos homens com uma voz que se projetava, Laurent disse:

– Três dias de liderança ruim culminaram em um insulto à honra de minha família. Meu tio não podia saber o que havia no coração do capitão que designou. Se soubesse, ele o teria posto a ferros, não lhe dado liderança sobre homens. Amanhã de manhã, haverá mudanças. Hoje, cavalgamos forte para recuperar o tempo desperdiçado.

Barulho irrompeu no silêncio enquanto os homens reunidos começaram a falar. Laurent deu as costas para cuidar de outros afazeres, fazendo uma pausa junto de Jord e transferindo para ele o posto de capitão. Ele pôs a mão sobre o braço de Jord e murmurou algo baixo demais para ouvir, depois do que Jord assentiu com a cabeça e começou a dar ordens.

Então terminou. Sangue escorria do ombro de Govart, avermelhando sua camisa, que foi tirada dele. As ordens impiedosas de Laurent foram cumpridas.

Parecia que Lazar, que tinha jogado o pano para Laurent, não tornaria a falar mal do príncipe. Na verdade, a nova maneira com a qual ele olhava para Laurent lembrava Damen visivelmente de Torveld. Damen franziu o cenho.

Sua própria reação o fez se sentir estranhamente desestabilizado. Aquilo fora simplesmente... inesperado. Ele não soubera aquilo sobre Laurent, que ele era treinado daquele jeito, capaz daquele jeito. Ele não sabia ao certo por que sentia como se algo tivesse mudado de maneira fundamental.

A mulher de cabelo castanho ergueu as saias pesadas, foi até Govart e cuspiu no chão ao lado dele. O cenho de Damen se aprofundou.

Ele se lembrou de um conselho do pai: nunca tirar os olhos de um javali ferido. Depois de começar a caçar um animal, devia-se lutar até o fim; quando um javali estava ferido, era quando se tornava o animal mais perigoso de todos.

Esse pensamento o incomodou.

◆ ◆ ◆

A JOGADA DO PRÍNCIPE

Laurent mandou quatro cavaleiros a galope até Arles com a notícia. Dois eram membros de sua própria guarda, um era homem do regente e o último era um criado da fortaleza de Bailleux. Todos os quatro tinham testemunhado com os próprios olhos os acontecimentos da manhã: que Govart tinha insultado a família real, que o príncipe, em sua bondade e justiça infinitas, oferecera a Govart a honra de um duelo, e que Govart, depois de ser desarmado de maneira limpa, quebrara as regras do confronto ao atacar o príncipe com a intenção de feri-lo, um gesto vil cheio de traição. Govart tinha sido castigado justamente.

Em outras palavras, o regente devia ser informado de que seu capitão tinha sido completamente dispensado, de uma maneira que não podia ser pintada como revolta contra a regência, nem como desobediência principesca, nem como incompetência preguiçosa. Primeira rodada: Laurent.

Eles cavalgaram na direção da fronteira leste de Vere com Vask, que era marcada por montanhas. Montariam acampamento no sopé da encosta em uma fortaleza chamada Nesson, e depois disso dariam a volta e tomariam um caminho sinuoso para o sul. Os efeitos combinados da violência catártica da manhã e das ordens pragmáticas de Jord já estavam reverberando através da tropa. Não havia retardatários.

Eles tiveram de apertar o passo para chegar a Nesson depois dos atrasos da manhã, mas os homens fizeram isso com disposição. Quando chegaram à fortaleza, o crepúsculo estava começando a se esvair do céu.

Damen, ao se apresentar a Jord, se viu preso por uma conversa para a qual não estava preparado.

– Percebi por seu rosto. Você não sabia que ele sabia lutar.

– Não – disse Damen. – Eu não sabia.

– Está no sangue dele.

– Os homens do regente pareceram tão surpresos quanto eu.

– Ele é reservado em relação a isso. Você viu o ringue de treinamento pessoal dele, no palácio. Ele luta com alguns membros da Guarda do Príncipe, de vez em quando, com Orlant, comigo... Ele me derrotou algumas vezes. Não é tão bom quanto era o irmão, mas é preciso ter apenas metade da habilidade de Auguste para ser dez vezes melhor do que qualquer outro.

Em seu sangue... não era bem assim. Havia tantas diferenças quanto semelhanças entre os dois irmãos: a estrutura de Laurent era menos poderosa, seu estilo era construído em torno da graça e da inteligência; mercúrio enquanto Auguste era ouro.

Nesson se revelou ser diferente de Bailleux de duas maneiras. Primeiro: estava ligada a uma cidade de tamanho respeitável, que ficava perto de um dos poucos passos que atravessavam as montanhas e recebia comércio no verão da província vaskiana de Ver-Vassel. Segundo: era bem preservada, o suficiente para que os homens passassem a noite nos alojamentos e Laurent se alojasse na fortaleza.

Damen foi enviado através da porta baixa até o quarto de dormir. Laurent estava do lado de fora, ainda montado, cuidando de algum assunto envolvendo os batedores. Damen recebeu a tarefa de acender as velas e o fogo, o que ele fez com a mente em outro lugar. Na longa cavalgada desde Bailleux, houvera muito tempo para pensar. No início, ele simplesmente repassara na cabeça o duelo que testemunhara.

A JOGADA DO PRÍNCIPE

Agora pensava sobre a primeira vez que tinha visto o regente disciplinar Laurent, confiscando suas terras. Era uma punição que podia ter sido aplicada em particular, mas o regente a transformara em demonstração pública. *Abrace o escravo*, ordenara o regente no final: algo gratuito, um adorno, um gesto supérfluo de humilhação.

Ele pensou na arena, no lugar onde a corte se reunia para assistir a atos particulares apresentados em público, humilhações e estupros simulados transformados em espetáculo.

Então ele pensou em Laurent. A noite do banquete, quando Laurent orquestrara a troca de escravizados, tinha sido uma batalha longa e pública com o tio, planejada meticulosamente e executada com precisão. Damen pensou em Nicaise, sentado ao seu lado à mesa alta, e Erasmus, alertado antecipadamente.

A mente dele é muito atenta aos detalhes, dissera Radel.

Damen estava acabando de acender o fogo quando Laurent chegou ao aposento, ainda com roupa de montaria. Ele parecia relaxado e tranquilo, como se disputar um duelo, ferir seu capitão, então dar seguimento a isso com uma cavalgada de um dia inteiro não tivesse nenhum efeito nele.

Àquela altura, Damen o conhecia bem demais para acreditar naquilo. Em parte alguma daquilo.

Ele perguntou:

– Você pagou aquela mulher para foder com Govart?

Laurent fez uma pausa enquanto tirava suas luvas de montar e, em seguida, deliberadamente, continuou. Ele puxava o couro de cada dedo individualmente. Sua voz saiu firme.

– Eu paguei a ela para se aproximar dele, não forcei seu pau a entrar na boca dela – disse Laurent.

Damen se lembrou de lhe pedirem para interromper Govart nos estábulos, e do fato de que não havia nenhuma prostituta cavalgando com a tropa.

Laurent disse:

– Ele teve uma escolha.

– Não – disse Damen. – Você só o fez achar que tinha.

Laurent voltou para ele o mesmo olhar frio que lançara para Govart.

– Uma censura? Você tem razão. Precisava acontecer agora. Eu estava esperando que surgisse algum confronto naturalmente, mas estava levando tempo demais.

Damen o encarou. Imaginar aquilo era uma coisa, mas ouvir as palavras ditas em voz alta era outra.

– "Razão"? Eu não quis... – Ele hesitou.

– Diga – disse Laurent.

– Você acabou com um homem hoje. Isso não o afeta de jeito nenhum? São vidas, não peças em um jogo de xadrez com seu tio.

– Você está errado. Estamos no tabuleiro de meu tio, e esses homens são todos peças dele.

– Então cada vez que mexer em uma delas, pode se parabenizar pelo quanto é parecido com ele.

Aquilo simplesmente saiu. Ele estava, em parte, ainda reverberando com o golpe de ter seu palpite confirmado. Sem dúvida não esperava que as palavras tivessem sobre Laurent o efeito que tiveram. Elas fizeram Laurent se deter bruscamente. Damen achou

A JOGADA DO PRÍNCIPE

jamais ter visto Laurent ficar tão completamente sem palavras, e como ele não podia imaginar que a situação durasse muito tempo, correu para aproveitar a vantagem.

– Se prende seus homens com truques, como poderá confiar neles? Você tem qualidades que eles passarão a admirar. Por que não deixar que confiem em você naturalmente, e então...

– *Não há tempo* – disse Laurent.

As palavras saíram com a força do choque em que Laurent entrara.

– Não há tempo – tornou a dizer Laurent. – Tenho duas semanas até chegarmos à fronteira. Não finja que posso cortejar esses homens com trabalho duro e um sorriso irresistível durante esse tempo. Não sou o novato ingênuo que meu tio finge que sou. Eu lutei em Marlas e lutei em Sanpelier. Não estou aqui para amabilidades, não pretendo ver os homens que lidero mortos porque não vão obedecer a ordens, ou porque não conseguem manter uma linha. Pretendo sobreviver, pretendo derrotar meu tio e vou lutar com todas as armas que tenho.

– Vejo que está falando sério.

– Eu quero ganhar. Você acha que vim aqui para de boa vontade me jogar sobre uma espada?

Damen se obrigou a encarar o problema, dispensando o impossível e vendo o que, realisticamente, podia ser feito.

– Duas semanas não é tempo suficiente – disse Damen. – Você vai precisar de quase um mês para chegar a algum lugar com homens como esses, e, mesmo assim, os piores deles terão de ser excluídos.

– Está bem – disse Laurent. – Mais alguma coisa?

– Sim – disse Damen.

– Então diga o que está pensando – disse Laurent. – Não que você tenha, alguma vez, feito algo diferente.

Damen disse:

– Eu vou ajudá-lo de toda forma que puder, mas não haverá tempo para nada além de trabalho duro, e você terá de fazer tudo certo.

Laurent empinou o nariz e respondeu com toda a arrogância fria que sempre havia demonstrado:

– Observe-me – disse ele.

Capítulo quatro

Laurent, com 20 anos recém-completos e uma mente complexa com o dom do planejamento, afastou-a das pequenas intrigas da corte e a liberou sobre a tela mais ampla de seu primeiro comando.

Damen viu aquilo acontecer. Começou quando, depois de uma longa noite de discussões táticas, Laurent se dirigiu à tropa com um retrato de suas deficiências. Ele fez isso do alto de um cavalo, com uma voz nítida que chegava ao mais distante dos homens reunidos. Ele escutara tudo o que Damen dissera na noite anterior. E ouvira muito mais que isso. Enquanto falava, emergiam fatos que ele só podia ter obtido de criados, armeiros e soldados aos quais, ao longo dos últimos três dias, ele também tinha escutado.

Laurent regurgitou a informação de um jeito tão brilhante quanto mordaz. Quando terminou, foi bondoso com os homens: talvez eles tivessem sido atrapalhados por um mau capitão. Portanto, iriam permanecer ali em Nesson por duas semanas para se acostumarem com o novo capitão. Laurent iria liderá-los pessoalmente em um regime que iria exigir muito deles, prepará-los e transformá-los em algo próximo de uma companhia capaz de lutar. Se eles pudessem acompanhá-lo.

Mas primeiro, acrescentou docemente Laurent, eles iriam desembalar tudo e montar acampamento ali outra vez, das cozinhas às tendas e ao curral de cavalos. Em menos de duas horas.

Os homens engoliram. Eles não teriam feito isso se Laurent não tivesse enfrentado seu líder e o derrotado completamente no dia anterior. Mesmo então, poderiam ter resistido se a ordem tivesse vindo de um superior indolente, mas, desde o primeiro dia, Laurent trabalhou duro sem comentários nem reclamações. Isso também fora calculado com precisão.

Então eles se puseram a trabalhar. Ergueram as tendas, martelaram estacas e cravos e desencilharam todos os cavalos. Jord dava ordens rápidas e pragmáticas. As linhas de tendas pareciam retas pela primeira vez desde que eles começaram a viagem.

Então acabou. Duas horas. Ainda era tempo demais, mas era muito melhor que o caos generalizado das últimas noites anteriores.

Tornar a encilhar os cavalos foi a primeira ordem, em seguida veio uma série de exercícios criados para não exigir demais dos cavalos, mas para serem brutais sobre os homens. Damen e Laurent tinham planejado os exercícios juntos na noite anterior, com alguns palpites de Jord, que se juntara a eles nas horas antes do amanhecer. Na verdade, Damen não esperava que o próprio Laurent participasse dos treinamentos, mas ele fez isso, determinando o ritmo.

Segurando as rédeas de seu cavalo ao lado do de Damen, Laurent disse:

A JOGADA DO PRÍNCIPE

– Você tem suas duas semanas extras. Vamos ver o que podemos fazer com elas.

À tarde eles passaram para o trabalho com as fileiras: linhas que eram rompidas repetidas vezes, até que, finalmente, não eram mais, nem que fosse apenas porque todos estavam cansados demais para fazer qualquer coisa além de seguir comandos sem pensar. O treinamento do dia havia exigido até de Damen, e quando eles terminaram, ele sentiu, pela primeira vez em muito tempo, como se algo tivesse sido realizado.

Os homens voltaram para o acampamento alquebrados e exaustos, sem energia para reclamar que seu líder era um demônio louro de olhos azuis, maldito seja. Damen viu Aimeric deitado perto de uma das fogueiras com os olhos fechados, como um homem desmoronado após correr muito. A obstinação de caráter que fizera Aimeric se meter em brigas com homens que tinham o dobro do seu tamanho também o fazia acompanhar todos os treinamentos, independentemente da barreira da dor e do cansaço que tinha de vencer fisicamente. Pelo menos, nesse estado ele não seria capaz de causar problemas. Ninguém iria começar uma briga: eles estavam cansados demais.

Enquanto Damen observava, Aimeric abriu os olhos e encarou o fogo com um olhar vazio.

Apesar das complicações que Aimeric causava para a tropa, Damen sentiu uma onda de simpatia. O rapaz tinha apenas 19 anos, e aquela era, obviamente, sua primeira campanha. Ele parecia deslocado e solitário. Damen foi até ele.

– É sua primeira vez em uma companhia? – perguntou ele.

– Posso acompanhar – disse Aimeric.

– Já vi isso – disse Damen. – Tenho certeza de que seu capitão viu também. Você fez um bom dia de trabalho.

Aimeric não respondeu.

– O ritmo vai permanecer constante nas próximas semanas, e temos um mês para chegar à fronteira. Você não precisa se esgotar no primeiro dia.

Ele disse isso com um tom de voz bastante simpático, mas Aimeric respondeu rigidamente:

– Posso acompanhar.

Damen deu um suspiro e se levantou. Ele tinha dado dois passos na direção da tenda de Laurent quando a voz de Aimeric o chamou de volta:

– Espere – disse Aimeric. – Você acha mesmo que Jord percebeu? – Então ele corou, como se tivesse revelado algo.

◆ ◆ ◆

Damen empurrou o tecido que cobria a entrada da tenda e foi confrontado por um olhar azul frio que, em contraste, não revelava nada. Jord já estava ali dentro, e Laurent gesticulou para que Damen se juntasse a eles.

– O *post-mortem* – disse Laurent.

Os acontecimentos do dia foram dissecados. Pediram a Damen sua opinião honesta e ele a deu: os homens não eram um caso perdido. Eles não iam se transformar em uma companhia perfeitamente treinada em um mês, mas podiam aprender algumas

A JOGADA DO PRÍNCIPE

coisas. Podiam aprender a manter uma linha e resistir a uma emboscada. Podiam aprender manobras básicas. Damen resumiu o que ele achava ser realista. Jord concordou e acrescentou algumas sugestões.

Dois meses, disse Jord com franqueza, seriam muito mais úteis que um.

– Infelizmente – disse Laurent –, meu tio nos encarregou de servir na fronteira, e por mais que eu preferisse o contrário, uma hora precisamos chegar lá.

Jord riu. Eles discutiram alguns dos homens e ajustaram os exercícios. Jord tinha talento para identificar a origem de problemas no acampamento. Ele parecia achar normal que Damen participasse da discussão.

Quando terminaram, Laurent dispensou Jord e se sentou ao calor do braseiro da tenda, olhando distraidamente para Damen.

Damen disse:

– Tenho de cuidar da armadura antes de deitar, a menos que precise de mim para alguma coisa.

– Traga-a para cá – disse Laurent.

Ele fez isso: sentou-se na cadeira, examinou as fivelas e correias e verificou sistematicamente todas as peças, um hábito arraigado nele desde a infância.

– O que você acha de Jord? – perguntou Laurent.

– Gosto dele – disse Damen. – Você devia estar satisfeito com ele. Foi a escolha certa para capitão.

Houve uma pausa sem pressa. Além dos sons feitos por Damen quando pegou uma braçadeira, a tenda estava em silêncio.

– Não – disse Laurent. – Você era.

– O quê? – perguntou Damen. Ele deu um olhar de espanto para Laurent e ficou ainda mais surpreso ao perceber que Laurent estava olhando fixamente para ele. – Não há um homem aqui que aceitaria ordens de um akielon.

– Sei disso. Foi uma das duas razões por que escolhi Jord. Os homens teriam resistido a você, no início. Você teria de provar a si mesmo. Mesmo com a quinzena extra, não haveria tempo suficiente para tudo isso acontecer. Fico frustrado por não conseguir aproveitar você da melhor maneira.

Damen, que nunca se considerara um candidato ao posto de capitão, ficou um pouco decepcionado com o próprio orgulho arrogante ao perceber que era porque ele instintivamente se via ocupando o papel de Laurent ou nenhum outro. A ideia de que pudesse ser promovido pelas fileiras como um soldado comum simplesmente não tinha passado pela sua cabeça.

– Isso era a última coisa que eu esperava ouvir de você – admitiu ele com certa ironia.

– Achou que eu seria orgulhoso demais para ver isso? Posso lhe garantir que o orgulho que investi em derrotar meu tio supera, e muito, meus sentimentos em relação a qualquer outra coisa.

– Apenas me surpreendeu – disse Damen. – Às vezes acho que o entendo, e outras não consigo compreendê-lo em nada.

– Acredite em mim, o sentimento é mútuo.

– Você disse duas razões – disse Damen. – Qual foi a outra?

– Os homens acreditam que você me come dentro da tenda – disse Laurent. Ele disse isso da mesma maneira calma com que dizia tudo. Damen se atrapalhou com a braçadeira. – Isso iria desgastar minha autoridade. Minha autoridade cuidadosamente cultivada. Agora o surpreendi de verdade. Talvez se você não fosse 30 centímetros mais alto, nem tivesse com ombros tão largos...

– São bem menos de 30 centímetros – disse Damen.

– É mesmo? – perguntou Laurent. – Parece mais quando você discute comigo sobre questões de honra.

– Quero que saiba – disse Damen, com cuidado – que não fiz nada para encorajar a ideia de que eu... de que você e eu...

– Se achasse que tinha feito isso, você seria amarrado a um tronco e chicoteado até que a frente de seu corpo ficasse igual às costas.

Houve um silêncio longo. Do lado de fora havia a quietude de um acampamento exausto e adormecido, de modo que apenas o tremular das tendas e alguns sons indeterminados de movimento podiam ser ouvidos. Os dedos de Damen apertavam com força o metal da braçadeira até que ele deliberadamente afrouxou a pegada.

Laurent se levantou; os dedos de uma das mãos permaneceram nas costas da cadeira.

– Pare com isso. Venha cuidar de mim – disse Laurent.

Damen se levantou. Essa era uma obrigação desconfortável, e ele ficou irritado. O traje usado naquele dia por Laurent era amarrado na frente, não nas costas. Damen o desamarrou sem delicadeza.

A peça se abriu em suas mãos. Ele foi para trás de Laurent para retirá-la. *Devo fazer o resto?* Ele chegou a abrir a boca para perguntar, depois de guardar o traje, sentindo uma necessidade de insistir no assunto, já que, em geral, seus serviços só eram requisitados até ali, e Laurent podia com facilidade ter retirado seus trajes externos sozinho.

Só que, quando se virou, Laurent tinha levado a mão ao ombro e o tocava, obviamente sentindo uma leve rigidez. Suas pálpebras estavam caídas. Sob a camisa, seus membros estavam relaxados com langor. Ele estava, percebeu Damen, exausto.

Damen não se compadeceu. Em vez disso, irracionalmente, sua irritação aumentou enquanto Laurent passava dedos nervosos pelo cabelo dourado em um gesto enervante que, de algum modo, o lembrou que seu cativeiro e sua punição eram culpa de um único homem de carne e osso.

Ele segurou a língua. Duas semanas ali e duas semanas de viagem até a fronteira, cuidando para que Laurent fosse escoltado em segurança, e então ele teria terminado.

◆ ◆ ◆

De manhã, eles fizeram tudo outra vez.

E de novo. Fazer os homens seguirem ordens pensadas para forçá-los a dar o seu máximo era uma conquista. Alguns gostavam de trabalhar duro, ou eram o tipo que entendia que precisavam se exercitar para melhorarem, mas nem todos.

Laurent conseguiu isso.

Nesse dia, a tropa foi trabalhada, moldada e afiada na direção de seu objetivo, às vezes, aparentemente, apenas pela força de vontade. Laurent não tinha camaradagem com os homens. Não

A JOGADA DO PRÍNCIPE

havia nada do amor cálido e sincero que os exércitos akielons sentiam pelo pai de Damen. Laurent não era amado. Laurent não era querido. Mesmo entre seus próprios homens, que mergulhariam em um precipício atrás dele, havia um consenso inequívoco de que Laurent era, como Orlant uma vez o descrevera, uma vadia feita de ferro, que era péssima ideia provocar seu lado mau, e que em relação a seu lado bom, ele não tinha um.

Não importava. Laurent dava ordens e elas eram obedecidas. Os homens percebiam, quando tentavam se esquivar delas, que não conseguiam. Damen, que fora levado a fazer coisas como beijar os pés de Laurent e comer doces de suas mãos, entendia a maquinaria que os confrontava e motivava, profundamente arraigada em cada situação individual.

E talvez, a partir disso, um fio fino de respeito estava crescendo. Aparentemente, era por isso que seu tio mantivera Laurent longe das rédeas do poder: ele era bom em liderar. Ele fixava os olhos em seus objetivos e estava preparado a fazer o que fosse necessário para alcançá-los. Desafios eram encarados com nitidez. Problemas eram vistos com antecedência, solucionados ou evitados. E havia algo nele que estava gostando do processo de botar aqueles homens endurecidos sob seu controle.

Damen sabia que aquilo que estava testemunhando era realeza em ascensão, os primeiros movimentos de comando de um príncipe nascido para governar, embora o tipo de liderança de Laurent – em partes iguais perfeita e perturbadora – fosse completamente diferente do dele.

Inevitavelmente, alguns homens resistiram a obedecer. Houve um incidente naquela primeira tarde quando um dos mercenários do regente se recusou a seguir as ordens de Jord. Em volta dele, um ou dois dos outros estavam solidários a sua reclamação, e quando Laurent apareceu, houve murmúrios de verdadeira agitação. O mercenário tinha simpatia suficiente de seus colegas para haver risco de uma pequena insurreição se Laurent ordenasse que ele fosse levado ao tronco. Uma multidão se reuniu.

Laurent não o mandou para o tronco.

Laurent o açoitou verbalmente.

Não foi como o que disse para Govart. Foi frio, explícito, repulsivo, e acabou com um marmanjo diante da tropa tão completamente quanto um golpe de espada tinha feito.

Os homens voltaram ao trabalho depois disso.

Damen ouviu um deles dizer, em tom assombrado e admirado:

– Esse rapaz tem a boca mais suja que eu já ouvi.

Quando voltaram ao acampamento naquela noite descobriram que não havia acampamento, porque os criados em Nesson tinham desmontado tudo. Por ordens de Laurent. Ele estava sendo generoso, disse. Dessa vez, eles tinham uma hora e meia para montar tudo.

◆ ◆ ◆

Eles treinaram pela maior parte de duas semanas, acampados nos campos de Nesson. A tropa jamais seria um instrumento de

A JOGADA DO PRÍNCIPE

precisão, porém eles estavam se transformando em uma ferramenta sem fio, mas utilizável, capazes de cavalgar juntos, e lutar juntos, e manter uma linha juntos. Eles obedeciam a ordens diretas. Eles tinham o luxo de poder se exaurir, e Laurent estava tirando toda a vantagem disso. Ele não seria emboscado ali. Nesson era segura. Ficava longe demais da fronteira akielon para levantar suspeitas se houvesse um ataque ao sul, e era perto o bastante da fronteira com Vask, de modo que qualquer ataque poderia resultar em um atoleiro político. Se Akielos era o objetivo do regente, não havia razão para despertar o adormecido império vaskiano.

Além disso, Laurent os distanciara tanto da rota originalmente planejada pelo regente que qualquer armadilha preparada ficaria inutilmente à espera, aguardando uma companhia que nunca chegava.

Damen começou a se perguntar se a sensação constante de aperfeiçoamento e realização que crescia entre a tropa o estava contaminando também, porque no décimo dia, quando os homens estavam se exercitando como se pudessem enfrentar uma emboscada com alguma chance de sobrevivência, ele começou a sentir as primeiras ondas frágeis de esperança.

Naquela noite, em um momento raro sem deveres, ele foi convidado até uma das fogueiras por Jord, que estava sentado sozinho, aproveitando um momento de paz. Ele ofereceu vinho a Damen em uma caneca de lata.

Damen aceitou e se sentou no tronco tombado que tinha se transformado em local de repouso improvisado. Eles estavam cansados o suficiente para ficarem ambos satisfeitos de se sentarem em silêncio. O vinho era horrível. Ele o revirou na boca antes de engolir. O calor da fogueira era bom. Depois de algum tempo, Damen tomou consciência de que o olhar de Jord estava ocupado com algo nas bordas distantes do acampamento.

Aimeric estava cuidando da armadura diante de uma das tendas, o que mostrava que, em algum ponto no meio do caminho, ele criara bons hábitos. Provavelmente não era por isso que Jord estava olhando para ele.

– Aimeric – disse Damen, erguendo as sobrancelhas.

– O quê? Você o viu – disse Jord, com os lábios se retorcendo.

– Eu o vi. Na semana passada, ele estava provocando brigas com metade do acampamento.

– Ele é um bom rapaz – disse Jord. – Só que é bem-nascido e não está acostumado a companhia grosseira. Ele acha que está fazendo a coisa certa, só que as regras são diferentes. Como é com você.

Isso foi uma repreensão. Damen tomou outro gole do vinho horrível.

– Você é um bom capitão. Ele podia ter feito uma escolha bem pior.

– Há alguns rufiões nesta companhia, e essa é a verdade – disse Jord.

– Acho que mais alguns dias como o de hoje e nos livramos dos piores deles.

– Mais alguns minutos como hoje – disse Jord.

Damen riu, divertido. O fogo era hipnótico, a menos que se tivesse algo melhor para olhar. Os olhos de Jord se voltaram para Aimeric.

A JOGADA DO PRÍNCIPE

– Você sabe – disse Damen –, ele vai acabar permitindo alguém. É melhor que seja você.

Houve um silêncio longo e, em seguida, em uma voz estranhamente tímida:

– Nunca fui para a cama com alguém bem-nascido – disse Jord. – É diferente?

Damen corou quando percebeu o que Jord estava pressupondo.

– Ele... nós não fazemos isso. Ele não faz. Até onde sei, ele não faz isso com ninguém.

– Até onde todos sabem – disse Jord. – Se ele não falasse como uma meretriz em uma casa de guardas, eu acharia que ele era virgem.

Damen ficou em silêncio. Ele entornou sua caneca, franzindo um pouco o cenho. Ele não estava interessado nessas especulações sem fim. Ele não se importava com quem Laurent levava para a cama.

Ele foi salvo de ter que responder pela chegada de Aimeric. Seu salvador improvável trazia uma ou duas peças de armadura consigo e foi se sentar do outro lado do fogo. Ele tirara a roupa e estava apenas com uma camisa parcialmente desamarrada.

– Não estou me intrometendo, estou? O fogo tem uma luz melhor.

– Por que você não se junta a nós? – perguntou Damen, baixando a caneca e, cuidadosamente, não olhando para Jord.

Aimeric não tinha nenhum amor por Damen, mas Jord e Damen eram os membros de maior patente da companhia, cada um do seu jeito, e era difícil recusar um convite. Ele assentiu com a cabeça.

– Espero que não esteja falando fora de hora – disse Aimeric, que ou tinha sido socado no nariz um número suficiente de vezes para aprender circunspecção ou era naturalmente mais deferente perto de Jord. – Mas eu cresci em Fortaine. Vivi ali a maior parte da minha vida. Sei que o serviço na fronteira desde a guerra em Marlas é uma formalidade. Mas... o príncipe está nos treinando para ação de verdade.

– Ele só gosta de estar preparado – disse Jord. – Se precisar lutar, quer ser capaz de confiar em seus homens.

– Prefiro isso – disse Aimeric rapidamente. – Quer dizer, prefiro ser parte de uma companhia que sabe lutar. Sou o quarto filho. Admiro o trabalho duro tanto quanto... admiro homens que conseguem superar sua posição de nascimento.

Ele disse isso com uma olhada para Jord. Damen sabiamente pediu licença e se retirou, deixando-os sozinhos.

Quando ele entrou na tenda, Laurent estava sentado pensando em silêncio com o mapa aberto à sua frente. Ele ergueu rapidamente os olhos quando ouviu Damen, em seguida se encostou na cadeira e gesticulou para que Damen se sentasse.

– Considerando que somos duzentos homens a cavalo, não 2 mil de infantaria, acho que os números são menos importantes que a qualidade dos homens. Tenho certeza de que tanto você como Jord têm uma lista informal de quem acham que ainda devia ser eliminado da tropa. Quero a sua amanhã.

– Não serão mais de dez – disse Damen. Ao perceber isso,

A JOGADA DO PRÍNCIPE

ele mesmo ficou surpreso: antes de Nesson, ele teria achado que o número seria cinco vezes isso. Laurent balançou a cabeça afirmativamente. Depois de um momento, Damen disse: – Falando em homens difíceis, tem uma coisa que eu gostaria de perguntar.

– Vá em frente.

– Por que deixou Govart vivo?

– Por que não?

– Você sabe por que não.

Laurent, a princípio, não respondeu. Ele se serviu de uma bebida do jarro ao lado do mapa. Não era o mesmo vinho rascante barato que Jord estava bebendo. Era água.

Laurent disse:

– Preferi não dar nenhuma razão para meu tio gritar que ultrapassei meus limites.

– Você estava no seu direito depois que Govart o atacou. E não havia escassez de testemunhas. Há mais alguma coisa.

– Há mais alguma coisa – concordou Laurent, olhando firmemente para Damen. Enquanto falava, ele ergueu seu cálice e deu um gole.

Certo.

– Foi uma luta impressionante.

– Sim, eu sei – disse Laurent.

Ele não sorria quando dizia coisas assim. Ele se sentou relaxado, com o cálice pendendo de seus dedos compridos, e olhou outra vez com firmeza para Damen.

– Você deve ter passado muito tempo treinando – disse Damen e, para sua surpresa, Laurent lhe respondeu com seriedade.

– Nunca fui um lutador – disse Laurent. – Isso era com Auguste. Mas, depois de Marlas, fiquei obcecado com...

Laurent parou. Damen percebeu o momento em que Laurent decidiu continuar. Foi deliberado: seus olhos se encontraram com os de Damen e seu tom mudou sutilmente.

– Damianos de Akielos estava comandando tropas aos 17 anos. Aos 19 anos, ele cavalgou para o campo, abriu caminho entre nossos melhores homens e tirou a vida de meu irmão. Dizem... diziam que ele era o melhor lutador de Akielos. Pensei que, se eu fosse matar alguém assim, eu teria de ser muito bom.

Damen ficou em silêncio depois disso. O impulso de falar tremeluziu e se extinguiu, como as velas antes de serem apagadas, como o último calor moribundo das brasas no braseiro.

◆ ◆ ◆

Na noite seguinte, ele estava conversando com Paschal.

A tenda do médico, como a tenda de Laurent e como as cozinhas, era grande o bastante para uma pessoa alta caminhar em seu interior sem ter que se curvar. Paschal tinha todo o equipamento de que poderia precisar, e as ordens de Laurent significavam que tudo tinha sido meticulosamente desembalado. Damen, como seu único paciente, achou divertida a grande diversidade de suprimentos médicos. Mas não seria divertido quando eles deixassem Nesson e lutassem contra alguma coisa. Um médico para cuidar de duzentos homens só era uma proporção razoável enquanto não estivessem em batalha.

A JOGADA DO PRÍNCIPE

– Servir ao príncipe é muito diferente de servir ao irmão dele?

– Eu diria que tudo o que era instintivo no mais velho não é assim no mais novo – respondeu Paschal.

– Conte-me sobre Auguste – pediu Damen.

– O príncipe? O que há para dizer? Ele era a estrela dourada – disse Paschal com um aceno de cabeça na direção da insígnia de estrela do príncipe herdeiro.

– Laurent parece ter uma imagem mais brilhante dele na memória que do próprio pai.

Houve uma pausa, enquanto Paschal recolocava os vidros na prateleira e Damen erguia a camisa.

– Você precisa entender: Auguste foi criado para ser o orgulho de qualquer pai. Não que houvesse algum problema entre Laurent e o rei. Era mais como... o rei mimava Auguste e não reservava muito tempo para o filho mais novo. De muitas formas, o rei era um homem simples. Excelência no campo era algo que ele podia entender. Laurent era bom com a mente, bom em pensar e em resolver enigmas. Auguste era cristalino: um campeão, o herdeiro, nascido para governar. Você pode imaginar como Laurent se sentia em relação a ele.

– Ele ficava ressentido – disse Damen.

Paschal deu um olhar estranho para ele.

– Não, ele o amava. Ele o idolatrava como a um herói, da forma que garotos intelectuais às vezes fazem com irmãos mais velhos que alcançam a excelência física. Com esses dois era algo recíproco. Eles eram devotados um ao outro. Auguste era o protetor. Ele faria qualquer coisa pelo irmão mais novo.

79

Damen pensou consigo que príncipes precisavam de amadurecimento, não de proteção. Laurent em especial.

Ele já vira Laurent abrir a boca e arrancar a tinta das paredes. Já vira Laurent erguer uma faca e cortar a sangue frio a garganta de um homem sem nem piscar os cílios dourados. Laurent não precisava ser protegido de nada.

Capítulo cinco

No início, Damen não viu o que era, mas percebeu a reação de Laurent, que freou o cavalo e se aproximou de Jord em um movimento suave.

– Leve os homens de volta – disse Laurent. – Terminamos por hoje. O escravo fica comigo. – Ele deu uma olhada para Damen.

Era fim de tarde. As manobras os afastaram da fortaleza de Nesson durante o dia, de modo que avistavam a cidadezinha montanhosa e próxima de Nesson-Eloy. Era uma boa cavalgada de onde estava a tropa até o acampamento, pelas encostas irregulares cobertas de capim, com seus montes de granito ocasionais. Mesmo assim, era cedo para encerrar o dia.

A tropa deu meia-volta após a ordem de Jord. Eles pareciam um todo, uma única unidade funcional, em vez de uma coleção desordenada de partes disparatadas. O resultado de duas semanas de trabalho duro. A sensação de realização se misturava com uma consciência do que aquela tropa poderia vir a ser, se tivesse mais tempo ou uma coleção melhor de lutadores. Damen levou o cavalo para o lado de Laurent.

Àquela altura, ele tinha visto, por si mesmo, um cavalo sem cavaleiro do outro lado da cobertura esparsa de árvores.

Ele vasculhou o resto do terreno próximo com um olhar tenso. Nada. Ele não relaxou. Ao ver o cavalo sem cavaleiro a distância, seu primeiro instinto não foi separar Laurent da tropa, e sim o contrário.

– Fique perto – ordenou Laurent enquanto esporeava o cavalo para investigar, não deixando outra escolha a Damen além de segui-lo. Laurent freou o animal outra vez quando eles estavam perto o suficiente para ver nitidamente o cavalo. Ele não se assustou com a aproximação deles e continuou pastando calmamente. Estava acostumado à companhia de outros homens e cavalos. Estava acostumado à companhia *daqueles* homens e cavalos em particular.

Em duas semanas, ele tinha perdido a sela e as rédeas, mas o cavalo trazia a marca do príncipe.

Na verdade, Damen reconheceu não só a marca, mas o cavalo, um malhado incomum. Laurent enviara um mensageiro a galope naquele animal na manhã de seu duelo com Govart – *antes* de seu duelo com Govart. Aquele não era um dos cavalos que ele enviara a Arles para informar o regente da dispensa de Govart. Aquilo era outra coisa.

Mas isso fazia quase duas semanas, e o mensageiro saíra de Bailleux, não de Nesson.

Damen sentiu um nó desagradável no estômago. O castrado valia fácil 200 leis de prata. Todas as propriedades entre Bailleux e Nesson estariam atrás dele, ou para devolvê-lo em

A JOGADA DO PRÍNCIPE

troca de recompensa, ou para botar a própria marca por cima da de Laurent. Era difícil acreditar que, depois de duas semanas, ele tivesse voltado para a tropa sem ser molestado.

– Alguém quer que você saiba que seu mensageiro não chegou – disse Damen.

– Pegue o cavalo – disse Laurent. – Volte para o acampamento e diga a Jord que vou me reunir à companhia amanhã de manhã.

– O quê? – perguntou Damen. – Mas...

– Tenho que resolver uma coisa na cidade.

Instintivamente, Damen moveu o cavalo para bloquear o caminho de Laurent.

– Não. A maneira mais fácil de seu tio se livrar de você é separá-lo de seus homens, e você sabe disso. Não pode ir para a cidade sozinho; está correndo perigo só por estar aqui. Precisamos nos reunir à tropa. Agora.

Laurent olhou ao redor.

– É o terreno errado para uma emboscada.

– A cidade não é – disse Damen. Por garantia, ele segurou a rédea do cavalo de Laurent. – Considere as alternativas. Você pode confiar a tarefa a alguém?

– Não – respondeu Laurent.

Ele disse isso como uma calma afirmativa. Damen tentou conter a frustração, lembrando a si mesmo de que Laurent estava de posse de uma mente capaz, e que, portanto, havia uma razão por trás de seu *Não* além de simples teimosia. Provavelmente.

– Então tome precauções. Volte comigo para o acampamento e espere anoitecer. Escape anonimamente, com uma guarda.

Você não está pensando como líder. Está acostumado demais a fazer tudo por conta própria.

– Solte minha rédea – ordenou Laurent.

Damen soltou. Houve uma pausa durante a qual Laurent olhou para o cavalo sem cavaleiro; em seguida, para a posição do sol no horizonte; depois, para Damen.

– Você vai me acompanhar – disse Laurent. – No lugar de uma guarda. E partimos ao anoitecer. E isso é o máximo que vou ceder nessa questão. Qualquer outra opinião sua não será encarada com receptividade amorosa.

– Está bem – disse Damen.

– Está bem – disse Laurent depois de um momento.

◆ ◆ ◆

Eles levaram o malhado de volta por um cabresto que Laurent providenciou pelo expediente simples de soltar as rédeas do próprio cavalo, fazer um laço com elas e passá-lo pela cabeça do malhado. Damen segurou a guia, pois Laurent tinha de dedicar toda a sua atenção à tarefa de montar seu cavalo sem rédeas.

Laurent não divulgou mais nenhuma informação sobre seus negócios em Nesson-Eloy, e por menos que gostasse da ideia, Damen sabia que não devia perguntar.

No acampamento, Damen cuidou dos cavalos. Quando voltou para a tenda, Laurent estava vestindo uma versão cara de roupas de montaria de couro, e havia mais roupas dispostas sobre a cama.

– Vista isso – disse Laurent.

A JOGADA DO PRÍNCIPE

Quando Damen as ergueu da cama, sentiu a maciez das peças – roupas escuras usadas pela nobreza, e da mesma qualidade.

Ele se trocou. Levou muito tempo, como sempre ocorria com trajes veretianos, embora pelo menos aquelas fossem roupas de montaria, não roupas da corte. Ainda assim, eram mais cheias de detalhes que qualquer coisa que Damen jamais usara na vida, e de longe as roupas mais luxuosas que recebera para vestir desde sua chegada a Vere. Aquilo não era um traje de soldado, mas a roupa de um aristocrata.

Era, ele agora aprendia em primeira mão, muito mais difícil de amarrar quando você a estava vestindo do que quando estava fazendo isso para outra pessoa. Quando terminou, sentiu-se exageradamente vestido e estranho. Mesmo as formas das roupas eram diferentes – elas o transformavam em algo estrangeiro, algo que ele jamais se imaginara ser, ainda mais que a armadura ou as roupas rústicas de soldado que ele tinha usado.

– Isso não combina comigo – disse ele, querendo dizer que não lhe agradava vesti-las.

– Não, não combina. Você parece um de nós – disse Laurent. Ele olhou para Damen com seus olhos azuis intolerantes. – Já é noite. Vá dizer a Jord que espere minha volta no meio da manhã, e para seguir como de costume na minha ausência. Em seguida, me encontre perto dos cavalos. Partimos assim que você terminar.

◆ ◆ ◆

O problema com as tendas era que não se podia bater. Damen apoiou o peso em uma das estacas e chamou.

A demora no interior foi pronunciada. Por fim, Jord apareceu, sem camisa, com seus ombros largos. Em vez de perder tempo amarrando o laço, ele segurava a calça com uma mão despreocupada.

O tecido erguido da entrada da tenda mostrava a fonte do atraso. De membros pálidos e emaranhado em roupas de cama, Aimeric ergueu-se sobre um cotovelo, corado desde o peito até acima do pescoço.

– O príncipe tem negócios fora do acampamento – disse Damen. – Ele planeja voltar por volta do meio da manhã. Ele quer que você lidere os homens como sempre na sua ausência.

– O que ele precisar. Quantos homens ele vai levar?

– Um – disse Damen.

– Boa sorte. – Foi tudo o que Jord disse.

◆ ◆ ◆

O caminho até a cidade de Nesson-Eloy não era longo nem difícil, mas quando chegaram a seus arredores, tiveram de abrir mão dos cavalos.

Eles os deixaram amarrados fora da estrada, sabendo que havia uma boa chance de os animais não estarem ali quando amanhecesse, pois a natureza humana era a mesma em toda parte. Era necessário. A cidade de Nesson-Eloy, a mais próxima do passo cruzável na montanha, crescera onde as propriedades em torno

A JOGADA DO PRÍNCIPE

da fortaleza rareavam. Era um emaranhado de casas construídas próximas umas das outras e ruas pavimentadas, e o som de cascos sobre as pedras do calçamento acordaria o mundo. Laurent insistiu em silêncio e discrição.

Laurent disse conhecer a cidade, pois a fortaleza próxima era um lugar comum de parada na viagem entre Arles e Acquitart. Ele parecia certo do caminho, e os manteve em ruas menores e passagens escuras.

Mas, no fim, suas precauções de pouco adiantaram.

– Estamos sendo seguidos – disse Damen.

Eles estavam caminhando por uma das ruas estreitas. Acima deles, sacadas e plataformas de pedra e madeira nos andares superiores projetavam-se sobre a rua e, às vezes, formavam um arco sobre ela.

Laurent disse:

– Se estamos sendo seguidos, eles não sabem aonde estamos indo.

Ele os levou para uma rua lateral parcialmente encoberta por beirais, em seguida virou outra vez.

Não era exatamente uma perseguição, porque os homens que os seguiam mantinham distância e só entregavam sua presença de vez em quando, com pequenos ruídos. À luz do dia, podia ser um jogo praticado em ruas lotadas cheias de distrações, com a cidade ativa e murmurante, oculta por um halo de fumaça de madeira. À noite, tudo chamava atenção. As ruas escuras tinham poucas pessoas, e eles se destacavam.

Os homens que os seguiam – eram mais de um – tinham uma tarefa fácil, não importava quantos desvios Laurent fizesse. Eles não conseguiam despistá-los.

– Isso está ficando irritante – disse Laurent. Ele tinha parado diante de uma porta com uma pintura de símbolo circular. – Não temos tempo para brincadeiras de gato e rato. Eu vou tentar seu truque.

– Meu truque? – perguntou Damen. A última vez em que Damen vira um símbolo como aquele em uma porta, ela se abrira para expelir Govart.

Laurent levantou o punho e o aplicou à porta. Em seguida, ele se voltou para Damen.

– É assim? Não tenho ideia de como se age normalmente. Essa é sua arena, não a minha.

A fenda do visor na porta deslizou e se abriu. Laurent ergueu uma moeda de ouro e o visor fechou com uma batida que foi seguida pelo som de trincos sendo abertos. Uma fragrância saiu pela porta e apareceu uma jovem, com cabelo castanho bem penteado e muito brilhante. Ela olhou para a moeda de Laurent, em seguida para Damen, depois acrescentou um murmúrio sobre o tamanho de Damen a um comentário contrariado sobre chamar a *maîtresse*, e eles entraram pela porta no bordel perfumado.

– Esta não é *minha arena* – disse Damen.

Havia candeeiros de cobre pendurados do teto por correntes finas de cobre, e as paredes estavam cobertas de sedas. A fragrância era o cheiro adocicado de incenso sobre o cheiro fraco de *chalis*. O chão era atapetado, um volume profundo no qual os pés afundavam. A sala para a qual foram conduzidos tinha alguns finos colchões veretianos cobertos com almofadas, mas estava cercada por uma série de sofás reclinados de madeira escura entalhada.

A JOGADA DO PRÍNCIPE

Dois dos sofás estavam ocupados, não (felizmente) com casais públicos, mas com três mulheres da casa. Laurent entrou e tomou um dos sofás vazios para si, adotando uma postura relaxada. Damen se sentou mais cuidadosamente na outra ponta. Sua mente estava em seus perseguidores, que ou iam ficar na rua vigiando a porta, ou a qualquer momento adentrariam o bordel. Imagens de um vexame infinito se descortinaram à sua frente.

Laurent estava examinando as mulheres. Ele estava longe de estar espantado, mas havia certa qualidade em seu olhar. Damen percebeu que, para Laurent, aquela experiência era completamente nova e altamente ilícita. Para aumentar a sensação de ridículo de Damen, houve a consciência aguda e repentina de que ele estava acompanhando o casto príncipe herdeiro de Vere a sua primeira visita a um bordel.

De todos os outros lugares da casa, era possível ouvir o som de fodas.

Das três mulheres, uma era a mulher de cabelo brilhante que os recebera à porta, enquanto a segunda, que tinha cabelos escuros, estava preguiçosamente provocando a terceira, uma loura cujo vestido estava praticamente desamarrado. O mamilo exposto da loura estava rosa e inchado por conta de uma carícia preguiçosa da outra.

– Você está sentado longe demais – disse a loura.

– Então se levante – disse Laurent.

Ela se levantou. A de cabelos escuros se levantou também e seguiu na direção de Laurent. A loura foi sentar ao lado de Damen. Damen podia ver a outra mulher de esguelha – estava cheio de uma curiosidade divertida para saber como Laurent iria lidar com suas investidas, mas percebeu que tinha as próprias preocupações, digamos assim. A loura tinha lábios muito rosa, sardas espalhadas sobre o nariz, e seu vestido estava aberto do pescoço ao umbigo, com as fitas penduradas. Seus seios expostos eram curvos e brancos, a parte mais branca dela, exceto onde floresciam dois bicos macios. Seus mamilos eram exatamente do mesmo tom de rosa de seus lábios. Era pintura.

Ela disse:

– Milorde, há algo que eu possa fazer pelo senhor enquanto espera?

Damen abriu a boca para negar, preocupado com a situação precária em que estavam, com seus perseguidores e com Laurent no assento ao seu lado. Ele estava consciente de quanto tempo fazia desde que tivera uma mulher.

– Desamarre a jaqueta dele – disse Laurent.

A loura olhou de Damen para Laurent. Damen olhou para ele também. Laurent dispensara sua própria mulher sem dizer uma palavra, talvez com um breve gesto de dispensa dos dedos. Elegante e relaxado, ele os estava observando sem urgência.

Era familiar. Damen sentiu o momento em que seu pulso se acelerou, lembrando-se da namoradeira no caramanchão no jardim, e a voz fria de Laurent dando instruções explícitas: *não use a boca, ainda... só a língua.*

Damen segurou o pulso da loura. Não ia haver uma nova *performance*. Os dedos da loura já tinham se movido pelos laços e descoberto a coleira de ouro por baixo do tecido caro de sua jaqueta.

A JOGADA DO PRÍNCIPE

– Você é... um escravo de estimação? – perguntou ela.

– Eu posso fechar a sala – disse a voz de uma mulher mais velha, com um leve sotaque vaskiano. – Se esse for seu desejo, cavalheiros, e lhes dar privacidade para desfrutarem de minhas garotas.

– A senhora é a *maîtresse*? – indagou Laurent.

– Eu mando nesta pequena casa – disse ela.

Laurent se ergueu do sofá reclinável.

– Se estou pagando em ouro, quem manda sou eu.

Ela se dobrou em uma reverência profunda, com os olhos no chão.

– Como o senhor quiser. – E depois, após uma leve hesitação: – Alteza. Com discrição e silêncio, é claro.

O cabelo dourado, as roupas elegantes e aquele rosto – claro que ele tinha sido identificado. Todo mundo na cidade supostamente sabia quem estava acampado na fortaleza. As palavras da *maîtresse* provocaram uma expressão de surpresa em uma das outras garotas; ela não tinha feito as mesmas deduções que a *maîtresse*, nem as outras. Damen teve a oportunidade de ver as putas de Nesson-Eloy se prostrarem quase até o chão na presença de seu príncipe herdeiro.

– Meu escravo e eu queremos um quarto particular – disse Laurent. – Nos fundos da casa. Algo com uma cama, um trinco na porta e uma janela. Não exigimos companhia. Se tentar mandar uma de suas garotas, vai descobrir da pior maneira possível que eu não gosto de dividir.

– Sim, alteza – disse a *maîtresse*.

Ela os conduziu com uma vela fina através da casa velha até os fundos. Damen meio que esperava que a mulher expulsasse algum outro cliente em nome de Laurent, mas havia um quarto desocupado que se encaixava nas exigências de Laurent. Ele estava mobiliado de maneira simples, com um baú baixo com almofadas, uma cama com dossel e dois candeeiros. As almofadas eram de tecido vermelho com um padrão de veludo em relevo. A *maîtresse* fechou a porta e os deixou sozinhos.

Damen fechou o trinco e, por garantia, empurrou o baú para a frente da porta.

Havia, realmente, uma janela. Ela era pequena. E estava coberta por uma grade de metal presa na parede.

Laurent estava olhando fixamente para ela, confuso.

– Não era isso o que eu tinha em mente.

– A argamassa é velha – disse Damen. – Aqui. – Ele segurou a grade e deu um puxão.

Pedaços de argamassa choveram das bordas da janela, mas não foi suficiente para soltar a grade da moldura. Ele mudou a pegada, se posicionou e usou o ombro.

Na terceira tentativa, a grade inteira saiu da janela. Ela era surpreendentemente pesada, e ele a pôs no chão com cuidado. O tapete grosso abafou qualquer som, como tinha feito quando ele moveu o baú.

– Depois de você – disse ele para Laurent, que o estava encarando. Laurent pareceu que ia falar, mas então apenas assentiu com a cabeça, saiu pela janela e caiu sem fazer barulho no beco atrás do bordel. Damen o seguiu.

A JOGADA DO PRÍNCIPE

Eles atravessaram o beco sob os beirais protuberantes e encontraram um espaço úmido, entre duas casas, por onde passar, em seguida pegaram um lance curto de escada. Os sons baixos de seus próprios passos não tinham eco. Seus perseguidores não haviam cercado a casa.

Eles os haviam despistado.

◆ ◆ ◆

– Aqui, pegue isso – disse Laurent quando eles estavam a meia cidade de distância, jogando para Damen seu saco de moedas. – É melhor que não sejamos reconhecidos. E você devia esconder a coleira na jaqueta.

– Não sou eu quem tem que esconder a identidade – disse Damen, mas obedientemente fechou e amarrou a jaqueta, escondendo a coleira de ouro de vista. – Não são apenas as prostitutas que sabem que você está acampado na fortaleza. Qualquer um que vir um homem jovem e louro de berço nobre vai saber que é você.

– Eu trouxe um disfarce – disse Laurent.

– Um disfarce – repetiu Damen.

Eles chegaram a uma estalagem que Laurent disse ser seu destino, e estavam parados sob o beiral do andar de cima, a dois passos da porta. Não havia lugar para se trocar, e havia pouca coisa que pudesse ser feita a respeito do cabelo louro que entregava Laurent. E o príncipe estava de mãos vazias.

Até que ele retirou algo delicado e reluzente de uma dobra em suas roupas. Damen o encarou.

Laurent disse:

– Depois de você.

Damen abriu a boca. Fechou-a. Ele pôs a mão na porta da estalagem, empurrou-a e a abriu.

Laurent o seguiu, depois de passar um momento prendendo as grandes safiras pendentes do brinco de Nicaise na própria orelha. O som de vozes e música se misturava com o cheiro de carne de veado e fumaça de vela para formar uma primeira impressão. Damen olhou ao redor para o grande salão amplo com mesas sobre cavaletes, adornadas com pratos e jarros, e uma lareira em uma extremidade com um espeto assando sobre ela. Havia vários clientes, homens e mulheres. Ninguém usava roupas tão elegantes quanto as dele ou as de Laurent. De um lado, um lance de escada de madeira levava a um mezanino, de onde se abriam quartos privativos. Um estalajadeiro com as mangas arregaçadas vinha na direção deles.

Depois de um olhar rápido e indiferente para Laurent, o estalajadeiro deu toda sua atenção a Damen, cumprimentando-o com respeito.

– Bem-vindo, milorde. O senhor e seu escravo de estimação querem alojamentos para a noite?

Capítulo seis

—Quero seu melhor quarto – disse Laurent. – Com uma cama grande e uma banheira particular, e se você mandar algum menino da casa, vai descobrir da pior maneira possível que eu não gosto de dividir.

Ele deu um olhar longo e frio para o estalajadeiro.

– Ele é caro – disse Damen para o estalajadeiro, como desculpa.

Então observou o homem avaliar o custo das roupas de Laurent e de seu brinco de safira – um presente real para um favorito – e o custo provável do próprio Laurent, com aquele rosto e aquele corpo. Damen percebeu que estava prestes a ser cobrado três vezes o preço vigente de tudo.

Ele decidiu com bom humor que não se importava em ser generoso com o dinheiro de Laurent.

– Por que não nos encontra uma mesa, escravo? – disse, saboreando o momento. E o epíteto.

Laurent fez o que lhe foi mandado. Damen demorou para pagar regiamente pelo quarto e agradeceu ao estalajadeiro.

Ele mantinha um olho em Laurent, que mesmo nos melhores momentos não era previsível. O príncipe seguiu direto para a melhor mesa, perto o suficiente do fogo para desfrutar do calor, mas não tão perto para ser tomado pelo cheiro do veado que assava lentamente. Como era a melhor mesa, ela estava ocupada. Laurent a esvaziou com o que pareceu ser um olhar, ou uma palavra, ou o simples fato de sua aproximação.

O brinco não era um disfarce discreto. Todo homem na sala comum da estalagem levou algum tempo dando uma boa olhada em Laurent. Escravizado de estimação. A arrogância de olhos frios de Laurent proclamava que ninguém podia tocá-lo. O brinco dizia que um homem podia. Isso o transformava de *inatingível* em *exclusivo*, um prazer de elite pelo qual ninguém ali podia pagar.

Mas isso era uma ilusão. Damen se sentou à mesa em frente a Laurent em um dos bancos compridos.

– E agora? – disse Damen.

– Agora nós esperamos – disse Laurent.

Em seguida, se levantou, deu a volta na mesa e se sentou ao lado de Damen, perto como um amante.

– O que está fazendo?

– Verossimilhança – disse Laurent. O brinco piscou para ele. – Ainda bem que eu o trouxe junto. Eu não esperava ter de arrancar coisas das paredes. Você costuma visitar bordéis com frequência?

– Não – disse Damen.

– Nada de bordéis. Prostitutas que seguem as tropas? – perguntou Laurent. Em seguida: – Escravos. – E depois, após a satisfação de uma pausa: – Akielos, o jardim dos prazeres. Então você gosta da escravidão para os outros. Apenas não para si mesmo.

Damen se mexeu no banco comprido e olhou para ele.

A JOGADA DO PRÍNCIPE

– Não fique tenso – disse Laurent.

– Você fala mais quando está desconfortável – disse Damen.

– Milorde – disse o estalajadeiro, e Damen se virou. Laurent, não. – Seu quarto estará pronto em breve. A terceira porta no alto da escada. Jehan vai lhes trazer vinho e comida enquanto esperam.

– Vamos tentar nos divertir. Quem é aquele? – indagou Laurent.

Ele estava olhando para um homem mais velho do outro lado do salão, com cabelo que parecia um punhado de palha se projetando debaixo de uma boina de lã suja. Ele se sentou a uma mesa escura no canto. Estava embaralhando cartas como se fossem, embora sebosas e com orelhas, seu bem mais precioso.

– Esse é Volo. Não jogue com ele. Esse homem tem muita sede. Não vai levar mais de uma noite para sorver suas moedas, suas joias e sua jaqueta.

Com esse conselho, o estalajadeiro se retirou.

Laurent estava observando Volo com a mesma expressão com a qual olhara para as mulheres no bordel. Volo tentou conseguir vinho com o menino que servia na casa, depois tentou conseguir algo completamente diferente do menino, que não se impressionou quando Volo desempenhou um truque que envolvia segurar uma colher de madeira na mão e fazê-la desaparecer, como se sumisse no ar.

– Tudo bem. Dê-me algum dinheiro. Quero jogar cartas com aquele homem.

Laurent se levantou, apoiando o peso contra a mesa. Damen levou a mão à bolsa, então fez uma pausa.

– Não se devia ganhar presentes com serviços?

Laurent disse:

– Tem alguma coisa que queira?

Sua voz estava sinuosa com promessas; seu olhar estava firme como o de um gato.

Damen, que preferia não ser eviscerado, jogou a bolsa para Laurent. O príncipe a apanhou com uma das mãos e pegou para si um punhado de moedas de cobre e prata. Ele jogou a bolsa de volta para Damen, seguiu pelo salão da estalagem e se sentou em frente a Volo.

Eles jogaram. Laurent apostou prata. Volo apostou seu gorro de lã. Damen observou de sua mesa por alguns minutos, depois examinou os outros clientes para ver se algum deles estava à sua altura para tornar plausível um convite.

O mais respeitável deles estava vestido em roupas boas com uma capa forrada de pele jogada sobre a mesa, talvez um mercador de tecidos. Damen estendeu um convite para que o homem se juntasse a ele, se desejasse, o que o homem fez com prazer, escondendo de maneira imperfeita sua curiosidade em relação a Damen sob um manto de boas maneiras de mercador. O nome do homem era Charls, e ele era sócio comercial de uma importante família de mercadores. Eles realmente negociavam tecidos. Damen deu um nome obscuro e pedigree de Patras.

– Ah, Patras! Sim, você tem o sotaque – disse Charls.

A conversa foi sobre comércio e política, o que era natural para um mercador. Revelou-se impossível obter notícias de Akielos.

A JOGADA DO PRÍNCIPE

Charls não apoiava a aliança. Charls confiava que o príncipe permanecesse firme nas negociações com o rei bastardo akielon mais do que confiava no tio regente. O príncipe herdeiro estava acampado em Nesson naquele exato minuto, a caminho da fronteira para resistir a Akielos. Ele era um jovem que levava suas responsabilidades a sério, disse Charls. Damen teve de se esforçar para não olhar para Laurent jogando cartas.

A comida chegou. A estalagem fornecia pão e pratos bons. Charls olhou para os pratos quando ficou evidente que o estalajadeiro dera a Damen todos os melhores cortes de carne.

Os clientes no salão principal estavam rareando. Charls saiu logo depois e subiu para o andar de cima, para o segundo melhor quarto do estabelecimento.

Quando ele olhou para o jogo de cartas, Damen viu que Laurent tinha conseguido perder todas as suas moedas, mas ganhado o gorro imundo de lã. Volo sorriu, deu um tapa sonoro nas costas de Laurent em comiseração, em seguida lhe pagou uma bebida. Depois comprou uma bebida e pagou pelo menino da casa, que estava oferecendo preços bem generosos – uma moeda de cobre por uma metida, três moedas pela noite – e havia se interessado muito por Volo agora que ele tinha empilhadas à sua frente todas as moedas de Laurent.

Laurent aceitou a bebida e voltou pelo salão, então a botou, intocada, à frente de Damen.

– Os espólios da vitória de outra pessoa.

Embora a estalagem estivesse esvaziando, dois dos clientes perto do fogo estavam possivelmente ao alcance de suas vozes.

– Se quisesse uma bebida e um gorro velho – disse Damen –, podia apenas tê-lo comprado dele. Mais barato e mais rápido.

– Eu gosto do jogo – disse Laurent. Ele estendeu o braço e se apropriou de outra moeda da bolsa que Damen levava, em seguida a fechou na mão. – Veja, eu aprendi um truque novo. – Quando abriu a mão, ela estava vazia, como se por mágica. Um segundo depois, a moeda caiu de sua manga no chão. Laurent olhou para ela de cenho franzido. – Bem, ainda não aprendi direito.

– Se o truque é fazer moedas desaparecerem, acho que aprendeu, sim.

– Como é a comida? – perguntou Laurent com os olhos na mesa.

Damen cortou um pedaço de pão e o estendeu como se fosse uma guloseima para o gato da casa.

– Experimente.

Laurent olhou para o pão, em seguida para os homens perto do fogo, então para Damen, um olhar longo e frio que teria sido difícil encarar se Damen não tivesse, àquela altura, bastante prática.

Então ele disse:

– Tudo bem.

Levou um momento para absorver as palavras. Quando o fez, Laurent tinha se sentado ao lado dele no banco comprido. Laurent estava montado sobre o banco, de frente para Damen.

Ele ia mesmo fazer aquilo.

Escravizados de estimação em Vere transformavam aquele tipo de coisa em uma produção provocante, flertando e fazendo amor com as mãos de seus mestres. Laurent, quando Damen levou o bocado de pão aos seus lábios, não fez nenhuma dessas coisas. Ele

A JOGADA DO PRÍNCIPE

manteve um fastio essencial. Naquilo não havia quase nada de escravizado de estimação e mestre, exceto que Damen sentiu, apenas por um instante, o calor do hálito de Laurent contra a ponta dos dedos.

Verossimilhança, pensou Damen.

Seu olhar caiu sobre os lábios de Laurent. Quando ele o forçou a se erguer, ele se fixou, em vez disso, no brinco. O lobo da orelha de Laurent estava perfurado pelo ornamento do amante de seu tio. Aquilo lhe caía bem, no sentido mundano de que combinava com seu tom de pele. Em outro sentido, parecia tão incongruente quanto rasgar outro bocado de pão e erguê-lo para o príncipe.

Laurent comeu o pão. Era como alimentar um predador, a mesma sensação. Laurent estava tão próximo que seria fácil segurar sua nuca e puxá-lo para perto. Ele se lembrou da sensação do cabelo de Laurent, sua pele, e lutou contra a vontade de apertar os lábios de Laurent com a ponta dos dedos.

Era o brinco. Laurent era sempre austero demais. O brinco o alterava. Deixava transparecer um lado sensual, sofisticado e sutil.

Mas esse lado não existia. O brilho das safiras era perigoso. Como Nicaise era perigoso. Nada em Vere era o que parecia.

Outro pedaço de pão. Os lábios de Laurent roçaram a ponta dos dedos dele. Foi um toque breve e delicado. Não era essa sua intenção quando pegou o pão. Damen tinha a impressão de que seus planos tinham sido arruinados, que Laurent sabia exatamente o que estava fazendo. O toque lembrou o primeiro roçar de lábios no tipo de beijo sensual que começa com uma série de beijos breves e em seguida, lentamente, se aprofunda. Damen sentiu a respiração se alterar.

Ele se forçou a lembrar quem era o outro. Laurent, seu captor. Ele se obrigou a se lembrar do golpe de cada chicotada em suas costas, mas graças a algum impulso equivocado no cérebro, em vez disso se viu recordando a pele molhada de Laurent nos banhos, a maneira como seus membros se encaixavam como um cabo fixado à lâmina de uma espada equilibrada.

Laurent terminou o bocado, em seguida pousou a mão sobre a coxa de Damen e, lentamente, deslizou-a para cima.

– Controle-se – disse Laurent.

E se aproximou até que, sentados de frente um para o outro no banco, seus peitos quase se tocaram. O cabelo de Laurent fez cócegas no rosto de Damen quando ele aproximou os lábios de seu ouvido.

– Você e eu somos praticamente os últimos aqui – murmurou Laurent.

– E o que tem isso?

O murmúrio seguinte deslizou delicadamente para o interior do ouvido de Damen, de modo que ele sentiu a forma de cada palavra, feita de lábios e hálito.

– Que você deve me levar lá para cima – disse Laurent. – Não acha que já esperamos o suficiente?

Laurent foi à frente e subiu a escada, seguido por Damen. Ele tinha consciência de cada passo, e sentiu o pulso bater mais forte sob a pele.

A terceira porta no alto da escada. O quarto era aquecido por um fogo bem-cuidado em uma lareira grande. Ele tinha paredes grossas rebocadas e uma janela com uma sacada pequena. Seu

A JOGADA DO PRÍNCIPE

único leito grande tinha roupas de cama de aspecto aconchegante e uma cabeceira robusta de madeira escura com entalhes intricados em um padrão entrelaçado de losangos. Havia alguns outros móveis, um baú baixo e uma cadeira perto da porta.

E havia um homem de cerca de 30 anos com uma barba escura, aparada curta, sentado na cama. Ele se levantou e caiu sobre um joelho quando viu Laurent.

Damen se sentou um tanto pesadamente na cadeira perto da porta.

– Alteza – disse o homem, ajoelhado.

– Levante-se – ordenou Laurent. – Estou feliz em vê-lo. Você deve ter vindo toda noite, bem depois de quando devia ter sua resposta.

– Enquanto o senhor estivesse acampado em Nesson, achei que houvesse uma chance que seu mensageiro viesse – disse o homem enquanto ficava de pé.

– Ele foi detido. Fomos seguidos desde a fortaleza até o bairro leste. Acho que as estradas de chegada e saída estarão vigiadas.

– Eu conheço um caminho. Posso partir assim que terminarmos.

O homem sacou um pergaminho lacrado do interior do casaco. Laurent o pegou, rompeu o lacre e leu o conteúdo. Ele leu devagar. Pelo vislumbre que Damen captou, parecia escrita em código. Quando terminou, Laurent jogou o pergaminho no fogo, onde se encolheu e escureceu.

Laurent pegou seu anel de sinete e o botou na mão do homem.

– Dê isso a ele – disse Laurent – e diga que vou esperar por ele em Ravenel.

O homem fez uma mesura, então saiu pela porta e deixou a estalagem adormecida. Estava feito.

Damen se levantou e lançou um olhar demorado para Laurent.

– Você parece satisfeito.

– Sou do tipo que obtém muito prazer com pequenas vitórias – disse Laurent.

– Mas não tinha certeza de que ele estaria aqui – disse Damen.

– Não achei que ele fosse estar. Duas semanas é muito tempo para esperar. – Laurent tirou o brinco. – Acredito que estaremos em segurança na estrada amanhã. Os homens que nos seguiram pareciam muito mais interessados em encontrá-lo do que em me fazer mal. Eles não nos atacaram quando tiveram a chance esta noite. – Em seguida: – Essa porta leva para a banheira? – Depois, quando estava a meio caminho da porta: – Não se preocupe. Seus serviços não são necessários.

Depois que ele saiu, Damen, sem dizer nada, pegou uma braçada de almofadas e roupa de cama e a jogou no chão junto da lareira.

Então, não havia o que fazer. Ele desceu. Os únicos clientes que permaneciam agora eram Volo e o menino da casa, que não estavam prestando nenhuma atenção em mais ninguém. O cabelo cor de areia do menino estava todo despenteado.

Ele caminhou até a parte externa da estalagem e parou por um instante: o ar frio da noite era calmante. A rua estava vazia. O mensageiro tinha partido. Era muito tarde.

Era um lugar tranquilo. Mas ele não podia ficar ali a noite inteira. Ao lembrar que Laurent não tinha comido nada além de

A JOGADA DO PRÍNCIPE

alguns pequenos bocados de pão, ele parou na cozinha na volta para o segundo andar e requisitou um prato de pão e carnes.

Quando voltou para o quarto, Laurent tinha emergido do banho e estava semivestido e sentado, secando o cabelo molhado perto do fogo, ocupando a maior parte do espaço na cama improvisada de Damen.

– Aqui – disse Damen, e lhe passou o prato.

– Obrigado – disse Laurent, olhando rapidamente para o prato. – O banho está livre. Se você quiser.

Ele se banhou. Laurent lhe deixara água limpa. As toalhas penduradas ao lado da bacia de cobre eram quentes e macias. Ele se secou e resolveu se vestir novamente com a calça em vez de usar toalhas. Disse a si mesmo que aquilo não era diferente de duas dúzias de noites juntos no interior de uma tenda de campanha.

Quando ele voltou, Laurent tinha cuidadosamente comido metade de tudo no prato, e o pusera sobre o baú onde Damen podia pegar algo, se quisesse. Damen, que tinha comido sua cota no térreo e não achava que Laurent devesse assumir a sua cama quando deixara intocado o vasto conforto da sua própria, ignorou o prato e foi defender sua reivindicação ao lado de Laurent, sobre os cobertores perto da lareira.

– Achei que Volo fosse seu contato – disse Damen.

– Eu só queria jogar cartas com ele – disse Laurent.

O fogo estava quente. Damen gostava do calor contra a pele nua de seu torso.

Depois de um momento, Laurent disse:

– Acho que não teria chegado aqui sem sua ajuda, pelo menos não sem ser seguido. Estou feliz por você ter vindo. Estou falando sério. Você estava certo. Não estou acostumado a... – Ele se calou.

Seu cabelo úmido, puxado para trás, expunha os planos elegantemente equilibrados de seu rosto. Damen olhou para ele.

– Você está num humor estranho – disse Damen. – Mais estranho que o normal.

– Eu diria que estou de bom humor.

– De bom humor.

– Bem, não tão bom quanto o de Volo – disse Laurent. – Mas a comida é decente, o fogo está quente e ninguém tentou me matar nas últimas três horas. Por que não?

– Pensava que tivesse gostos mais sofisticados que isso – disse Damen.

– Pensava? – disse Laurent.

– Eu vi sua corte – lembrou-o Damen com delicadeza.

– Você viu a corte de meu tio – disse Laurent.

E a sua por acaso seria diferente? Ele não disse isso. Talvez não precisasse saber a resposta. Laurent estava se transformando no rei que seria a cada dia que passava, mas o futuro era outra vida. Então Laurent não iria deitar de costas sobre as mãos e secar preguiçosamente o cabelo diante da lareira de um quarto de estalagem, ou entrar e sair por janelas de bordéis. Nem Damen.

– Conte-me uma coisa – disse Laurent.

Ele falou depois de um silêncio longo e surpreendentemente confortável. Damen olhou para ele.

– O que realmente aconteceu para que Kastor o mandasse para cá? Sei que não foi uma briga de amantes – disse Laurent.

Quando o calor confortável do fogo esfriou, Damen soube que tinha de mentir. Era perigoso demais falar sobre isso com Laurent. Ele sabia disso. Ele só não sabia por que o passado parecia tão próximo. Ele engoliu as palavras que se ergueram em sua garganta.

Como tinha engolido tudo, desde aquela noite.

Não sei. Eu não sei por quê.

Não sei o que fiz para ele me odiar tanto. Por que não podíamos prantear, como irmãos, nosso pai...

– Você estava parcialmente certo – ele se ouviu dizer, como se estivesse a distância. – Eu gostava... havia uma mulher.

– Jokaste – disse Laurent, divertido.

Damen ficou em silêncio. Ele sentiu a dor da resposta na garganta.

– Sério? Você se apaixonou pela amante do rei?

– Ele não era rei na época. E ela não era sua amante. Ou, se era, ninguém sabia – disse Damen. Quando as palavras começaram, não quiseram parar. – Ela era inteligente, perfeita, linda. Era tudo que eu poderia ter pedido em uma mulher. Mas ela era uma mulher ambiciosa. Ela queria poder. Ela deve ter achado que seu único caminho para o trono era através de Kastor.

– Meu bárbaro confiável. Eu não teria achado que esse fosse seu tipo.

– Tipo?

– Um rosto bonito, uma mente sorrateira e uma natureza implacável.

– Não. Não é isso. Eu não sabia que ela era... Eu não sabia o que ela era.

– Não? – perguntou Laurent.

– Talvez eu... eu sabia que ela era controlada pela mente, não pelo coração. Eu sabia que ela era ambiciosa e, sim, às vezes, implacável. Admito que havia algo... atraente nisso. Mas nunca imaginei que ela fosse me trair por Kastor. Isso eu aprendi tarde demais.

– Auguste era como você – disse Laurent. – Ele não tinha instinto para engodos, o que significava que não conseguia reconhecer isso em outras pessoas.

– E você? – perguntou Damen depois de ofegar.

– Eu tenho um instinto muito desenvolvido para perceber engodos.

– Não, eu quis dizer...

– Eu sei o que você quis dizer.

Damen tinha perguntado em uma tentativa de voltar o interrogatório para Laurent. Qualquer coisa para mudar de assunto. Mas então, depois de uma noite de brincos e bordéis, ele pensou: por que não perguntar a ele sobre isso? Laurent não parecia desconfortável. As linhas de seu corpo estavam relaxadas e tranquilas. Seus lábios macios, tão frequentemente esticados em uma linha tensa, com sua sensualidade suprimida, nesse momento não expressavam nada mais perigoso que um leve interesse. Ele não teve dificuldade para retribuir o olhar de Damen. Mas não deu uma resposta.

– Tímido? – perguntou Damen.

– Se quiser uma resposta, vai ter de fazer a pergunta – disse Laurent.

A JOGADA DO PRÍNCIPE

– Metade dos homens em sua companhia está convencida de que você é virgem.

– Isso é uma pergunta?

– Sim.

– Tenho 20 anos – disse Laurent. – E recebo ofertas desde que consigo me lembrar.

– Isso é uma resposta? – perguntou Damen.

– Eu não sou virgem – disse Laurent.

– Eu já me perguntei – disse Damen com cuidado – se você reserva seu amor para mulheres.

– Não, eu... – Laurent pareceu surpreso. Em seguida, pareceu perceber que sua surpresa revelava algo fundamental, e afastou os olhos com uma respiração abafada. Quando tornou a olhar para Damen, havia um sorriso malicioso em seus lábios, mas ele disse com firmeza: – Não.

– Eu disse algo que o ofendeu? Não tive a intenção...

– Não. Uma teoria plausível, benigna e descomplicada. Eu confiava que você fosse pensar nela.

– Não é minha culpa que ninguém em seu país consiga pensar com objetividade – disse Damen de maneira defensiva, franzindo de leve o cenho.

– Eu vou lhe dizer por que Jokaste escolheu Kastor – disse Laurent.

Damen olhou para o fogo. Olhou para o tronco parcialmente consumido, com chamas lambendo suas laterais e brasas na base.

– Ele era um príncipe – disse Damen. – Ele era um príncipe, e eu era apenas...

Ele não conseguia fazer isso. Os músculos em torno de seus ombros estavam tão tensos que chegavam a doer. O passado estava voltando a entrar em foco; ele não queria vê-lo. Mentir significava enfrentar a verdade de não saber. Não saber o que ele tinha feito para provocar a traição, não uma vez, mas duas: da mulher que amava e de seu irmão.

– Não é por isso. Ela o teria escolhido mesmo que você tivesse sangue real nas veias, mesmo que você tivesse o mesmo sangue de Kastor. Você não entende como uma mente assim funciona. Eu entendo. Se eu fosse Jokaste, com toda sua ambição, também teria escolhido Kastor em vez de você.

– Imagino que adoraria me dizer por quê – disse Damen. Ele sentiu as mãos se cerrarem em punhos, ouviu a amargura em sua voz.

– Porque uma mulher ambiciosa sempre vai escolher o homem mais fraco. Quanto mais fraco o homem, mais fácil controlá-lo.

Damen sentiu o choque da surpresa e olhou para Laurent, e o encontrou olhando de volta para ele sem rancor. O momento se estendeu. Não era... não era o que ele esperava que Laurent dissesse. Enquanto olhava para Laurent, ele absorveu as palavras de maneiras inesperadas e as sentiu tocar algo de bordas cortantes dentro de si, sentiu-as mover, apenas uma pequena fração, algo abrigado dura e profundamente que ele achava ser impossível mover.

– O que o faz pensar que Kastor seja o homem mais fraco? – perguntou ele. – Você não o conhece.

– Mas estou começando a conhecer você – disse Laurent.

Capítulo sete

Damen se sentou com as costas para a parede, sobre a roupa de cama que reunira junto da lareira. Os sons do fogo ficaram esparsos; ele já tinha queimado e se reduzido às últimas brasas brilhantes. O quarto estava calorosamente calmo e silencioso. Damen estava bem acordado.

Laurent dormia na cama.

Damen podia identificar sua forma, mesmo na escuridão do quarto. O luar que penetrava pelas frestas das cortinas da sacada revelava o volume do cabelo claro de Laurent sobre o travesseiro. Laurent dormia como se a presença de Damen no quarto não importasse, como se Damen não fosse uma ameaça maior para ele que um móvel.

Não era confiança. Era um julgamento calmo das intenções de Damen, combinado com uma arrogância insolente em sua avaliação de si mesmo: havia mais razões para Damen manter Laurent vivo do que para lhe fazer mal. Por enquanto. Foi como quando Laurent lhe entregara uma faca. Como quando Laurent o convidara para os banhos do palácio e, calmamente, se despira. Tudo era calculado. Laurent não confiava em ninguém.

Damen não o entendia. Ele não entendia por que tinha falado como falou, nem entendia os efeitos dessas palavras sobre si mesmo. O passado pesava sobre ele. No silêncio do quarto à noite, não havia distrações, nada a fazer além de pensar, sentir e lembrar.

Seu irmão, Kastor, o filho ilegítimo da amante do rei Hypermenestra, foi criado pelos primeiros nove anos de sua vida como herdeiro do trono. Depois de perder inúmeros bebês, passou a ser crença comum que a rainha Egeria não conseguiria levar uma gestação a bom termo. E então veio a gravidez que tirou a vida da rainha, mas produziu em suas horas finais um herdeiro homem legítimo.

Ele cresceu admirando Kastor, esforçando-se para superá-lo, porque o admirava e porque tinha consciência da incandescência do orgulho do pai nos momentos em que conseguia superar o irmão.

Nikandros o puxara do quarto onde seu pai estava doente e dissera, em voz baixa: *Kastor sempre acreditou merecer o trono. Que você o tomou dele. Ele não consegue aceitar a culpa pela derrota em nenhuma arena; em vez disso, atribui tudo ao fato de que ele nunca teve sua "chance". A única coisa de que precisava era de alguém que sussurrasse em seu ouvido que ele devia tomá-lo.*

Ele se recusou a acreditar nisso. Em qualquer parte disso. Não ia dar ouvidos a palavras ditas contra o irmão. Seu pai, que estava à beira da morte, chamou Kastor a seu lado e lhe falou do amor que sentia por ele e por Hypermenestra, e as emoções de Kastor ao lado do leito de morte do pai pareceram tão verdadeiras quanto a promessa de servir ao herdeiro, Damianos.

Torveld dissera: *Eu vi a tristeza de Kastor. Era verdadeira.* Ele achava isso também. Na época.

A JOGADA DO PRÍNCIPE

Ele se lembrou da primeira vez que soltou o cabelo louro de Jokaste, da sensação dele caindo sobre seus dedos, e a lembrança se emaranhou com uma palpitação de excitação, que no momento seguinte se transformou em um abalo, quando ele se viu confundindo o cabelo louro comprido com um mais curto ao se lembrar do momento no andar de baixo, quando Laurent quase sentara em seu colo.

A imagem se despedaçou quando ele ouviu, abafada pelas paredes e a distância, uma batida nas portas no andar de baixo.

O perigo o fez se levantar – a urgência do momento empurrou para o lado seus pensamentos anteriores. Ele vestiu a camisa e a jaqueta, sentando-se na beira da cama. Foi delicado quando pôs a mão no ombro de Laurent.

A pele de Laurent estava quente na cama com cobertor. O toque de Damen o despertou imediatamente, embora sem nenhuma expressão aberta de susto devido ao pânico ou à surpresa.

– Temos que ir – disse Damen. Havia um novo conjunto de sons vindo do andar de baixo; o estalajadeiro, acordado, destrancando a porta da estalagem.

– Isso está virando um hábito – disse Laurent, mas já estava se levantando. Enquanto Damen abria as cortinas para a sacada, Laurent vestiu a própria camisa e a jaqueta, embora não tivesse tempo para amarrar nenhum dos laços, porque as roupas veretianas eram francamente inúteis em uma emergência.

As cortinas se abriram para uma brisa noturna fresca e agitada e uma queda de dois andares.

Não ia ser tão fácil quanto fora no bordel. Pular não era

possível. A queda até o nível da rua podia não ser fatal, mas era perigosa o suficiente para quebrar ossos. Havia vozes agora, talvez da escada. Os dois ergueram os olhos. A parte externa da estalagem era rebocada, e não havia apoios para as mãos. O olhar de Damen ia de um lado para o outro, à procura de uma maneira de descer. Eles viram ao mesmo tempo: ao lado da sacada seguinte, havia uma área sem argamassa, com pedras projetadas e vários lugares onde segurar, uma passagem limpa até o telhado.

Só que a sacada seguinte estava talvez a mais de 2 metros de distância, mais longe do que era confortável, considerando que o salto teria de ser feito sem impulso. Laurent já estava avaliando a distância, com olhos calmos.

– Você consegue? – perguntou Damen.

– Provavelmente – disse Laurent.

Os dois passaram por cima da grade da sacada. Damen foi primeiro. Ele era mais alto, o que lhe dava uma vantagem, e ele estava confiante com a distância. Ele saltou e aterrissou bem, agarrando a grade da outra sacada e fazendo uma pausa por um momento para garantir que não tinha sido ouvido pelo ocupante do quarto, antes de passar por cima dela e subir na varanda.

Ele fez isso o mais silenciosamente possível. As cortinas externas da sacada estavam fechadas, mas não eram à prova de sons: Damen esperava os roncos de Charls, o mercador, mas em vez disso ouviu os sons abafados mas inconfundíveis de Volo recebendo aquilo pelo que pagara.

Ele se virou. Laurent estava desperdiçando alguns segundos preciosos reavaliando a distância. De repente, Damen percebeu

A JOGADA DO PRÍNCIPE

que "provavelmente" não significava "com certeza", e que ao responder à pergunta dele, Laurent tinha calmamente dado uma opinião verdadeira sobre as próprias habilidades. Damen sentiu medo na boca do estômago.

Laurent saltou. A distância era longa, e coisas como altura importavam, assim como a propulsão proporcionada pela força muscular. Ele aterrissou mal. Damen instintivamente o segurou e sentiu Laurent entregar o peso às mãos que o agarravam. Ele ficou sem ar ao bater na grade da sacada e não resistiu quando Damen o puxou para cima e para dentro, nem se afastou imediatamente – apenas ficou, sem fôlego, nos braços de Damen. As mãos de Damen estavam na cintura de Laurent; seu coração batia forte. Eles congelaram. Tarde demais.

Os sons no interior do quarto tinham parado.

– Ouvi alguma coisa – disse claramente o menino. – Na sacada.

– É o vento – disse Volo. – Eu vou mantê-lo aquecido.

– Não, foi alguma coisa – insistiu o menino. – Vá e...

O ruído de lençóis e o som da cama rangendo...

Foi a vez de Damen perder o fôlego quando Laurent o empurrou com força. Suas costas bateram contra a parede ao lado da janela com cortinas. O choque do impacto só foi um pouco menor que o choque causado por Laurent se apertando contra ele, prendendo-o com firmeza à parede com seu corpo.

Foi no momento exato. As cortinas se abriram e os prenderam no pequeno triângulo de espaço entre a parede e a parte de trás da cortina aberta. Eles estavam escondidos de maneira tão precária quanto um cuco atrás de uma porta aberta. Nenhum dos dois se mexeu. Nenhum dos dois respirou. Se Laurent se movesse um centímetro para trás, bateria na cortina. Para impedir isso, ele estava apertado com tamanha firmeza contra Damen que este podia sentir cada dobra do tecido de suas roupas, e, através dele, a temperatura quente do calor transmitido de seu corpo.

– Não tem ninguém aqui – disse Volo.

– Tinha certeza de que ouvi alguma coisa – disse o menino.

O cabelo de Laurent fazia cócegas em seu pescoço. Damen resistiu estoicamente a isso. Volo ia ouvir as batidas de seu coração. Ele ficou surpreso que as paredes do prédio não estivessem pulsando com elas.

– Só um gato, talvez. Você pode me compensar – disse Volo.

– Hmm, está bem – disse o menino. – Volte para a cama.

Volo se voltou da sacada. Mas, é claro, houve um ato final na farsa. Em sua avidez para retomar suas atividades, Volo deixou a cortina aberta e os prendeu ali.

Damen segurou a vontade de gritar. Toda extensão do corpo de Laurent estava grudada contra o seu, coxa contra coxa, peito contra peito. Respirar era perigoso. Damen precisava, cada vez mais, interpor uma distância segura entre seus corpos, afastar Laurent à força; mas não conseguiu. Laurent, distraído, se mexeu um pouco para olhar para trás e ver a proximidade da cortina. *Pare de se mexer*, Damen quase disse; só um fiapo de autopreservação impediu que ele falasse em voz alta. Laurent *tornou* a se mexer depois de comprovar, como Damen tinha visto, que não havia como eles saírem do esconderijo sem se entregarem. Então, Laurent disse em uma voz muito baixa e muito cuidadosa.

A JOGADA DO PRÍNCIPE

– Isso... não é ideal.

Isso era um eufemismo. Eles estavam escondidos de Volo, mas podiam claramente ser vistos da outra sacada, e os homens que os perseguiam estavam em algum lugar no interior da estalagem, naquele momento. E havia outros imperativos.

Damen disse em voz baixa:

– Olhe para cima. Se você conseguir subir, podemos sair por aí.

– Espere até eles começarem a foder – disse Laurent ainda mais baixo. As palavras murmuradas não foram ouvidas além da curva de pescoço de Damen. – Eles vão estar distraídos.

A palavra *foder* se assentou em seu interior, ao mesmo tempo que houve um gemido inconfundível do menino no interior do quarto.

– Aí. Aí... *ponha em mim bem aí.*

Já era hora, tinha passado da hora, de eles partirem.

Então a porta do quarto de Volo se abriu bruscamente.

– Eles estão aqui! – exclamou uma voz masculina desconhecida.

Houve um momento de confusão total, um grito indignado do menino da casa, um grito em protesto de Volo.

– Ei, soltem ele!

Os sons só fizeram sentido quando Damen percebeu o que poderia acontecer naturalmente com um homem enviado para capturar Laurent que tivesse escutado sua descrição, mas nunca o houvesse visto.

– Para trás, velho. Isso não é da sua conta. Este é o príncipe de Vere.

– Mas eu só paguei três moedas de cobre por ele – disse Volo, parecendo confuso.

– E você provavelmente devia vestir a calça – disse o homem, acrescentando de maneira estranha: – Alteza.

– O quê? – perguntou o garoto.

Damen sentiu Laurent começar a tremer contra ele, e percebeu que, em silêncio, sem conseguir evitar, ele estava rindo.

Houve o som de pelo menos mais dois pares de pés entrando no quarto, recebidos por:

– Ele está aqui. Nós o encontramos fodendo esse vagabundo, disfarçado como o prostituto da estalagem.

– Esse é o prostituto da estalagem. Seu idiota, o príncipe de Vere é tão celibatário que eu duvido que ele se toque a cada dez anos. Nós estamos à procura de dois homens. Um é um soldado bárbaro, um animal gigante. O outro é louro. Não como esse garoto. Atraente.

– Havia um escravo louro de estimação de um lorde lá embaixo – disse Volo. – Com um cérebro de ervilha e fácil de ludibriar. Não acho que ele fosse o príncipe.

– Eu não diria que ele era louro. Mais um castanho sujo. E ele não era tão atraente – disse o garoto, aborrecido.

O tremor piorou progressivamente.

– Pare de se divertir – murmurou Damen. – Vamos ser mortos a qualquer minuto.

– Animal gigante – disse Laurent.

– Pare.

No interior do quarto:

– Verifiquem os outros quartos. Eles estão aqui, em algum lugar. – Os passos recuaram.

A JOGADA DO PRÍNCIPE

– Você pode me dar um impulso? – perguntou Laurent. – Precisamos sair dessa sacada.

Damen entrelaçou as mãos em concha, e Laurent as usou como apoio para subir até o primeiro ponto de apoio.

Mais leve que Damen, mas com a força na parte superior do corpo graças ao treinamento intensivo com espadas, Laurent subiu rápido e em silêncio. Damen se virou cuidadosamente no espaço confinado para ficar de frente para a parede e logo o seguiu.

Não era uma escalada difícil, e em apenas um minuto ele estava no telhado, com a cidade de Nesson-Eloy estendida à sua frente e o céu acima, com algumas estrelas esparsas. Ele se viu rindo de maneira um pouco ofegante e viu sua expressão reproduzida no rosto de Laurent. Os olhos azuis de Laurent estavam cheios de malícia.

– Acho que estamos seguros – disse Damen. – De algum modo, ninguém nos viu.

– Mas eu disse a você, eu gosto do jogo – falou Laurent, e com a ponta da bota empurrou deliberadamente uma telha até que ela deslizasse do telhado e se espatifasse na rua.

– Eles estão no telhado! – veio um grito de baixo.

Dessa vez, era uma perseguição. Eles voaram pelos telhados, desviando de chaminés. Era meio pista de obstáculos, meio corrida com barreiras. As telhas sob seus pés surgiam e desapareciam, abrindo-se em becos estreitos que deviam ser saltados. A visibilidade era ruim. Os planos eram todos desnivelados. Eles subiam pelo lado de um telhado e, aos escorregões, desciam pelo outro.

Abaixo, seus perseguidores corriam também, por ruas lisas sem telhas soltas ameaçando uma torção ou uma queda, e os estavam flanqueando. Laurent jogou outra telha na rua, dessa vez mirando certo. De baixo, um grito de alarme. Quando eles se viram em outra sacada a caminho de uma rua estreita, Damen tropeçou em um vaso de flores. Ao seu lado, Laurent soltou um varal de roupas e o deixou cair; eles viram o branco fantasmagórico se emaranhar em alguém abaixo e se transformar em uma forma agitada, antes de seguirem em frente.

Eles saltaram da beirada de um telhado para uma sacada e, em seguida, por uma passagem sobre uma rua estreita. A perseguição descontrolada pelos telhados cobrou uma vida inteira de treinamento de Damen, em reflexos, velocidade e resistência. Laurent, leve e ágil, o acompanhava. Acima deles, o céu estava clareando. Abaixo, a cidade despertava.

Eles não podiam ficar nos telhados para sempre – corriam o risco de quebrarem membros, serem cercados e pegarem caminhos sem saída. Por isso, quando conseguiram ganhar um ou dois minutos preciosos à frente dos perseguidores, usaram o tempo para descer até a rua por uma calha.

Quando tocaram as pedras do calçamento, não havia ninguém à vista, e eles tiveram o caminho livre para correr. Laurent, que conhecia a cidade, foi na frente, e depois de duas curvas eles estavam em um bairro diferente. Laurent os conduziu por uma passagem estreita e com arcos entre duas casas, e eles pararam ali por um momento para recobrar o fôlego. Damen viu que a rua para a qual dava aquela passagem era uma das principais de Nesson, já cheia de gente. Aquelas horas cinzentas do amanhecer eram as mais movimentadas em qualquer cidade.

A JOGADA DO PRÍNCIPE

Ele parou com a mão espalmada contra a parede. Seu peito arquejava. Ao seu lado, Laurent estava sem fôlego outra vez e brilhava pela corrida.

— Por aqui — disse Laurent, seguindo na direção da rua. Damen percebeu que tinha agarrado o braço de Laurent e o estava segurando.

— Espere. É exposto demais. Você chama a atenção, com essa luz. Seu cabelo claro é como um farol.

Sem dizer nada, Laurent pegou o gorro de lã de Volo do cinto.

Damen sentiu, então, a primeira onda estonteante de novas emoções, e largou Laurent como um homem temendo um precipício; ainda assim, ele se sentia impotente.

Ele disse:

— Não podemos. Você não ouviu mais cedo? Eles se dividiram.

— O que você quer dizer com isso?

— Quero dizer que, se a ideia é levá-los em uma perseguição desenfreada pela cidade para que eles não sigam seu mensageiro, não está funcionando. Eles dividiram sua atenção.

— Eu... — disse Laurent. Ele estava olhando para Damen. — Você tem ouvidos muito bons.

— Você devia ir — disse Damen. — Eu posso cuidar disso.

— Não — disse Laurent.

— Se eu quisesse escapar — disse Damen —, podia ter feito isso esta noite, enquanto você tomava banho. Enquanto dormia.

— Eu sei disso — disse Laurent.

— Você não pode estar em dois lugares ao mesmo tempo — disse Damen. — Nós precisamos no separar.

121

– É importante demais – disse Laurent.

– Confie em mim – disse Damen.

Laurent olhou para ele por um momento sem dizer nada.

– Vamos esperá-lo por um dia em Nesson – disse Laurent, por fim. – Depois disso, você terá que nos alcançar.

Damen assentiu com a cabeça e se afastou da parede quando Laurent saiu pela rua principal, sua jaqueta ainda com alguns laços pendurados, o cabelo louro escondido embaixo do gorro imundo de lã. Damen o observou sumir de vista. Então se virou e voltou rapidamente pelo caminho de onde vieram. Não foi difícil chegar de volta à estalagem.

Ele não temia por Laurent. Estava bem certo de que os homens em sua perseguição passariam a manhã em uma busca infrutífera, seguindo qualquer caminho que o cérebro demente de Laurent pensasse para eles.

O problema, como Laurent havia reconhecido de maneira implícita, era que os perseguidores restantes podiam ter se separado para interceptar o mensageiro de Laurent. Um mensageiro que levava o sinete do príncipe. Um mensageiro importante o suficiente para que Laurent arriscasse sua própria segurança sem garantia de que ele estivesse ali, à espera, duas semanas depois, para um encontro atrasado.

Um mensageiro que usava a barba aparada curta, no estilo patrano.

Damen podia sentir, como tinha apenas começado a sentir no palácio, a maquinaria inexorável dos planos do regente. Pela primeira vez, ele teve um vislumbre do esforço e planejamento necessários para detê-lo. O fato de Laurent, com toda sua mente

A JOGADA DO PRÍNCIPE

de serpente, poder ser tudo o que havia entre o regente e Akielos era um pensamento atemorizante. O país de Damen estava vulnerável, e ele sabia que seu próprio retorno iria enfraquecer temporariamente Akielos ainda mais.

Ele tomou cuidado ao se aproximar da estalagem, mas ela parecia silenciosa, pelo menos de fora. Então ele viu o rosto familiar de Charls, acordado cedo como um mercador e a caminho da construção anexa para falar com um cavalariço.

– Milorde! – exclamou Charls assim que viu Damen. – Vieram homens aqui à sua procura.

– Eles ainda estão aqui?

– Não. Toda a estalagem está em alvoroço. Há muitos rumores. É verdade que o homem que o senhor acompanhava era... – Charls baixou a voz. – *O príncipe de Vere?* Disfarçado de... – Sua voz baixou outra vez. – *Prostituto?*

– Charls, o que aconteceu com os homens que estavam aqui?

– Eles partiram, e dois deles voltaram à estalagem para fazer perguntas. Eles devem ter descoberto o que queriam, porque saíram daqui a cavalo. Talvez há uns quinze minutos.

– A cavalo? – perguntou Damen, angustiado.

– Eles pegaram o caminho para sudoeste. Milorde, se há algo que eu possa fazer por meu príncipe, estou a seu serviço.

Sudoeste, ao longo da fronteira veretiana na direção de Patras. Damen olhou para Charls.

– Você tem um cavalo?

◆ ◆ ◆

C. S. PACAT

Assim começou a terceira perseguição daquela noite, que estava ficando muito longa. Só que, àquela altura, era de manhã. Duas semanas observando mapas na tenda de Laurent significavam que Damen conhecia exatamente a estrada estreita pelas montanhas que o mensageiro iria tomar, e como seria fácil, naquela trilha vazia e sinuosa, interceptá-lo. Os dois homens em perseguição supostamente a conheciam também e iriam tentar pegá-lo na estrada da montanha.

Charls tinha um cavalo muito bom. Alcançar um cavaleiro em uma perseguição longa não era difícil se soubesse como fazê-lo: não se podia cavalgar a todo galope. Tinha de escolher um ritmo constante que seu cavalo pudesse sustentar, e torcer para que os homens que estivesse perseguindo cansassem suas montarias em um espasmo de entusiasmo inicial, ou estivessem montando cavalos inferiores. Era mais fácil quando você conhecia o cavalo, sabia exatamente do que ele era capaz. Damen não tinha essa vantagem, mas o baio de Charls, o mercador, partiu em boa velocidade, sacudiu o pescoço musculoso e indicou que era capaz de qualquer coisa.

O terreno ficou mais rochoso à medida que se aproximaram das montanhas. Havia cada vez mais afloramentos de granito se erguendo dos dois lados, como os ossos da paisagem aparecendo através do solo. Mas a estrada estava limpa, pelo menos aquela parte perto da cidade; não havia lascas de granito para ferir e derrubar um cavalo.

No início, ele teve sorte. O sol ainda não estava no meio do céu quando ele alcançou os dois homens. Teve sorte de ter escolhido a estrada certa. Sorte por eles não terem conservado seus cavalos

A JOGADA DO PRÍNCIPE

cobertos de suor e porque, quando o viram, em vez de se separarem ou forçarem seus cavalos exaustos ainda mais, eles pararam e se voltaram, querendo lutar. Ele teve sorte por eles não terem arcos. O castrado baio de Damen era um cavalo de mercador sem treinamento em batalha, e Damen não esperava que ele fosse capaz de correr na direção de espadas afiadas sem refugar, por isso ele virou a montaria ao se aproximar. Os dois homens eram rufiões, não soldados; eles sabiam montar e sabiam usar espadas, mas tinham dificuldade de fazer os dois ao mesmo tempo – mais sorte. Quando Damen derrubou o primeiro homem violentamente do cavalo, ele não se levantou. O segundo perdeu a espada, mas permaneceu montado por algum tempo. O suficiente para esporear o cavalo e partir.

Ou tentar. Damen tinha encurralado a montaria dele, provocando uma pequena comoção entre os cavalos, que Damen aguentou, mas o homem não. Ele se soltou da sela, mas, diferente do amigo, conseguiu se levantar depressa e tentou fugir – de novo –, dessa vez pelos campos. Quem quer que estivesse lhe pagando, obviamente não estava pagando o suficiente para ele parar e lutar, pelo menos não sem chances fortemente voltadas a seu favor.

Damen tinha uma escolha: podia deixar as coisas como estavam. Tudo o que precisava fazer, agora, era espantar os cavalos. Quando os homens os recuperassem – se conseguissem –, o mensageiro estaria tão à frente que não faria a menor diferença se ele fosse perseguido ou não. Mas ele fazia parte daquela trama, e a tentação de descobrir exatamente o que estava acontecendo era grande demais.

Ele decidiu, em vez disso, concluir a perseguição. Como não podia correr com o cavalo por aquele terreno rochoso e irregular sem quebrar suas patas dianteiras, ele desmontou. O homem correu pela paisagem por algum tempo antes que Damen o alcançasse sob uma das árvores retorcidas e esparsas. Ali o homem tentou sem efeito atirar uma pedra em Damen (da qual ele desviou), e então, virando-se para voltar a correr, torceu o tornozelo em um pedaço solto de granito e caiu.

Damen o levantou.

– Quem mandou você?

O homem ficou em silêncio. Sua pele já pálida estava branca de medo. Damen avaliou a melhor maneira de fazê-lo falar.

O golpe jogou bruscamente a cabeça do homem para um lado, e sangue brotou e escorreu do lábio cortado.

– Quem mandou você? – repetiu Damen.

– Me solte – disse o homem. – Me solte, e talvez você tenha tempo de salvar seu príncipe.

– Ele não precisa ser salvo de dois homens – disse Damen. – Especialmente não se forem tão incompetentes quanto você e seu amigo.

O homem deu um sorriso estreito. No momento seguinte, Damen o empurrou contra a árvore com força suficiente para que seus dentes batessem.

– O que você sabe? – vociferou Damen.

E foi aí que o homem começou a falar, e Damen percebeu que ele não tivera sorte nenhuma. Ele ergueu os olhos outra vez para a posição do sol, em seguida olhou ao redor para o terreno vasto

A JOGADA DO PRÍNCIPE

e vazio. Ele estava a meio dia de cavalgada forte de Nesson, e não tinha mais um cavalo descansado.

Vou esperá-lo por um dia em Nesson, dissera Laurent. Ele ia chegar tarde demais.

Capítulo oito

Damen deixou o homem para trás, alquebrado e vazio depois de revelar tudo o que sabia. Ele puxou a cabeça de seu cavalo para fazer a volta e partiu apressado na direção do acampamento.

Ele não tinha outra escolha. Estava atrasado demais para ajudar Laurent na cidade. Tinha de se concentrar no que podia fazer – porque havia mais que a vida de Laurent em jogo.

O homem era parte de um grupo de mercenários acampados nas montanhas de Nesson. Eles tinham planejado um assalto em três estágios: depois do ataque a Laurent na cidade, haveria uma sublevação na tropa do príncipe. E se a tropa e o príncipe de algum modo sobrevivessem e conseguissem, em seu estado prejudicado, continuar para o sul, eles cairiam na armadilha dos mercenários nas montanhas.

Não foi fácil arrancar toda a informação, mas Damen fornecera ao mercenário um incentivo constante, metódico e impiedoso.

O sol já tinha chegado a seu zênite e começara a descer lentamente outra vez. Para ter qualquer chance de alcançar o acampamento antes que ele fosse esfacelado pela insurgência planejada, Damen precisaria tirar seu cavalo da estrada e cavalgar em linha reta, como fazem os corvos, pelos campos.

A JOGADA DO PRÍNCIPE

Ele não hesitou e esporeou o cavalo para subir a primeira encosta. A viagem foi uma corrida louca e perigosa pelas bordas desmoronantes dos morros. Tudo demorava demais. O terreno irregular reduzia a velocidade do cavalo. As rochas de granito eram traiçoeiras e afiadas como navalhas, e o animal estava cansado, por isso seu risco de tropeçar era maior. Ele se manteve no melhor solo que pôde ver; quando era preciso, deixava o cavalo escolher o próprio caminho pela terra esburacada.

Em torno dele havia uma paisagem silenciosa e salpicada de granito, de terra batida e capim rústico; e, com ele, o conhecimento da ameaça tripla.

Era uma tática que fedia ao regente. Tudo aquilo: aquela armadilha complexa que atravessava a paisagem para separar o príncipe de sua tropa e de seu mensageiro, de modo que salvar um significava sacrificar o outro. Como Laurent havia comprovado. Laurent, para salvar o mensageiro, arriscara a própria segurança, despachando seu único protetor.

Damen tentou, por um momento, pensar na situação de Laurent, tentar adivinhar como o príncipe iria escapar de seus perseguidores, o que ele faria. E percebeu que não sabia. Não fazia nem ideia. Era impossível prever Laurent.

Laurent, um homem irritante e obstinado, total e completamente impossível. Será que tinha antecipado aquele ataque o tempo todo? Sua arrogância era insuportável. Se ele tivesse deliberadamente se deixado vulnerável a ataques, se ele fosse pego em um de seus próprios jogos... Damen praguejou, e concentrou a atenção na viagem até o acampamento.

Laurent estava vivo. Ele evitava tudo o que merecia. Era escorregadio e astuto, e havia escapado do ataque na cidade com trapaça e arrogância, como sempre.

Maldito Laurent. O Laurent que tinha se deitado junto do fogo parecia muito distante, com membros estendidos, relaxado, conversando... Damen achou que essa memória estava ligada de modo inextricável com o brilho do brinco de safira de Nicaise, o murmúrio da voz de Laurent em seu ouvido, a emoção de tirar o fôlego da perseguição, de telhado em telhado, tudo isso entrelaçado em uma noite longa, louca e interminável.

O solo clareou embaixo dele, e no instante em que isso aconteceu ele cravou os calcanhares nos flancos do cavalo cansado e acelerou.

◆ ◆ ◆

Ele não foi recebido por batedores, o que fez seu coração bater forte. Havia colunas de fumaça, fumaça negra cujo cheiro ele podia sentir, densa e desagradável. Damen conduziu o cavalo pelo resto do caminho até o acampamento.

As fileiras organizadas de tendas estavam demolidas, com estacas partidas e lona pendurada em ângulos bizarros. O chão estava enegrecido onde o fogo atravessara o acampamento. Ele viu homens vivos, mas sujos, esgotados e sombrios. Ele viu Aimeric, de rosto branco e com um ombro enfaixado, o tecido escurecido pelo sangue seco.

Era óbvio que a luta havia terminado. Os fogos que agora queimavam eram piras.

A JOGADA DO PRÍNCIPE

Damen desceu da sela.

Ao seu lado, o cavalo estava exausto, respirando com dificuldade por narinas dilatadas, o flanco arquejante. O pescoço do animal estava brilhante e escuro de suor, e marcado ainda mais com uma trama emaranhada de veias e capilares protuberantes.

Seus olhos examinaram o rosto dos homens mais próximos. Sua chegada chamara atenção. Nenhum dos homens que viu era um príncipe louro com um gorro de lã.

E, bem quando temia pelo pior, quando tudo aquilo em que não se permitira acreditar durante a longa viagem começou a abrir caminho até a superfície de sua mente, ele o viu sair de uma das tendas mais intactas a menos de seis passos de distância e ficar imóvel ao avistá-lo.

Laurent não estava usando o gorro de lã. Seu cabelo recém-penteado estava descoberto, e ele parecia tão descansado quanto ao emergir do banho na noite anterior, ou ao acordar sob as mãos de Damen. Mas retomara o comedimento, a jaqueta amarrada e a expressão desagradável, do perfil presunçoso aos olhos azuis intolerantes.

– Você está vivo – disse Damen, e as palavras saíam em uma torrente de alívio que o fez se sentir fraco.

– Estou vivo – disse Laurent. Eles estavam olhando um para o outro. – Eu não tinha certeza se você ia voltar.

– Eu voltei – disse Damen.

Qualquer outra coisa que ele pudesse dizer foi interrompida pela chegada de Jord.

– Você perdeu a festa – disse Jord. – Mas chegou a tempo da limpeza. Acabou.

131

— Não acabou — disse Damen.

E ele lhes contou o que sabia.

◆ ◆ ◆

— Nós não temos de seguir pelo passo — disse Jord. — Podemos fazer um desvio e descobrir outro caminho para o sul. Esses mercenários podem ter sido contratados para fazer uma emboscada, mas duvido que sigam um exército pelo coração de suas próprias terras.

Eles estavam sentados na tenda de Laurent. Com o dano da insurgência ainda aguardando atenção do lado de fora, Jord reagiu ao alerta de emboscada de Damen como a um golpe; ele tentou esconder, mas estava surpreso, desmoralizado. Laurent não demonstrou nenhuma reação. Damen tentou parar de olhar para Laurent. Ele tinha centenas de perguntas. Como ele tinha escapado de seus perseguidores? Tinha sido fácil? Difícil? Ele tinha sofrido algum ferimento? Ele estava bem?

Ele não podia fazer nenhuma dessas perguntas. Em vez disso, se forçou a olhar para o mapa aberto na mesa. A luta tinha precedência. Ele passou a mão pelo rosto para afastar qualquer fadiga, analisou a situação e disse:

— Não. Não acho que devemos fazer nenhum desvio. Acho que devemos enfrentá-los. Agora. Esta noite.

— Esta noite? Mal nos recuperamos do banho de sangue desta manhã — disse Jord.

— Sei disso. Eles sabem disso. Se quisermos ter alguma chance de pegá-los de surpresa, tem que ser esta noite.

A JOGADA DO PRÍNCIPE

Ele ouvira de Jord a história curta e brutal do levante no acampamento. A notícia era ruim, mas menos do que ele temia. E melhor do que parecia quando ele chegara ao acampamento. Tudo começara no meio da manhã, na ausência de Laurent. Havia sido um pequeno grupo de provocadores. Para Damen, parecia óbvio que a insubordinação tinha sido planejada, que os provocadores haviam sido pagos, e que seu plano contava com o fato de que o resto dos homens do regente, encrenqueiros, rufiões e mercenários à procura de uma válvula de escape, aproveitariam qualquer desculpa para atacar os homens do príncipe e se juntar a eles.

Eles teriam feito isso, duas semanas atrás.

Duas semanas atrás, a tropa era um bando dividido em duas facções. Eles não tinham desenvolvido a camaradagem recente que agora os unia; não tinham sido mandados para os cobertores noite após noite exaustos de tentar superar uns aos outros em algum exercício louco e impossível; não tinham descoberto, para sua surpresa, depois que pararam de maldizer o príncipe, o quanto haviam se divertido.

Se Govart estivesse no comando, teria sido um pandemônio. Teria sido facção contra facção, a tropa rachada, fraturada e com ressentimentos, e capitaneada por um homem que não desejava a sobrevivência da companhia.

Em vez disso, a revolta foi rapidamente contida. Foi sangrenta, mas breve. Havia menos de duas dúzias de homens mortos. Houve pequenos danos às tendas e suprimentos. Podia ter sido muito, muito pior.

Damen pensou em todas as maneiras como aquilo poderia ter

se desenrolado: Laurent morto, ou encontrando ao chegar a tropa em frangalhos, e seu mensageiro abatido na estrada.

Laurent estava vivo. A tropa estava intacta. O mensageiro tinha sobrevivido. Esse dia era uma vitória, mas os homens não sentiam isso. Eles precisavam senti-lo. Eles precisavam lutar contra algo e vencer. Ele se esforçou para se livrar da turbidez do sono e expressar isso em palavras.

– Esses homens podem lutar. Eles só precisam... saber disso. Não é necessário deixar que a ameaça de um ataque os persiga pela montanha. Podemos resistir e lutar – disse ele. – Não é um exército, é um grupo de mercenários pequeno o suficiente para acampar nas montanhas sem ser notado.

– São montanhas grandes – disse Jord. Em seguida: – Se você estiver certo, eles estão acampados e nos vigiando com batedores. No segundo em que partirmos, eles vão saber.

– Por isso nossa melhor chance é fazer isso agora. Não somos esperados. E vamos ter a cobertura da noite.

Jord estava sacudindo a cabeça.

– É melhor evitar a luta.

Laurent, que permitira que a discussão prosseguisse, com um gesto sutil indicou que ela devia terminar. Damen descobriu que o olhar de Laurent estava sobre ele; um olhar longo e impenetrável.

– Prefiro pensar em meios de escapar de armadilhas – disse Laurent – a usar a força bruta simplesmente para abrir caminho à força.

As palavras tinham um ar definitivo. Damen assentiu com a cabeça e começou a se levantar quando a voz fria de Laurent o deteve.

A JOGADA DO PRÍNCIPE

– É por isso que acho que devemos lutar – disse Laurent. – É a última coisa que eu faria, e a última coisa que qualquer um que me conheça esperaria.

– Alteza... – começou Jord.

– Não – disse Laurent. – Eu tomei minha decisão. Chame Lazar. E Huet, ele conhece a montanha. Vamos planejar a luta.

Jord obedeceu e, por um breve momento, Damen e Laurent foram deixados sozinhos.

– Não achei que você fosse dizer sim – disse Damen.

Laurent disse:

– Aprendi recentemente que às vezes é preciso simplesmente abrir um buraco na parede.

◆ ◆ ◆

Não havia tempo para nada além de preparativos. Eles partiriam ao cair da noite, como anunciou Laurent quando se dirigiu aos homens. Para atacar com alguma chance de sucesso, eles precisavam trabalhar rápido, como nunca tinham trabalhado. Havia muita coisa a provar. Eles tinham sido atacados, e agora era o momento de sair rastejando e chorando ou de se provarem homens o suficiente para devolver o golpe e lutar.

Foi um discurso sucinto, ao mesmo tempo inspirador e enfurecedor, mas sem dúvida teve o efeito de provocar os homens a entrar em ação – de pegar a energia nervosa e mal-humorada da tropa e forjá-la em algo útil, e atirá-la para fora.

Damen estava certo. Eles queriam lutar. Havia uma determinação entre muitos deles, agora, que estava substituindo o cansaço. Damen ouviu um dos homens murmurar que eles acabariam com os homens que queriam emboscá-los antes que eles soubessem o que estava acontecendo. Outro jurou que iria dar um golpe por seu camarada morto.

Enquanto trabalhava, Damen descobriu toda a extensão dos danos provocados pelo levante, alguns deles inesperados. Quando perguntou pelo paradeiro de Orlant, disseram-lhe simplesmente:

– Orlant está morto.

– Morto? – perguntou Damen. – Por um dos insurgentes?

– Ele era um dos insurgentes – disseram-lhe rapidamente. – Ele atacou o príncipe quando ele estava voltando ao acampamento. Aimeric estava lá. Foi ele quem derrubou Orlant. Mas se feriu fazendo isso.

Ele se lembrou do rosto tenso e branco de Aimeric e achou melhor, antes de partir para a luta, ver como estava o garoto. Ele ficou preocupado quando soube com um dos homens do príncipe que Aimeric deixara o acampamento, e seguiu na direção apontada pelo homem.

Depois de abrir caminho entre as árvores, ele viu Aimeric, que estava parado com uma das mãos no galho retorcido de uma árvore, como se se apoiasse. Damen quase o chamou. Mas então viu que Jord estava caminhando através das árvores esparsas, seguindo Aimeric. Damen ficou em silêncio, sem anunciar sua presença.

Jord pôs a mão nas costas de Aimeric.

– Depois de algumas vezes, você para de vomitar – ele ouviu Jord dizer.

A JOGADA DO PRÍNCIPE

– Estou bem – disse Aimeric. – Estou bem. Só que nunca tinha matado ninguém. Vou ficar bem.

– Não é uma coisa fácil – disse Jord. – Para ninguém. – E continuou: – Ele era um traidor. Teria matado o príncipe. Ou você. Ou a mim.

– Um traidor – repetiu Aimeric, de modo vazio. – Você o teria matado por isso? Ele era seu amigo. – Então, ele repetiu com uma voz diferente: – Ele era seu amigo.

Jord murmurou algo baixo demais para ouvir, e Aimeric se deixou envolver nos braços do outro homem. Eles ficaram assim por um longo momento, sob os galhos balançantes das árvores; então Damen viu as mãos de Aimeric deslizarem para o cabelo de Jord e o ouviu dizer:

– Beije-me. Por favor, eu quero... – E ele se afastou para lhes dar privacidade, enquanto Jord erguia o queixo de Aimeric, enquanto os galhos das árvores se moviam de um lado para outro, um véu delicado e em movimento que os encobria.

◆ ◆ ◆

Lutar à noite não era o ideal.

No escuro, não se diferenciava amigo de inimigo. No escuro, o terreno assumia nova importância: as colinas de Nesson eram rochosas e cheias de fissuras. Damen agora as conhecia intimamente, depois de examiná-las por horas naquele dia, escolhendo um caminho para seu cavalo. E isso fora durante o dia.

Mas, de certa maneira, era uma missão padrão para uma tropa

pequena. Ataques saídos das montanhas vaskianas eram um problema para muitas cidades, não apenas em Vere, mas também em Patras e no norte de Akielos. Não era incomum que um comandante fosse enviado com um grupo para limpar os morros de grupos agressores. Nikandros, o kyros de Delpha, passava metade de seu tempo fazendo exatamente isso, e a outra metade fazendo solicitações de dinheiro ao rei, com base no fato de que os invasores vaskianos com quem ele estava lidando eram, na verdade, abastecidos e financiados por Vere.

A manobra em si era simples.

Havia vários lugares onde os mercenários podiam estar acampados. Em vez de arriscar, eles iriam simplesmente atraí-los. Damen e o grupo de cinquenta homens que ele liderava eram a isca. Com eles iam as carroças que simulavam a aparência de uma tropa completa tentando seguir em silêncio e às escondidas para o sul, sob a cobertura da noite.

Quando o inimigo atacasse, eles fingiriam recuar, e em vez disso abririam caminho para o resto da tropa comandada por Laurent. Os dois grupos apertariam os agressores entre eles, cortando qualquer rota de fuga.

Alguns dos homens tinham experiência com esse tipo de luta. Eles também estavam ao menos um pouco familiarizados com missões noturnas. Haviam sido arrancados de suas camas mais de uma vez durante o tempo que passaram em Nesson e enviados para trabalhar no escuro. Essas eram as vantagens, junto com o esperado elemento surpresa, que deixariam seus agressores confusos e desorganizados.

Mas não houvera tempo para batedores, e dos homens na tropa apenas Huet tinha um conhecimento vago daquela área em particular. A falta de familiaridade com o terreno tinha sido uma preocupação desde o começo. E enquanto cavalgavam, com carros e carroças rodando atrás, fazendo alegremente a quantidade certa de barulhos abafados para anunciar sua presença para qualquer um que estivesse à sua procura, o solo ao redor mudou. Penhascos de granito se ergueram dos dois lados, e a estrada começou a se transformar em uma trilha montanhosa com uma inclinação suave que ia ficando mais íngreme à esquerda, com uma face rochosa escarpada à direita.

Era diferente o suficiente do terreno que Huet descrevera de maneira imperfeita para causar preocupação. Damen olhou outra vez para os penhascos e percebeu que estava perdendo o foco. Ocorreu a ele que aquela era sua segunda noite seguida sem dormir. Ele sacudiu a cabeça para desanuviá-la.

Não era o terreno certo para uma emboscada, ou, pelo menos, não para o tipo de emboscada para o qual eles tinham se preparado. Não havia nenhum lugar no terreno acima deles para um grupo de tamanho suficiente aguardar à espera com arcos, e homens não poderiam descer aquelas encostas a cavalo para atacar. E ninguém em sã consciência atacaria vindo de baixo. Havia alguma coisa errada.

Ele freou o cavalo de maneira brusca, subitamente consciente do verdadeiro perigo daquele local.

– *Parem!* – ele exclamou. – Precisamos sair da estrada. Abandonem as carroças e sigam para aquela fileira de árvores. Agora.

– Ele viu um brilho de confusão nos olhos de Lazar e pensou por um segundo tenso que sua ordem podia não ser obedecida, apesar da autoridade que Laurent lhe concedera para essa missão, porque ele era um escravizado. Mas suas palavras foram ouvidas. Lazar foi o primeiro a se mexer, depois os outros o seguiram. Primeiro a retaguarda da coluna, que deu a volta nas carroças, depois a seção do meio, e finalmente a linha de frente. *Devagar demais*, pensou Damen enquanto eles lutavam para passar pelas carroças.

No momento seguinte, eles ouviram o som.

Não foi o chiado de flechas, nem o som metálico de espadas. Em vez disso, houve um ronco suave, um som familiar a Damen, que tinha crescido nos penhascos de Ios, nos penhascos altos e brancos que, de vez em quando, durante sua infância, rachavam, se soltavam e caíam no mar.

Era um desmoronamento.

– *Corram!* – ele gritou, e os indivíduos da tropa se tornaram uma única massa de carne de cavalo em movimento correndo na direção das árvores.

O primeiro homem chegou à fila de árvores momentos antes que o som se transformasse em um estrondo, o som de pedras partindo e batendo, e de rochedos enormes de granito, grandes o bastante para arrebentar outras partes do penhasco e fazê-las caírem também. O som trovejante, ecoando nas paredes da montanha, deixou os cavalos em pânico quase mais que as pedras no encalço deles. Era como se toda a superfície do penhasco estivesse se soltando e dissolvendo, tornando-se líquida: uma chuva de pedras, uma onda de pedras.

A JOGADA DO PRÍNCIPE

Rolando, correndo e mergulhando nas árvores, nem todos viram a avalanche que atingiu a estrada onde eles estiveram momentos antes, isolando-os das carroças, mas parando antes das árvores, como Damen previra.

Quando a poeira baixou, os homens, tossindo, acalmaram os cavalos e encontraram seus estribos. Olhando ao redor, perceberam que estavam com os números intactos. E embora tivessem sido isolados das carroças, não tinham sido isolados de seu príncipe e da outra metade do grupo, como teria acontecido não fosse por aquela fuga, com a avalanche cortando a estrada.

Damen cravou suas esporas, forçou seu cavalo a voltar à beira da estrada e ordenou à companhia que seguisse ao encontro de seu príncipe.

Foi uma cavalgada difícil, de tirar o fôlego. Eles chegaram à fileira distante de árvores escuras bem a tempo de ver uma torrente de formas pretas se destacar da face da montanha e atacar o comboio de Laurent, em uma manobra que deveria dividir a tropa do príncipe ao meio, mas que foi impedida por Damen e os cinquenta cavaleiros, que atacaram, romperam suas linhas e acabaram com seu ímpeto.

Então eles estavam no meio da refrega, lutando.

Na densa floresta de golpes, Damen viu que seus agressores eram mesmo mercenários, e que, depois do ataque inicial, tinham pouco, em termos de tática, para manterem-se juntos. Se aquela desorganização se devia realmente à velocidade com a qual eles tinham sido forçados a se reunir, ele não sabia. Mas sem dúvida tinham sido surpreendidos pela chegada de Damen e seus homens.

Suas próprias linhas resistiram, sua disciplina resistiu. Damen estava na vanguarda e viu Jord e Lazar ali perto, na linha de frente. Ele captou um vislumbre de Aimeric, que parecia emaciado e pálido, mas lutava com a mesma determinação demonstrada durante os exercícios, quando se esforçava quase à exaustão para acompanhar os outros homens.

Os agressores recuavam ou simplesmente caíam. Enquanto retirava a espada de um homem que tentou atingi-lo, Damen viu o mercenário à sua direita cair vítima de um golpe preciso.

– Achei que você devia ser a isca – disse Laurent.

– Mudança de planos – respondeu Damen.

Houve mais uma irrupção de luta corpo a corpo, então ele sentiu a mudança, o momento em que a luta foi vencida.

– Em formação. Formar linha – dizia Jord. Do grupo de ataque, a maioria estava morta. Alguns tinham se rendido.

Estava acabado. Empoleirados na encosta de uma montanha, eles tinham vencido.

Um grito de comemoração ecoou, e até Damen, cujos padrões nessas situações eram exigentes, viu que estava satisfeito com o resultado, considerando a qualidade da tropa e as condições da luta. Tinha sido um trabalho bem-feito.

Quando formaram as linhas e contaram os homens, revelou-se que eles tinham perdido apenas dois. Fora isso, houve alguns talhos, alguns cortes. Isso daria a Paschal algo para fazer, disseram os homens. A vitória animou todo mundo. Nem mesmo a revelação de que eles agora precisavam escavar seus suprimentos e montar acampamento conseguiu abafar o bom humor dos homens. Os que

A JOGADA DO PRÍNCIPE

tinham cavalgado com Damen estavam particularmente orgulhosos; trocavam tapinhas nas costas e se gabavam com os outros de sua fuga do desmoronamento, que, quando eles voltaram ao local para desenterrar as carroças, todos concordaram ter sido impressionante. Na verdade, apenas uma das carroças tinha sido destruída de maneira irreparável. E não fora a que transportava a comida nem o vinho rascante, outra causa de comemorações. Dessa vez, os homens deram tapas nas costas de Damen. Ele tinha conquistado um novo *status* entre eles como alguém que pensava rápido e tinha salvado metade dos homens e todo o vinho. Eles montaram acampamento em tempo recorde, e, quando Damen olhou para a fileira organizada de tendas, ele não pôde evitar sorrir.

◆ ◆ ◆

Nem tudo foi festa e relaxamento, pois ainda era preciso fazer um inventário, começar os reparos, designar batedores e postar homens de guarda. Mas as fogueiras foram acesas, o vinho circulou e o clima estava jovial.

Pego entre deveres, Damen viu Laurent falando com Jord do outro lado do acampamento, e quando o assunto dos dois terminou, ele foi até lá.

– Você não está celebrando – disse Damen.

Ele apoiou as costas na árvore ao lado de Laurent e deixou que seus membros relaxassem pesadamente. Os sons de alegria e sucesso chegavam até eles, os homens bêbados com a euforia da vitória, falta de sono e vinho ruim. Logo iria amanhecer. Outra vez.

– Não estou acostumado a erros de cálculo de meu tio – disse Laurent depois de uma pausa.

– É porque ele está trabalhando a distância – disse Damen.

– É por sua causa – retrucou Laurent.

– O quê?

– Ele não sabe como prever você – disse Laurent. – Depois do que eu fiz com você em Arles, ele achou que você seria... outro Govart. Outro dos homens dele, outro daqueles homens. Pronto para se amotinar a qualquer momento. Era isso que devia ter acontecido esta noite.

O olhar de Laurent passou calma e criticamente pela tropa antes de parar em Damen.

– Em vez disso, você salvou minha vida, mais de uma vez. Você transformou esses homens em lutadores, treinou-os, afiou-os. Esta noite, você me deu minha primeira vitória. Meu tio nunca sonhou que você traria esse tipo de vantagem para mim. Se tivesse imaginado, jamais teria permitido que você saísse do palácio.

Ele podia ver nos olhos de Laurent, ouvir em suas palavras, uma pergunta a que ele não queria responder.

Damen disse:

– Preciso ir ajudar com os reparos.

E se afastou da árvore. Sentia uma tontura estranha, uma sensação de deslocamento, e para sua surpresa foi impedido de se afastar pela mão de Laurent segurando seu braço. Ele olhou para ela. Pensou, por um momento estranho, que era a primeira vez que Laurent o tocava, embora, é claro, não fosse. O toque era mais íntimo do que o adejar dos lábios de Laurent contra a ponta

A JOGADA DO PRÍNCIPE

de seus dedos, a dor de Laurent batendo em seu rosto, ou a pressão do corpo de Laurent em um espaço confinado.

– Esqueça os reparos – disse Laurent delicadamente. – Vá dormir um pouco.

– Estou bem – disse Damen.

– É uma ordem – disse Laurent.

Ele estava bem, mas não tinha escolha além de fazer o que lhe fora ordenado. E quando desabou sobre seu estrado de escravizado e fechou os olhos pela primeira vez em dois dias e noites longos, o sono estava ali, pesado e imediato, e o arrastou, além da sensação nova e estranha em seu peito, para o esquecimento.

Capítulo nove

— Então — Damen ouviu Lazar dizer para Jord —, como é ter um aristocrata chupando seu pau?

Era a noite após a queda de rochas em Nesson, e eles estavam a um dia de cavalgada mais ao sul. Tinham partido cedo, depois de avaliar os danos e consertar as carroças. Agora Damen estava sentado com vários dos homens, largado perto de uma das fogueiras, desfrutando de um momento de descanso. Aimeric, cuja chegada tinha provocado a pergunta de Lazar, foi se sentar ao lado de Jord. Ele deu a Lazar um olhar calmo.

— Fantástico — disse ele.

Bom para você, pensou Damen. A boca de Jord se curvou levemente para cima, mas ele ergueu o copo e bebeu sem dizer nada.

— Como é ter um príncipe chupando seu pau? — perguntou Aimeric, e Damen viu que a atenção de todos estava sobre ele.

— Eu não estou fodendo com ele — disse ele com crueza deliberada. Era, talvez, a centésima vez que dizia isso desde se juntar à tropa de Laurent. As palavras eram firmes, com a intenção de encerrar a conversa. Mas claro que não conseguiram isso.

A JOGADA DO PRÍNCIPE

– Aquela – disse Lazar – é uma boca em que eu adoraria meter. Ele passaria o dia dando ordens a você, e você o calaria ao final dele.

Jord bufou de escárnio.

– Se ele olhasse uma vez na sua direção, você ia se mijar.

Rochert concordou.

– É. Eu não ia conseguir subir. Quando você vê uma pantera abrindo a boca, não põe seu pau para fora.

Esse era o consenso, com uma disputa que dividia os homens:

– Se ele é frígido e não fode, não seria nem um pouco divertido. Um virgem de sangue frio é uma trepada horrível.

– Então você nunca experimentou um. Os que são frios por fora são os mais quentes depois que você entra.

– Você está com ele há mais tempo – disse Aimeric para Jord.

– Ele nunca teve um amante mesmo? Deve ter tido pretendentes. Com certeza um deles abriu a boca.

– Você quer fofocas da corte? – perguntou Jord, parecendo divertido.

– Eu só vim para o norte no início deste ano. Vivi em Fortaine, antes disso, minha vida inteira. Não ficamos sabendo de nada por lá, exceto ataques, reparos de muros e quantos filhos meus irmãos estão tendo. – Esse era seu jeito de dizer sim.

– Ele teve pretendentes – disse Jord. – Só que nenhum deles o levou para cama. Não por falta de iniciativa. Vocês acham que ele é bonito agora? Deviam tê-lo visto aos 15 anos. Duas vezes mais bonito que Nicaise, e dez vezes mais inteligente. Tentar seduzi-lo era um jogo que todos jogavam. Se alguém tivesse conseguido, teria se gabado disso, não ficado em silêncio.

Lazar fez um som de descrença bem-humorado.

– Sério – disse ele para Damen –, quem fica por cima, você ou ele?

– Eles não estão fodendo – disse Rochert. – Não quando o príncipe arrancou as costas dele só por tocá-lo nos banhos. Não estou certo?

– Está certo – confirmou Damen. Então se levantou e os deixou com a fogueira.

A companhia estava em sua melhor condição depois de Nesson. As carroças foram consertadas, Paschal tinha remendado os cortes, e Laurent não tinha sido esmagado por uma rocha. Mais que isso: o clima da noite anterior prosseguira durante o dia; a adversidade unira aqueles homens. Até Aimeric e Lazar estavam se dando bem. De certa forma.

Ninguém mencionou Orlant, nem mesmo Jord e Rochert, que tinham sido seus amigos.

O jogo estava armado. Eles chegariam à fronteira intactos. Ali ocorreria um ataque, uma luta, assim como ocorrera em Nesson, mas provavelmente maior e mais feia. Laurent iria sobreviver ou não, e depois disso Damen teria se livrado de sua obrigação e voltaria para a Akielos.

Era tudo o que Laurent pedira.

Damen parou às margens do acampamento e se encostou no tronco de uma das árvores retorcidas. Ele podia ver todo o acampamento dali. Podia ver a tenda de Laurent, iluminada por

A JOGADA DO PRÍNCIPE

lanternas e embandeirada; era como uma romã, com seus excessos saborosos no interior.

De manhã, Damen tinha acordado de um sono profundo ao som de um preguiçoso e divertido:

– Bom dia. Não, não preciso de nada. – E depois: – Vista-se e se apresente a Jord. Partimos quando terminarem os reparos.

– Bom dia – foi tudo o que dissera Damen depois de se sentar e passar a mão no rosto. Ele se viu simplesmente olhando para Laurent, que já estava vestido com as roupas de couro de montaria.

Laurent ergueu as sobrancelhas.

– Eu devo carregá-lo? São pelo menos cinco passos até a entrada da tenda.

Damen sentiu o volume sólido do tronco da árvore às suas costas. Os sons do acampamento eram levados pelo ar fresco da noite, os barulhos de marteladas e dos últimos reparos, as vozes murmuradas dos homens, o erguer e bater de cascos dos cavalos. Os homens estavam experimentando camaradagem diante de um inimigo comum, e era natural que ele estivesse sentindo isso também, ou algo parecido, depois de uma noite de perseguições, fugas e luta ao lado de Laurent. Era um elixir inebriante, mas ele não podia se deixar levar por isso. Estava ali por Akielos, não por Laurent. Seu dever só ia até aí. Ele tinha a própria guerra, o próprio país, a própria luta.

◆ ◆ ◆

O primeiro dos mensageiros chegou na manhã seguinte, resolvendo pelo menos um mistério.

Desde o palácio, Laurent enviara e recebera cavaleiros em um fluxo constante. Alguns traziam missivas da nobreza veretiana local oferecendo suprimentos ou hospitalidade. Alguns eram batedores ou mensageiros carregando informações. Naquela mesma manhã, Laurent enviara um homem voando de volta a Nesson, com dinheiro e agradecimentos, para devolver o cavalo a Charls.

Mas esse cavaleiro era diferente. Vestia couro, sem sinal de insígnias ou uniforme; montava um cavalo bom, mas simples; e, o mais surpreendente de tudo – quando puxou para trás um capuz pesado, viu-se que era uma mulher.

– Levem-na à minha tenda – disse Laurent. – O escravo vai ser nosso acompanhante.

Acompanhante. A mulher, que tinha, talvez, 40 anos e um rosto que parecia uma rocha, não parecia nada amorosa. Mas a repulsa veretiana por bastardos e o ato que os gerava era tão forte que Laurent não podia falar com nenhuma mulher em particular sem um acompanhante.

No interior da tenda, a mulher fez uma reverência e ofereceu um presente embalado em tecido. Laurent gesticulou com a cabeça para que Damen pegasse o embrulho e o pusesse na mesa.

– Levante-se – disse ele, dirigindo-se a ela em um dialeto vaskiano.

Eles falaram rapidamente em uma troca constante. Damen fez o possível para acompanhar. De vez em quando, ele entendia uma palavra. *Segurança. Passagem. Líder.* Ele podia falar e entender a língua erudita falada na corte da imperatriz, mas isso era o dialeto comum de Ver-Vassel, alterado ainda mais por gíria das montanhas, e ele não conseguia penetrá-lo.

– Pode abrir, se quiser – disse Laurent para ele quando estavam outra vez sozinhos na tenda. O embrulho embalado em tecido chamava atenção sobre a mesa.

Uma lembrança de sua manhã conosco. E para a próxima vez que precisar de um disfarce. Damen leu a mensagem no pergaminho que flutuou do embrulho.

Curioso, ele desembalou outra camada de tecido e revelou mais tecido. Azul e ornamentado, o vestido se derramou sobre suas mãos. Era familiar. Damen o vira aberto, arrastando fitas penduradas e usado por uma loura; ele sentira a ornamentação bordada sob as mãos quando ela estivera a meio caminho de seu colo.

– Você voltou ao bordel – disse Damen. Então, as palavras *próxima vez* o cutucaram no ombro. – Você não *vestiu*...?

Laurent se encostou na cadeira. Seu olhar frio não dava nenhuma resposta à pergunta.

– Foi uma manhã interessante. Normalmente não tenho a oportunidade de desfrutar desse tipo de companhia. Você sabe que meu tio não gosta delas.

– Prostitutas? – perguntou Damen.

– Mulheres – disse Laurent.

– Ele deve achar difícil negociar com o império.

– Vannes é nossa delegada. Ele precisa dela, e se ressente por precisar dela, e ela sabe disso – disse Laurent.

– Faz dois dias – disse Damen. – A notícia de que você sobreviveu a Nesson ainda não deve tê-lo alcançado.

– Esta não era sua última jogada – disse Laurent. – Isso vai acontecer na fronteira.

– Você sabe o que ele vai fazer – disse Damen.

– Eu sei o que eu faria – disse Laurent.

◆ ◆ ◆

Em torno deles, a paisagem começou a mudar.

As cidades e aldeias pelas quais passavam, salpicadas nos montes, assumiam um aspecto diferente: telhados compridos e baixos e outros sinais arquitetônicos que eram inconfundivelmente vaskianos. A influência do comércio com Vask era mais forte do que Damen esperava. E era verão, disse Jord a ele. O fluxo de comércio aumentava muito nos meses mais quentes, secando no inverno.

– E os clãs das montanhas circulam por esses montes – disse Jord –, e há comércio com eles também. Ou às vezes eles simplesmente tomam as coisas. Todo mundo que viaja por esse trecho de estrada leva uma guarda.

Os dias estavam ficando mais quentes, e as noites estavam mais quentes também. Eles seguiam para o sul, fazendo progresso constante. Agora, eram uma coluna organizada. Os cavaleiros da frente limpavam a estrada com eficiência, eventualmente tirando carroças do caminho para que eles passassem. Eles estavam a dois dias de Acquitart, e as pessoas nessa região conheciam seu príncipe, e às vezes apareciam e se enfileiravam ao lado da estrada para saudá-lo com expressões felizes e calorosas, que não era como ninguém que conhecesse Laurent o saudava.

A JOGADA DO PRÍNCIPE

Ele esperou até ver que Jord estava sozinho e se aproximou dele, sentando a seu lado em um dos troncos ocos perto do fogo.

– Você é mesmo membro da guarda do príncipe há cinco anos? – perguntou Damen.

– Sim – disse Jord.

– Conhecia Orlant desde essa época?

– Mais tempo – disse Jord depois de uma pausa. Damen achou que isso era tudo o que ele iria dizer, mas: – Já aconteceu, antes. Quer dizer, o príncipe já se livrou de homens da guarda por serem espiões de seu tio. Achei que eu estivesse acostumado à ideia de que o dinheiro supera a lealdade.

– Sinto muito. É difícil quando é alguém que você conhece... um amigo.

– Ele tentou matar você daquela vez – disse Jord. – Provavelmente achou que com você fora do caminho seria mais fácil chegar ao príncipe.

– Eu tinha pensado sobre isso – disse Damen.

Houve outra pausa.

– Não acho que percebi até aquela noite que este é um jogo mortal – disse Jord. – Não acho que metade dos homens percebeu isso. Mas ele soube esse tempo todo. – Jord apontou o queixo na direção da tenda de Laurent.

Isso era verdade. Damen olhou para a tenda.

– Ele mantém um conselho restrito. Você não devia culpá-lo por isso.

– Não culpo. Eu não lutaria por mais ninguém. Se há alguém vivo capaz de dar um golpe que possa atingir o regente, é ele. E se ele não conseguir, estou com tanta raiva que fico satisfeito em morrer lutando – disse Jord.

◆ ◆ ◆

A segunda mulher vaskiana chegou a cavalo ao acampamento na noite seguinte, e essa não veio para entregar um vestido.

Damen recebeu uma lista de objetos para pegar nas carroças, embalar em tecido e colocar nos alforjes da mulher: três copos de prata com detalhes refinados, uma caixa cheia de especiarias, rolos de seda, um conjunto de joias femininas e pentes ricamente entalhados.

– O que é isso?

– Presentes – disse Laurent.

– Você quer dizer subornos – disse ele, franzindo o cenho.

Ele sabia que Vere tinha relações melhores com o povo das montanhas do que com Akielos ou mesmo Patras. Se acreditasse em Nikandros, Vere mantinha essas relações através de um sistema elaborado de pagamentos e subornos. Em troca de fundos de Vere, os vaskianos atacavam onde os mandavam. Provavelmente, era feito exatamente assim, pensou Damen enquanto examinava os pacotes. Sem dúvida, se o suborno que fluía do tio de Laurent fosse tão generoso quanto esse, ele podia comprar homens o suficiente para ocupar Nikandros para sempre.

Damen observou a mulher aceitar o resgate de um rei em prataria e joias. *Segurança. Passagem. Líder.* Muitas das mesmas palavras foram trocadas.

Damen começou a compreender que aquela primeira mulher também não tinha ido até ali para entregar um vestido.

Na noite seguinte, quando estavam sozinhos na tenda, Laurent disse:

– Conforme nos aproximamos da fronteira, acho que seria mais seguro, mais privado, termos nossas discussões na sua língua em vez da minha.

Ele disse isso em akielon cuidadosamente pronunciado.

Damen o encarou, sentindo como se o mundo tivesse acabado de ser rearrumado.

– O que é? – perguntou Laurent.

– Belo sotaque – disse Damen, porque, apesar de tudo, ele não conseguiu evitar que o canto de sua boca começasse a se curvar para cima.

Os olhos de Laurent se estreitaram.

– Você está falando akielon para o caso de haver algum abelhudo – disse Damen, principalmente para ver se Laurent conhecia a palavra "abelhudo".

– Sim – respondeu o príncipe com firmeza.

E assim eles conversaram. O vocabulário de Laurent chegava ao limite quando se tratava de termos e manobras militares, mas Damen preenchia as lacunas. Claro, não era surpresa descobrir que Laurent tinha à sua disposição um vasto arsenal de expressões sofisticadas e observações arrogantes, mas não conseguia falar em detalhes sobre nada razoável.

Damen tinha de se lembrar permanentemente de não sorrir. Ele não sabia por que presenciar Laurent ter dificuldades com a língua akielon o deixava de bom humor, mas deixava. Laurent tinha mesmo um profundo sotaque veretiano, o que suavizava e misturava consoantes e acrescentava uma cadência, dando destaque a sílabas inesperadas. Isso transformava as palavras akielons e lhes dava um toque de exotismo, de luxo, que era muito veretiano, embora esse efeito fosse pelo menos parcialmente combatido pela precisão da fala de Laurent. Laurent falava akielon como um homem melindroso pegaria um lenço sujo com a ponta dos dedos.

De sua parte, conseguir falar livremente na própria língua era como ter um peso removido dos ombros que ele não havia percebido estar carregando. Era tarde quando Laurent encerrou a discussão, afastando um cálice com água pela metade e se espreguiçando.

– Acabamos por hoje. Venha me servir.

As palavras chacoalharam na mente dele. Damen se levantou devagar. Responder parecia mais servil quando a ordem vinha em sua própria língua.

Revelou-se a ele uma visão familiar de ombros retos que se estreitavam em uma cintura fina. Ele estava acostumado a despir Laurent de sua armadura, de seus trajes externos. Era um ritual noturno normal entre eles. Damen deu um passo à frente e pôs as mãos no tecido acima das omoplatas de Laurent.

– Bem? Comece – disse Laurent.

– Não acho que precisamos de uma língua particular para isso – disse ele.

– Você não gosta? – perguntou Laurent.

Ele sabia que não devia dizer do que gostava ou não gostava. A voz de Laurent indicava uma pontada de interesse por seu

A JOGADA DO PRÍNCIPE

desconforto que sempre era perigosa. Eles ainda estavam falando akielon.

– Talvez se eu fosse mais autêntico – disse Laurent. – Como um dono comanda um escravo de cama em Akielos? Ensine-me.

Os dedos de Damen estavam emaranhados nos laços e ficaram imóveis sobre a primeira nesga de camisa branca.

– Ensiná-lo a comandar um escravo de cama?

– Você disse em Nesson que tinha usado escravos – disse Laurent. – Não acha que eu devia conhecer as palavras?

Ele se esforçou a movimentar as mãos.

– Se você tem um escravo, pode lhe dar ordens como quiser.

– Na minha experiência, esse não é necessariamente o caso.

– Eu preferiria que você falasse comigo como um homem – ele se ouviu dizer. Laurent se virou sob as mãos dele.

– Desamarre a frente – disse Laurent.

Ele fez isso. Tirou a jaqueta dos ombros de Laurent, dando um passo à frente. Suas mãos deslizaram para o interior do traje. A sensação foi mais intensa do que a mudança de sua voz naquele espaço íntimo.

– Mas se você preferir...

– Afaste-se – ordenou Laurent.

Ele recuou. Laurent, de camisa, parecia mais consigo mesmo; elegante, controlado, perigoso.

Eles olharam um para o outro.

– A menos que precise de alguma coisa – ele se ouviu dizer –, vou buscar mais carvão para o braseiro.

– Vá – disse Laurent.

C. S. PACAT

◆ ◆ ◆

Era de manhã. O céu estava de um tom incrível de azul. O sol queimava, e todos estavam vestidos de couro para montar. Era melhor que armadura, que ao meio-dia iria assá-los. Damen estava carregando arreios e conversando com Lazar sobre o itinerário do dia quando avistou Laurent do outro lado do acampamento. Enquanto observava, Laurent subiu na sela e se sentou com as costas eretas, segurando as rédeas com uma mão enluvada.

Na noite anterior, Damen cuidara do braseiro e desempenhara todos os seus deveres, depois fora para o riacho próximo se lavar. O riacho tinha seixos nas margens e corria fresco e límpido, mas não era perigosamente rápido, aprofundando-se no centro. Apesar da falta de luz, dois criados ainda estavam lavando roupas de cama e mesa que, naquele calor, estariam secas pela manhã. A água estava saudavelmente fria na noite quente. Ele mergulhou a cabeça e deixou que a água corresse por seu peito e seus ombros, depois se esfregou, saiu chapinhando e escorreu a água do cabelo.

Ao lado dele, Lazar estava dizendo:

– É um dia de cavalgada até Acquitart, e Jord diz que é nossa última parada antes de Ravenel. Você sabe se...

Laurent era bem formado e capaz, e Damen era um homem, como os outros homens. Metade dos soldados naquele acampamento queria Laurent sob eles. A reação do corpo podia ser contida, como tinha sido, com determinação, na estalagem. Qualquer homem teria ficado excitado com Laurent brincando de escravizado de estimação em seu colo. Mesmo sabendo o que havia por baixo do brinco.

A JOGADA DO PRÍNCIPE

– Certo – ele ouviu Lazar dizer.

Ele tinha esquecido que Lazar estava ali. Depois de um longo momento, ele tirou os olhos de Laurent e se virou para Lazar, que estava olhando para ele com um sorriso um tanto seco, mas compreensivo, retorcendo o canto da boca.

– Certo o quê? – perguntou Damen.

– Certo, você não está fodendo com ele – disse Lazar.

Capítulo Dez

— Bem-vindo à minha casa ancestral — disse Laurent secamente.

Damen olhou de esguelha para ele, em seguida deixou que seu olhar passasse pelas paredes desgastadas de Acquitart.

Não vem acompanhada por tropas e tem pequena importância estratégica, foram as palavras usadas por Laurent para descrever Acquitart para a corte, no dia em que o regente confiscou todas as suas propriedades, menos essa.

Acquitart era pequena e velha, e a aldeia ligada a ela era um aglomerado de casas de pedra empobrecidas coladas à base do forte interno. Não havia terra disponível para agricultura, e a caça podia fornecer apenas algumas camurças empoleiradas nas rochas, que desapareciam — saltando para cima à mais leve aproximação de homens — para lugares onde um cavalo não podia segui-las.

Ainda assim, quando eles se aproximaram, o lugar não era malcuidado. Os alojamentos estavam bem-conservados, assim como o pátio interno, e havia suprimentos de alimentos e armas e material para substituir as carroças danificadas. Em todo lugar que olhava, Damen via indícios de planejamento. Aquelas

A JOGADA DO PRÍNCIPE

provisões não tinham vindo de Acquitart e seus arredores; tinham sido levadas até ali de outro lugar, em preparação para a chegada dos homens de Laurent.

O administrador se chamava Arnoul, um homem de idade avançada que assumiu o comando dos criados e das carroças e começou a dar ordens para todos. Seu rosto enrugado se desdobrou de prazer quando ele viu Laurent. Em seguida, tornou a se dobrar sobre si mesmo quando viu Damen.

– Você disse uma vez que seu tio não podia lhe tirar Acquitart – disse Damen para Laurent. – Por quê?

– É um governo independente. O que é um absurdo. No mapa, é um ponto. Mas eu sou o príncipe de Acquitart, além de príncipe de Vere, e as leis de Acquitart não exigem que eu tenha 21 anos para herdá-la. Ela é minha. Não há nada que meu tio possa fazer para tomá-la – disse Laurent. Em seguida, acrescentou: – Suponho que ele pudesse invadir. – E depois: – Os homens dele podiam brigar com Arnoul na escada.

– Arnoul parece ter sentimentos conflituosos em relação a ficarmos aqui.

– Não vamos ficar aqui. Não esta noite. Você vai me encontrar nos estábulos depois que escurecer, quando tiver terminado todos os seus afazeres habituais. Discretamente – disse Laurent. Ele falou isso em akielon.

Estava escuro quando Damen terminou suas obrigações. Os homens que normalmente cuidavam dos suprimentos, das carroças e dos cavalos tinham recebido a noite de folga, e os soldados também tiveram licença para se divertir. Barris de vinho foram abertos, e naquela noite o alojamento era um lugar alegre de se estar. Não havia sentinelas postadas perto dos estábulos, nem na direção leste. Ele estava fazendo uma curva na fortaleza quando ouviu vozes. A orientação de Laurent para ser discreto impediu que ele se anunciasse.

– Eu ficaria mais confortável dormindo no alojamento – disse Jord.

Ele viu Jord ser conduzido pela mão por um Aimeric determinado. Jord tinha a mesma leve falta de jeito para se alojar nos aposentos de um aristocrata que Aimeric demonstrava quando tentava falar palavrões.

– Isso porque você nunca dormiu nos aposentos de uma fortaleza real – disse Aimeric. – Garanto que é muito mais confortável que um cobertor em uma tenda ou um colchão cheio de calombos em uma estalagem. Além disso... – Ele baixou a voz, aproximando-se de Jord, mas as palavras ainda eram audíveis: – Eu quero muito que você me foda em uma cama.

Jord disse:

– Então venha aqui.

E o beijou, um beijo longo e lento com a mão segurando a cabeça de Aimeric. Aimeric ficou atraentemente dócil e se entregou ao beijo, envolvendo o pescoço de Jord com os braços; sua natureza antagonista não era, aparentemente, algo que ele exercia entre os lençóis. Parecia que Jord despertava o que havia de melhor nele.

Eles estavam ocupados, como os criados, como os soldados nos alojamentos. Todo mundo em Acquitart estava ocupado.

Damen passou e se dirigiu aos estábulos.

A JOGADA DO PRÍNCIPE

◆ ◆ ◆

Foi mais discreto e bem planejado que a última vez que eles saíram juntos do acampamento, depois de aprenderem essa lição do jeito difícil. Damen ainda ficava desconfortável ao se separar da tropa, mas havia pouco que pudesse fazer em relação a isso. Ele chegou ao silêncio dos estábulos; em meio a relinchos abafados e movimento de palha descobriu que Laurent, enquanto estava esperando, havia encilhado os cavalos. Eles partiram para o leste. O som das cigarras zunia ao seu redor; era uma noite quente. Eles deixaram os sons de Acquitart para trás, assim como a luz, e cavalgaram sob o céu noturno. Como em Nesson, Laurent sabia aonde estava indo, mesmo no escuro.

Então eles pararam. Atrás deles, havia montanhas; ao seu redor, abismos de pedra.

– Viu? – disse Laurent. – Há um lugar em condições piores que Acquitart.

Parecia uma grande fortaleza, mas a lua brilhava nítida através de seus arcos, e suas paredes eram de alturas inconsistentes, diminuindo em alguns lugares e completamente desmoronadas em outros. Era uma ruína, um prédio antes grandioso que agora não passava de pedras e de uma parede com um arco ocasional. Tudo o que restava estava coberto de trepadeiras e musgo. Era mais antiga que Acquitart, muito antiga, construída por algum potentado muito antes da dinastia de Laurent ou da sua. O chão estava coberto de uma flor que desabrochava à noite, com cinco pétalas e branca, que começava a se abrir para liberar seu aroma.

163

Laurent desceu da sela, em seguida conduziu o cavalo para um dos antigos blocos de rocha saliente e o amarrou ali. Damen fez o mesmo, então seguiu Laurent por um dos arcos de pedra.

Aquele lugar o estava deixando desconfortável, um lembrete de como um reino podia ser perdido com facilidade.

– O que estamos fazendo aqui?

Laurent tinha caminhado alguns passos desde o arco, esmagando flores sob os pés. Então apoiou as costas em uma das pedras em ruínas.

– Eu costumava vir aqui quando era mais novo – disse Laurent. – Com meu irmão.

Damen ficou imóvel e frio, mas no momento seguinte o som de cascos fez com que se virasse, sua espada cantando para fora da bainha.

– Não, eu os estou esperando – disse Laurent.

◆ ◆ ◆

Eram mulheres.

Alguns homens também. O dialeto vaskiano era mais difícil de entender quando havia mais de uma voz ao mesmo tempo, falando depressa.

A espada de Damen foi tirada dele, assim como a faca em seu cinto. Ele não gostou nada disso. Laurent teve permissão de manter as próprias armas, talvez em respeito a seu *status* de príncipe. Quando Damen olhou ao redor, só as mulheres estavam armadas.

Então Laurent disse uma coisa da qual ele gostou menos ainda:

A JOGADA DO PRÍNCIPE

– Não é permitido ver a aproximação do acampamento deles. Vamos ser levados até lá vendados.

Vendados. Ele mal teve tempo de absorver a ideia antes que Laurent anuísse para a mulher mais próxima. Damen viu a venda ser passada sobre os olhos de Laurent e amarrada. Ficou um pouco abalado pela imagem. A venda cobria os olhos de Laurent e enfatizava suas outras características – a linha suave de seu queixo, o modo como seu cabelo claro caía. Era impossível não olhar para sua boca.

No momento seguinte, ele sentiu uma venda ser passada sobre seus próprios olhos e amarrada com um puxão forte. Sua visão desapareceu.

Eles foram levados a pé. Não era uma trilha elaborada, serpenteante e desorientadora como aquela que percorrera vendado no palácio em Arles. Eles simplesmente viajaram para seu destino. Caminharam por aproximadamente meia hora, antes de ouvirem o som de tambores, baixo e constante, ficando mais alto. A venda parecia mais uma exigência de submissão do que uma precaução, porque parecia bem possível traçar seus passos – para um homem como ele, com treinamento de soldado, e provavelmente pela mente matemática de Laurent também.

O acampamento, viu quando tiraram as vendas, consistia de tendas compridas de couro curtido, cavalos em cercados e duas fogueiras acesas. Havia figuras em movimento em torno das fogueiras, e eles viram os tambores cujo som ecoava pela noite. Parecia animado e um pouco selvagem.

Damen se virou para Laurent.

– É aqui que vamos passar a noite?

– É um sinal de confiança – disse Laurent. – Você conhece a cultura deles? Aceite qualquer comida e bebida que sejam oferecidas. A mulher a seu lado é Kashel. Ela foi designada sua acompanhante. A mulher na plataforma se chama Halvik. Quando for apresentado a ela, fique de joelhos. Em seguida, pode se sentar no chão. Não me acompanhe até a plataforma.

Ele achou que eles tinham demonstrado confiança suficiente indo até ali sozinhos, vendados e desarmados. A plataforma era uma estrutura de madeira coberta de peles montada ao lado do fogo. Era meio trono, meio cama. Halvik estava sentada sobre ela, observando sua aproximação com olhos escuros que lembraram a Damen de Arnoul.

Laurent calmamente subiu na plataforma e se arrumou em uma posição lânguida ao lado de Halvik.

Damen, em contraste, foi empurrado de joelhos, e no momento seguinte foi puxado para o lado da plataforma e obrigado a se sentar. Pelo menos havia peles ali, empilhadas em torno da fogueira. Então Kashel chegou e se sentou ao seu lado. Ela lhe ofereceu um copo.

Ele ainda estava irritado, mas se lembrou do conselho de Laurent. Levou o copo aos lábios com cautela. O líquido era branco leitoso e pungente, com o travo de álcool; um gole pequeno fez uma chama quente descer por sua garganta e penetrar em suas veias.

Na plataforma, ele viu Laurent recusar um copo parecido quando lhe foi oferecido, apesar do conselho que acabara de dar a Damen.

A JOGADA DO PRÍNCIPE

É claro. É claro que Laurent não estava bebendo. Laurent se cercava dos excessos opulentos de um cortesão e vivia em meio a eles como um asceta. Damen não entendia como alguém pudesse pensar que eles estavam fodendo. Ninguém que conhecesse Laurent jamais pensaria isso.

Damen secou o copo.

Eles assistiram a um combate de exibição – uma luta corpo a corpo – e a mulher que ganhou era muito boa e submeteu sua oponente com uma chave treinada, e a luta, na verdade, valeu a pena ser vista.

Ele decidiu, depois do terceiro copo, que gostava da bebida.

Era forte e estimulante, e ele se viu com uma nova apreciação de Kashel, que estava tornando a encher seu copo. Ela tinha idade próxima à de Laurent, e era atraente, com um corpo maduro e adulto. Tinha olhos castanho-claros que o fitavam através de cílios longos e usava o cabelo em uma grande trança preta que serpenteava sobre seu ombro, e cuja ponta descansava sobre a elevação firme de um seio.

Talvez não fosse uma coisa tão terrível eles terem ido ali, pensou. Aquela era uma cultura honesta; as mulheres eram francas; e a comida, simples mas saudável, bom pão e carnes assadas no espeto.

Laurent e Halvik estavam envolvidos em uma conversa. Seu diálogo tinha o ritmo de uma barganha sendo discutida. A expressão dura de Halvik era retribuída pelo olhar azul impassível de Laurent. Era como ver uma pedra negociar com outra.

Ele afastou sua atenção da plataforma e se deixou desfrutar, em vez disso, da conversa aberta com Kashel, que era feita sem língua, com uma série de olhares atentos e duradouros. Quando ela pegou o copo de suas mãos, os dedos deles se entrelaçaram. Então ela se levantou, foi até a plataforma e murmurou algo no ouvido de Halvik.

Halvik se recostou, e sua atenção se fixou em Damen. Ela trocou palavras com Laurent, que também se virou na direção de Damen.

– Halvik pergunta, respeitosamente, se você não desempenharia um serviço para as garotas dela – disse Laurent para ele em veretiano.

– Que serviço?

– O serviço tradicional – disse Laurent. – Que as mulheres vaskianas exigem do macho dominante.

– Eu sou um escravo. Você é superior a mim.

– Não é uma questão de hierarquia.

Foi Halvik quem respondeu, em um veretiano com sotaque forte.

– Ele é menor e tem a língua de uma cocote. Sua semente não vai produzir mulheres fortes.

Laurent não pareceu se importar nem um pouco com essa descrição.

– Na verdade, minha linhagem não produz garotas.

Damen observou Kashel voltar da plataforma até ele. Ele podia ouvir o som de tambores da outra fogueira, um rufar baixo e constante.

– Isso... você está ordenando que eu faça isso?

A JOGADA DO PRÍNCIPE

– Você precisa de ordens? – perguntou Laurent. – Posso orientá-lo, se não tiver a habilidade.

Kashel estava olhando para ele com intensidade escancarada quando foi se sentar outra vez ao seu lado. Sua túnica tinha se aberto um pouco e caiu de um ombro, de modo que parecia estar segura apenas pelo volume de seu seio. Seu peito arquejava pela respiração.

– Beije-a – disse Laurent.

Ele não precisava que Laurent lhe dissesse o que fazer nem como, e provou isso com um beijo longo e deliberado. Kashel fez um som doce e complacente, seus dedos já seguindo a trilha percorrida por seus olhos momentos antes. As mãos dele entraram pela túnica dela e envolveram quase totalmente sua cintura fina.

– Pode dizer a Halvik que seria uma honra para mim me deitar com uma de suas garotas – disse Damen quando se afastou, com a voz baixa de prazer. Seu polegar roçou a boca de Kashel, e ela o provou com a língua. Os dois ofegavam de expectativa.

– Um garanhão fica mais feliz quando monta um rebanho – ele ouviu Halvik dizer a Laurent em veretiano. – Venha, vamos continuar nossas negociações longe do fogo do acasalamento. Ele será trazido até você quando terminar.

Ele estava consciente da partida de Laurent e Halvik, assim como estava consciente da presença de outros casais à procura de lugar nas peles perto da fogueira, uma consciência periférica tremeluzente que foi engolida em seu desejo por Kashel, enquanto seus corpos se dedicavam à mesma tarefa.

Foi uma união quente e violenta, a primeira vez. Ela era uma mulher jovem e bonita, e o encarava com uma intensidade que crescia de seu riso enquanto puxava as roupas dele; fazia muito tempo desde que ele desfrutara uma troca de prazeres livre e desinibida. Era melhor em tirar as roupas veretianas do que ele fora, na primeira vez. Ou mais determinada. Era muito determinada. Ela rolou por cima dele perto do clímax intenso e trêmulo, deixando tombar a cabeça de modo que seu cabelo, solto da trança, caía e se mexia com seus movimentos, encobrindo os dois.

Na segunda vez, ele a achou mais delicadamente maleável e disposta a ser explorada, e ele a excitou até um abandono quente e atordoante, do qual ele gostou mais que tudo.

Mais tarde, ela jazia arfante e cansada sobre as peles, e ele estava deitado ao seu lado, apoiado sobre um braço e olhando com apreciação para o corpo estendido ao seu lado.

Talvez houvesse algo na bebida branca leitosa. Ele chegara duas vezes ao clímax, mas não fora levado à lassidão. Estava se sentindo bem satisfeito consigo mesmo, e pensando que as mulheres vaskianas na verdade não tinham a resistência que era atribuída a elas, quando outra garota chegou e falou com Kashel em uma voz provocante, se encaixando em seguida nos braços surpresos de Damen. Kashel se sentou na posição de espectadora e ofereceu o que pareceu um alegre encorajamento.

Então, diante desse novo desafio, enquanto os tambores da fogueira próxima soavam em seus ouvidos, Damen sentiu a pressão de um novo corpo contra suas costas, e percebeu que mais de uma garota tinha se juntado a eles.

◆ ◆ ◆

A JOGADA DO PRÍNCIPE

Roupas eram difíceis. Os laços o atrapalhavam. Ele decidiu, depois de algumas tentativas, que não precisava da camisa. Toda a sua atenção estava voltada a segurar a calça no lugar.

Laurent estava dormindo quando Damen encontrou a tenda certa, mas ele se mexeu nas peles quando a aba que cobria a tenda se abriu. Seus cílios dourados adejaram e se ergueram. Quando viu Damen, ele se levantou sobre um braço e deu uma única piscada com olhos arregalados.

Em seguida, sem emitir som, por trás da pressão de uma mão, ele começou a rir descontroladamente.

Damen disse:

– Pare. Se eu rir, vou cair.

Ele olhou para uma pilha de peles separada perto da de Laurent, então fez o seu melhor: cambaleou até lá e desabou. Esse parecia o auge da realização. Ele rolou de costas. Estava sorrindo.

– Halvik tinha muitas garotas – disse ele.

As palavras saíram como ele se sentia, saciado e esgotado pelo sexo, exausto e feliz. As peles estavam quentes ao seu redor. Ele estava alegremente sonolento, a momentos de adormecer.

Ele disse:

– Pare de rir.

Quando virou a cabeça para olhar, Laurent estava deitado do seu lado, com a cabeça apoiada em uma das mãos, olhando para ele com olhos brilhantes.

– Isso é instrutivo. Eu já vi você derrubar meia dúzia de homens no chão sem nem suar.

– Agora eu não conseguiria.

– Posso ver isso. Você está livre de suas obrigações regulares pela manhã.

– É muito simpático de sua parte. Eu não consigo me levantar. Vou só ficar aqui deitado. Ou você precisava de alguma coisa?

– Ah, como você sabia? – disse Laurent. – Leve-me para a cama.

Damen gemeu e se viu rindo, no fim das contas, logo antes de puxar as peles por cima da cabeça. Ele ouviu um último som divertido de Laurent, e isso foi tudo o que escutou antes de ser atingido e reclamado pelo sono.

◆ ◆ ◆

O retorno durante o amanhecer foi fácil e agradável. O céu estava limpo e o sol nascente estava brilhando; ia ser um belo dia. Damen estava de bom humor e feliz por cavalgar em silêncio satisfeito. Os dois estavam lado a lado, a meio caminho de Acquitart, quando ele pensou em perguntar:

– Suas negociações correram bem?

– Sem dúvida nos despedimos de posse de grande dose de boa vontade.

– Você deveria fazer negócios com os vaskianos com mais frequência.

Sua alegria cintilou em sua declaração. Houve uma pausa. Por fim, e com uma estranha hesitação, Laurent perguntou:

– É diferente de com um homem?

Era sempre diferente. Ele não disse isso em voz alta; era algo evidente. Por um momento, ele achou que Laurent estivesse

A JOGADA DO PRÍNCIPE

prestes a lhe perguntar mais alguma coisa, mas Laurent apenas olhou para ele, um olhar longo e perscrutador, livre de constrangimento, e não disse nada.

– Está curioso em relação a isso? Não devia ser tabu? – perguntou ele.

– É tabu – disse Laurent.

Houve outra pausa.

– Bastardos amaldiçoam a linhagem. E azedam o leite, destroem colheitas e arrancam o sol do céu. Mas eles não me incomodam. Todas as minhas lutas são contra homens bem-nascidos. Você devia provavelmente tomar um banho – disse Laurent. – Quando voltarmos.

Damen, que concordou inteiramente com essa última afirmação, foi fazer isso assim que chegaram. Eles entraram nos aposentos de Laurent através de uma passagem semioculta tão estreita que Damen teve de fazer um esforço considerável para se espremer por ela. Quando saiu pela porta dos aposentos de Laurent e chegou ao corredor, ele se viu cara a cara com Aimeric.

Aimeric se deteve bruscamente e encarou Damen. Em seguida, olhou para a porta de Laurent. Então, novamente, olhou de volta para Damen. Damen percebeu que ainda estava irradiando seu bom humor, e provavelmente parecia que tinha fodido a noite inteira e depois rastejado por uma passagem. O que realmente tinha feito.

– Nós batemos, mas não houve resposta – disse Aimeric. – Jord mandou homens procurarem vocês.

– Há algum problema? – perguntou Laurent, surgindo na porta.

Laurent estava tranquilamente imaculado dos pés à cabeça; ao contrário de Damen, ele parecia descansado, limpo, sem um fio de cabelo fora do lugar. Aimeric estava encarando outra vez.

Em seguida, recobrou a concentração e disse:

– A notícia chegou há uma hora. Houve um ataque na fronteira.

Capítulo onze

R avenel não era construída para ser receptiva a estranhos. Enquanto passavam pelos portões, Damen sentiu sua força e seu poder. Se o estranho fosse um príncipe em fuga que estivesse visitando a fronteira apenas porque tinha sido provocado e forçado pelo tio, ela era ainda menos receptiva. Os cortesãos que haviam se reunido sobre o palanque no grande pátio de Ravenel tinham a mesma aparência pétrea das ameias agressivas do forte. Se o estranho fosse akielon, a recepção era hostil: quando Damen seguiu Laurent pelos degraus do palanque, a onda de raiva e ressentimento com sua presença era quase palpável.

Em toda a sua vida, ele nunca imaginara que botaria os pés no interior de Ravenel, que a grande porta corrediça na entrada seria erguida, e que as portas de madeira maciça seriam destrancadas e abertas, permitindo que ele passasse para o interior das muralhas. Seu pai, Theomedes, lhe instilara respeito pelos grandes fortes veretianos. Theomedes terminara sua campanha em Marlas; tomar Ravenel e seguir para o norte teria significado um cerco prolongado, uma enorme alocação de recursos. Theomedes era sábio demais para embarcar em uma campanha cara e longa que poderia perder o apoio dos kyroi e desestabilizar seu reino.

Fortaine e Ravenel permaneceram intocadas: os poderes militares dominantes na região.

Ostensivas e poderosas, elas exigiam que suas contrapartidas akielons fossem igualmente armadas e recebessem adições constantes ao contingente. O resultado na fronteira era uma abundância tensa de guarnições e de guerreiros que não estavam tecnicamente em guerra, mas que nunca estavam realmente em paz. Soldados demais e lutas de menos: a tensão que se acumulava não se dissipava com os pequenos ataques e escaramuças que cada lado repudiava. Nem com as lutas e desafios formais, organizados e oficiais, com suas regras, comidas e espectadores, que permitiam aos dois lados matar uns aos outros com um sorriso.

Um governante prudente iria querer que um diplomata com experiência cuidasse daquele impasse tenso, não Laurent, que tinha chegado como uma vespa em uma festa ao ar livre, irritando todo mundo.

– Alteza. Nós o estávamos esperando há duas semanas, mas gostamos de saber que o senhor aproveitou as estalagens de Nesson – disse lorde Touars. – Talvez possamos encontrar algo igualmente divertido para o senhor fazer aqui.

Lorde Touars de Ravenel tinha os ombros de um soldado e uma cicatriz que ia do canto de uma pálpebra até a boca. Ele olhava diretamente para Laurent enquanto falava. A seu lado, seu filho mais velho, Thevenin, um garoto pálido e gorducho de talvez 9 anos, estava encarando Laurent com a mesma expressão.

A JOGADA DO PRÍNCIPE

Atrás deles, o resto do grupo de recepção da corte permanecia imóvel. Damen podia sentir os olhos deles sobre si, pesados e desagradáveis. Esses eram homens e mulheres da fronteira, que tinham lutado contra Akielos por toda a vida. E todos eles estavam nervosos com a notícia que tinham ouvido pela manhã: um ataque akielon destruíra a aldeia de Breteau. Havia guerra no ar.

– Não estou aqui para me divertir, mas para ouvir relatos sobre o ataque que cruzou minhas fronteiras esta manhã – disse Laurent. – Reúna seus capitães e conselheiros no grande salão.

Era normal que hóspedes recém-chegados descansassem e tirassem as roupas de montaria, mas lorde Touars fez um gesto aquiescente, e os cortesãos reunidos começaram a avançar para o interior. Damen ia sair com os soldados, mas se surpreendeu com a ordem seca de Laurent:

– Não. Venha para dentro comigo.

Damen olhou outra vez para as muralhas fortificadas. Não era hora de Laurent exercer seus instintos tendenciosos. Na entrada do grande salão, um criado de libré entrou em seu caminho e, com uma breve mesura, disse:

– Alteza, lorde Touars prefere que o escravo akielon não entre no salão.

– Eu prefiro que ele entre – foi tudo o que disse Laurent, seguindo adiante e deixando Damen sem escolha além de segui-lo.

Não tinha sido uma entrada na cidade normal para um príncipe, com um desfile e diversões e dias de banquetes oferecidos pelo senhor. Laurent chegara montado à frente de sua tropa sem nenhum outro espetáculo, embora as pessoas tivessem saído às ruas mesmo assim, tentando ter um vislumbre daquela cabeça dourada e brilhante. Qualquer antipatia que as pessoas comuns pudessem ter sentido em relação a Laurent desapareceu no momento em que o viram. Adoração extática: tinha sido assim em Arles, em todas as cidades pelas quais passaram. O príncipe dourado se via melhor a 60 passos de distância, fora do alcance de sua natureza.

Desde a entrada, os olhos de Damen focaram as fortificações de Ravenel. Agora ele absorvia as dimensões do grande salão. Era enorme, construído para a defesa, com portas de dois andares de altura – um local no qual toda a guarnição podia ser reunida para receber ordens e de onde podia ser rapidamente direcionada a todos os pontos do lugar. Também podia funcionar como ponto de retirada, se os muros fossem forçados. Em relação às tropas posicionadas no forte, Damen achou que devia haver talvez 2 mil no total. Era mais do que o suficiente para esmagar o contingente de Laurent de 175 cavalos. Se eles tivessem entrado em uma armadilha, já estavam mortos.

O ombro seguinte que se interpôs em seu caminho tinha uma ombreira de metal e uma capa presa a ela. A capa era de qualidade aristocrática. O homem que a usava falou:

– Um akielon não tem lugar na companhia de homens. Sua alteza vai entender.

– Meu escravo o deixa nervoso? – perguntou Laurent. – Eu entendo. É preciso um homem para lidar com ele.

– Eu sei como lidar com akielons. Eu não os convido para entrar.

– Esse akielon é membro de minha casa – disse Laurent. – Afaste-se, capitão.

A JOGADA DO PRÍNCIPE

O homem recuou. Laurent ocupou seu assento à cabeceira da mesa de madeira comprida. Lorde Touars sentou-se em posição inferior à sua direita. Damen conhecia alguns daqueles homens por sua reputação. O homem com a ombreira e a capa era Enguerran, comandante das tropas de lorde Touars. Mais adiante à mesa estava o conselheiro Hestal. Thevenin, o filho de 9 anos, também tinha se juntado a eles.

Não ofereceram assento a Damen. Ele ficou parado atrás de Laurent, à sua esquerda, e observou enquanto outro homem entrava, um homem que Damen conhecia muito bem, embora fosse a primeira vez que estivesse de pé ao vê-lo, pois estivera preso em todas as outras ocasiões.

Era o embaixador de Vere em Akielos, que também era conselheiro do regente, senhor de Fortaine e pai de Aimeric.

– Conselheiro Guion – disse Laurent.

Guion não cumprimentou Laurent, apenas deixou que o desprazer em seu rosto ficasse evidente quando seus olhos passaram por Damen.

– O senhor trouxe uma fera para a mesa. Onde está o capitão que seu tio indicou?

– Enfiei minha espada em seu ombro, depois mandei que lhe tirassem as roupas e o expulsei da companhia – disse Laurent.

Uma pausa. O conselheiro Guion se recompôs.

– Seu tio sabe disso?

– Que eu castrei seu cão? Sim. Mas acho que temos coisas mais importantes para discutir, não?

Quando o silêncio se prolongou, o capitão Enguerran disse apenas:

– O senhor tem razão.

Eles começaram a discutir o ataque.

Damen ouvira os primeiros relatos ao lado de Laurent em Acquitart naquela manhã. Akielons tinham destruído uma aldeia veretiana. Mas não foi isso que o deixou com raiva. O ataque akielon fora uma retaliação. No dia anterior, um ataque na fronteira arrasara uma aldeia akielon. A sensação familiar de ficar com raiva de Laurent o acompanhara durante várias conversas. Seu tio pagou agressores para acabar com uma aldeia akielon. "Sim." Pessoas estão mortas. "Sim." Você sabia que isso ia acontecer? "Sim."

Laurent calmamente dissera:

– Você sabia que meu tio queria provocar conflitos na fronteira. De que outra maneira achava que ele iria fazer isso?

No fim de todas essas altercações, não restara nada a fazer além de montar em seu cavalo e seguir para Ravenel, passando a viagem com o olhar fixo na parte de trás de uma cabeça amarela que, para a irritação dele, não era culpada pelos ataques, por mais que ele quisesse pensar que sim.

Nos relatos iniciais em Acquitart, não tinham lhes dito o tamanho nem a extensão da retaliação akielon. Ela começara antes do amanhecer. Não foi um grupo pequeno de agressores, nem um ataque dissimulado. Era uma tropa akielon completa, com armas e armaduras, exigindo retribuição por um ataque a uma de suas aldeias. Quando o sol nasceu, eles tinham matado centenas na aldeia de Breteau, entre eles Adric e Charron, dois membros da pequena nobreza que tinham desviado seu pequeno grupo de

A JOGADA DO PRÍNCIPE

seguidores de seu acampamento a pouco mais de um quilômetro para lutar e proteger os aldeões. Os agressores akielons provocaram incêndios, mataram gado. Mataram crianças.

Foi Laurent quem, ao fim da primeira rodada de discussão, perguntou:

– Uma aldeia akielon também foi atacada? – Damen olhou para ele com surpresa.

– Houve um ataque. Não foi nessa escala. Não foi feito por nós.

– Foi feito por quem?

– Bandidos, clãs das montanhas, isso pouco importa. Os akielons aproveitam qualquer desculpa para derramar sangue.

– Então vocês não tentaram descobrir o responsável pelo ataque original? – perguntou Laurent.

Lorde Touars disse:

– Se eu o encontrasse, apertaria sua mão e o deixaria seguir seu caminho, depois de agradecer pelos que matou.

Laurent recostou a cabeça na cadeira e olhou para o filho de Touars, Thevenin.

– Ele é assim leniente com você? – perguntou Laurent.

– Não – respondeu Thevenin, de forma incauta. Em seguida, corou ao encontrar os olhos escuros do pai sobre ele.

– O príncipe tem modos contidos – disse o conselheiro Guion, com os olhos em Damen. – E não parece gostar de culpar Akielos por nenhum delito.

– Não culpo insetos por zumbirem quando alguém derruba sua colmeia – disse Laurent. – Fico curioso em saber quem deseja me ver picado.

Mais uma pausa. O olhar de lorde Touars passou rapidamente por Damen e voltou.

– Não vamos discutir nada mais na presença de um akielon. Retire-o daqui.

– Em respeito a lorde Touars, deixe-nos – ordenou Laurent sem se virar.

Laurent provara seu poder mais cedo. Agora tinha mais a ganhar demonstrando sua autoridade em relação a Damen. Aquela era uma reunião que poderia iniciar uma guerra – ou impedir uma, disse Damen a si mesmo. Aquela era uma reunião que poderia determinar o futuro de Akielos. Ele curvou-se em uma mesura e fez o que lhe ordenaram.

◆ ◆ ◆

Do lado de fora, ele caminhou por toda a extensão do forte para se livrar da sensação pegajosa da teia veretiana de política e manobras.

Lorde Touars queria uma luta. O conselheiro Guion era abertamente favorável à guerra. Ele tentou não pensar que o futuro de seu país agora dependia das falas e Laurent.

Ele entendia que esses senhores de fronteira representavam o coração da facção do regente. Eles eram da geração dele. Teriam passado os últimos seis anos recebendo seus favores. E com terra ali na fronteira, eram quem mais tinha a perder com a liderança incerta de um príncipe jovem e inexperiente.

Enquanto caminhava, deixou os olhos percorrerem os muros do forte. O capitão de Ravenel havia posicionado homens neles

A JOGADA DO PRÍNCIPE

em formação meticulosa. Ele viu excelentes postos de sentinela e defesas bem organizadas.

– Você. O que está fazendo aqui?

– Sou parte da Guarda do Príncipe. Estou voltando para o alojamento por ordens dele.

– Você está do lado errado do forte.

Damen deixou que as sobrancelhas se erguessem e os olhos se arregalassem e apontou.

– O oeste é para lá?

O soldado disse:

– O oeste é para *lá*. – Ele fez um gesto para um dos soldados próximos. – Acompanhe este homem até o alojamento onde os homens do príncipe estão instalados. – No momento seguinte, ele sentiu uma pegada firme na parte de cima do braço.

Ele foi conduzido com atenção pessoal por todo o caminho até a entrada do alojamento, onde foi depositado diante de Huet, que estava de vigia.

– Não deixe que ele saia andando por aí outra vez.

Huet sorriu.

– Se perdeu?

– É.

O sorriso continuou.

– Cansado demais para se concentrar?

– Eu não recebi orientações.

– Entendo. – Sorriso.

E, é claro, havia isso. De Aimeric, surgira uma história bem particular que desde a manhã crescia cada vez que era contada.

Damen recebera sorrisos e tapinhas nas costas o dia todo. Laurent, enquanto isso, recebia novos olhares de apreciação. Ele subira mais um ponto na estima dos homens, agora que eles entendiam que, independentemente do que tinham suposto sobre seus hábitos na cama, o príncipe claramente galopava sobre seu escravizado bárbaro com rédea curta.

Damen os ignorou. Não era hora para questões triviais.

Jord pareceu surpreso ao vê-lo de volta tão depressa, mas disse que Paschal pedira que alguém lhe fosse designado e que Damen serviria bem para isso, pois o príncipe provavelmente ficaria fora por toda a noite, tentando botar bom senso nos cabeças-duras da fronteira.

Ele devia ter percebido, antes de entrar no aposento comprido, para onde o tinham enviado.

– Jord o mandou? – perguntou Paschal. – Ele gosta de ironias.

– Eu posso ir – disse Damen.

– Não. Eu pedi alguém com braços fortes. Ferva um pouco de água.

Ele ferveu água e a levou para Paschal, que estava envolvido na tarefa de manter homens inteiros depois de terem sido cortados em pedaços.

Damen manteve a boca fechada e simplesmente desempenhou as tarefas como orientado por Paschal. Um dos homens tinha as roupas dobradas e abertas exibindo uma ferida no ombro, perto demais do pescoço. Damen reconheceu o corte em diagonal que os akielons praticavam para tirar vantagem das limitações das armaduras veretianas.

A JOGADA DO PRÍNCIPE

Paschal falava enquanto trabalhava.

– Alguns sobreviventes sem berço do grupo de Adric foram reconhecidos e trazidos de volta. Uma viagem de quilômetros quicando em uma liteira. Isso os trouxe até os serviços dos médicos do forte, que fizeram, como pode ver, muito pouco. Os plebeus que não são soldados são os menos remendados. Traga-me essa faca. Seu estômago é tão forte quanto seus braços? Segure-o. Assim.

Damen já tinha visto médicos trabalhando. Quando comandante, ele fizera a ronda dos feridos. Também tinha conhecimento de campo rudimentar, ensinado a ele caso alguma vez se encontrasse ferido e separado de seus homens, o que, quando menino, tinha sido uma perspectiva empolgante, embora pouco provável, naqueles dias. Aquela noite era a primeira vez que trabalhava ao lado de um médico tentando impedir a vida de se esvair de homens. Era incessante, envolvente e físico.

Uma ou duas vezes ele olhou para a maca baixa em um canto escuro do ambiente, coberta por um lençol. Depois de algumas horas, o tecido que funcionava como porta foi aberto e amarrado quando um grupo entrou.

Eram todos plebeus, três homens e uma mulher, e o homem que amarrara a entrada os dirigiu à maca. A mulher se sentou pesadamente ao lado dela e fez um som baixo.

Ela era uma criada, talvez uma lavadeira, a julgar pelos antebraços e a touca. Era jovem também, e Damen se perguntou se aquele era seu marido, ou seu parente – um primo, um irmão.

Paschal disse a Damen em voz baixa:

– Volte para seu capitão.

– Vou deixá-lo, então – disse Damen, assentindo.

A mulher se virou, de olhos molhados. Ele percebeu que ela tinha ouvido seu sotaque. Ele sabia que possuía a tez característica de Akielos, especialmente das províncias do sul. Apenas isso podia não ter sido suficiente para identificá-lo como akielon ali na fronteira, mas ele havia falado.

– O que um deles está fazendo aqui? – perguntou ela.

Paschal disse para Damen:

– Vá.

Era tarde demais.

– Você fez isso. Sua raça. – Ela passou por Paschal, que estava se posicionando entre eles.

Não foi agradável. Ela era forte, uma mulher no auge da vida, com força nascida de carregar água e bater roupa. Damen teve de se esforçar para segurá-la, agarrando-a pelos pulsos, e uma das mesas de Paschal foi derrubada. Foram necessários os dois homens que a acompanhavam para puxá-la para trás. Damen levou a mão ao rosto, onde ela o havia arranhado com a unha. A mão dele voltou com uma mancha de sangue.

Eles a retiraram. Paschal não disse nada, apenas começou a arrumar seus implementos em silêncio. Os homens voltaram depois de algum tempo e levaram o corpo, carregando-o sobre um suporte de madeira entre eles. Um deles interrompeu seu progresso diante de Damen e apenas o encarou. Então, cuspiu no chão à sua frente. Eles saíram.

Damen sentiu um gosto desagradável na boca. Ele se lembrou

com clareza perfeita do mensageiro que cuspira no chão na frente de seu pai nas barracas de campanha em Marlas. Era a mesma expressão. Ele olhou para Paschal. Ele sabia uma coisa sobre veretianos.

– Eles nos odeiam.

– O que você esperava? – perguntou Paschal. – Os ataques são constantes. E faz apenas seis anos que akielons expulsaram esses homens de seus lares, de seus campos. Eles viram amigos e familiares mortos, crianças levadas como escravos.

– Eles nos matam também – disse Damen. – Delpha foi tomada de Akielos nos tempos do rei Euandros. Era certo que voltasse ao domínio akielon.

– Como aconteceu – disse Paschal. – Por enquanto.

◆ ◆ ◆

O olhar azul e frio de Laurent não revelou nada sobre a reunião, nem mesmo que ela tinha sido longa: quatro horas de conversas. Ele ainda estava vestindo sua jaqueta e botas de montaria, e olhou para Damen com expectativa.

– Relatório.

– Não consegui fazer um circuito completo dos muros. Fui detido no lado oeste. Mas eu diria que há entre 1.500 e 1.700 homens baseados aqui. Parece o contingente defensivo habitual de Ravenel. Os armazéns estão bem cheios, mas não a plena capacidade. Não vi nenhum sinal de preparativos de guerra, além de batedores e da guarda dupla desde esta manhã. Acho que esse ataque os pegou de surpresa.

– Foi a mesma coisa no grande salão. Lorde Touars não tinha os modos de um homem que estava esperando uma luta, por mais que queira uma.

Damen disse:

– Então os senhores da fronteira não estão trabalhando com seu tio para incitar esta guerra.

– Não acho que lorde Touars esteja – disse Laurent. – Nós vamos até Breteau. Ganhei dois ou três dias para nós. Foi difícil. Mas vai levar esse tempo para qualquer comunicação de meu tio chegar, e lorde Touars não vai iniciar uma guerra escancarada contra Akielos por conta própria.

Dois ou três dias.

O momento estava chegando; estava visível no horizonte. Damen inspirou fundo. Muito antes que tropas se reunissem dos dois lados da fronteira, ele iria retornar para lutar do lado de Akielos. Damen olhou para Laurent e tentou imaginar encará-lo do outro lado de linhas de batalha.

Ele tinha sido pego pela energia de... criação. A determinação de Laurent, a habilidade que tinha para superar situações adversas o contaminara. Mas aquela não era uma perseguição por uma cidade ou um jogo de cartas. Aqueles eram os senhores mais poderosos de Vere desfraldando seus estandartes para a guerra.

– Então vamos para Breteau – disse Damen.

Ele se levantou e, sem olhar para Laurent, começou os últimos preparativos para a cama.

◆ ◆ ◆

A JOGADA DO PRÍNCIPE

Eles não foram os primeiros a chegar a Breteau.

Lorde Touars tinha enviado um contingente de homens para proteger o que restava e para enterrar os corpos, de modo que não atraíssem doenças nem carniceiros à procura de alimento. Eles eram um grupo pequeno que tinha trabalhado duro. Cada um dos celeiros, cabanas e barracões havia sido verificado em busca de sobreviventes, e os poucos encontrados foram levados para uma das tendas dos médicos. O ar estava denso com o cheiro de madeira e palha queimadas, mas não havia áreas de solo em chamas. O fogo tinha sido apagado. As covas já estavam parcialmente escavadas.

Os olhos de Damen passaram por uma cabana deserta, com um cabo quebrado de lança se projetando de uma forma sem vida e os restos de uma reunião ao ar livre e copos de vinho derrubados. Os aldeões tinham lutado. Aqui e ali, um veretiano caído ainda se segurava a uma enxada ou uma pedra, ou um par de tesouras de tosquia, ou qualquer das armas rústicas que um aldeão pudesse conseguir sem aviso prévio.

Os homens de Laurent trabalharam duro, de forma silenciosa e respeitosamente. Limparam tudo metodicamente, de forma um pouco mais delicada quando o corpo era de uma criança. Não pareciam se lembrar de quem e o que Damen era. Eles lhe deram as mesmas tarefas e trabalharam ao seu lado. Ele se sentiu estranho, consciente da intromissão, do desrespeito de sua presença. Viu Lazar puxar uma capa sobre o corpo de uma mulher e fazer um pequeno gesto de despedida, como era hábito no sul. Ele sentiu até os ossos como aquele lugar estivera desprotegido.

Ele disse a si mesmo que aquela era uma retaliação olho por olho a um ataque a Akielos. Ele até entendia como e por que aquilo podia ter acontecido. Um ataque a uma aldeia akielon exigia vingança, mas as guarnições da fronteira veretiana eram fortes demais para serem atacadas. Nem mesmo Theomedes, com todo o apoio do poder dos kyroi, quis desafiar Ravenel. Mas um grupo menor de soldados akielons podia atravessar a fronteira entre as guarnições, penetrar em Vere, encontrar uma aldeia que estivesse desprotegida e destruí-la.

– Esses são os sobreviventes – disse Laurent. – Eu quero que você os interrogue.

Ele pensou na mulher, lutando em seus braços.

– Não devia ser eu que...

– Sobreviventes akielons – disse Laurent laconicamente.

Damen respirou fundo, não gostando nada daquilo.

Ele disse, com cuidado:

– Se veretianos tivessem sido capturados depois de um ataque desse tipo a uma aldeia akielon, eles seriam executados.

– Eles vão ser – disse Laurent. – Descubra o que eles sabem sobre o ataque a Akielos que provocou essa agressão.

Não havia grilhões, como ele imaginara brevemente, mas quando se aproximou do estrado na cabana escura, viu como o prisioneiro akielon tinha pouca necessidade deles. Sua respiração era audível ao inspirar e expirar. Tinham cuidado do ferimento em sua barriga. Não era do tipo que podia ser curado.

Damen se sentou ao lado do estrado.

Não era um de seus conhecidos. O homem tinha cabelo

A JOGADA DO PRÍNCIPE

cacheado denso e escuro, e olhos escuros com cílios pesados; seu cabelo estava emaranhado, e uma camada de suor cobria sua testa. Os olhos estavam abertos e o observavam.

Em sua própria língua, Damen disse:

– Você consegue falar?

O homem respirou de maneira ruidosa e desagradável e disse:

– Você é akielon.

Por baixo do sangue, ele era mais jovem do que Damen achou no início. Dezenove ou vinte.

– Eu sou akielon – disse Damen.

– Nós... retomamos a aldeia?

Ele devia honestidade àquele homem; era um conterrâneo e estava perto do fim. Ele disse:

– Eu sirvo ao príncipe veretiano.

– Você desonra seu sangue – disse o homem com uma voz plena de ódio. Ele proclamou as palavras com toda a força que lhe restava.

Damen esperou que o espasmo de dor e esforço que o atacou passasse, que seu fôlego retornasse ao ritmo laborioso que tinha quando ele entrara na enfermaria. Quando isso aconteceu, ele perguntou:

– Um ataque a Akielos provocou esse ataque?

Outra inspiração e exalação.

– Seu mestre veretiano o mandou aqui para perguntar isso?

– Sim.

– Diga a ele... que seu ataque covarde a Akielos matou menos do que nós – disse com orgulho.

C. S. PACAT

Raiva não era útil. Ela passou por ele como uma onda, por isso ele ficou um bom tempo sem falar, apenas encarando o homem moribundo.

– Onde foi o ataque?

Houve uma respiração parecida com um riso amargo, e o homem fechou os olhos. Damen achou que ele não fosse dizer mais nada, porém:

– Tarasis.

– Foi um ataque de clãs? – Tarasis ficava no sopé das montanhas.

– Eles pagam os agressores.

– Eles foram pelas montanhas?

– Por que seu mestre se interessa por... isso?

– Ele está tentando deter o homem que atacou Tarasis.

– Foi isso que ele disse a você? Ele está mentindo. Ele é veretiano. Vai usá-lo para seus próprios objetivos, como o está usando, agora, contra seu próprio povo.

As palavras estavam ficando mais difíceis. Os olhos de Damen passaram pelo rosto emaciado, pelos cachos encharcados de suor. Ele falou com uma voz diferente.

– Qual o seu nome?

– Naos.

– Naos, você lutou com Makedon? – Naos usava o cinto com a marca. – Ele costumava resistir até aos éditos de Theomedes. Mas sempre foi leal a seu povo. Ele deve ter se sentido muito ofendido para romper o tratado de Kastor.

– Kastor – disse Naos. – O rei falso. Damianos devia ser nosso líder. Ele era o matador de príncipes. Ele entendia o que os veretianos são. Mentirosos. Falsos. Ele nunca teria deitado na cama deles como Kastor fez.

– Você tem razão – disse Damen depois de um longo momento. – Bom, Naos. Vere está levantando suas tropas. Há muito pouco a fazer para impedir a guerra que você quer.

– Que eles venham... Veretianos covardes se escondem em seus fortes... Com medo de uma luta honesta... Que eles saiam... E vamos matá-los como eles merecem.

Damen não disse nada, apenas pensou em uma aldeia desprotegida lá fora agora transformada em silêncio e imobilidade. Ele ficou ao lado de Naos até que o arquejar se aquietou. Em seguida, ele se levantou, saiu da cabana, atravessou a aldeia e voltou ao acampamento veretiano.

Capítulo Doze

Damen recontou a história de modo duro e sem adornos. Quando terminou, Laurent disse com um tom impassível:
— A palavra de um akielon morto, infelizmente, não vale nada.
— Você sabia antes de me enviar para interrogá-lo que suas respostas levariam ao sopé das montanhas. Esses ataques foram cronometrados para coincidir com sua chegada. Você está sendo atraído para longe de Ravenel.

Laurent deu a Damen um olhar longo e pensativo e disse, por fim:
— Sim, a armadilha está se fechando, e não há mais nada a fazer.

Fora da tenda de Laurent, a limpeza lúgubre continuava. Quando se encaminhava para encilhar os cavalos, Damen se encontrou com Aimeric, arrastando uma lona de tendas um pouco pesada demais para ele.

Damen olhou para o rosto cansado de Aimeric e para suas roupas cobertas de poeira. Ele estava muito distante dos luxos com que nascera. Damen se perguntou pela primeira vez como seria para Aimeric se aliar contra o próprio pai.

A JOGADA DO PRÍNCIPE

– Vocês vão deixar o acampamento? – perguntou Aimeric, olhando para os pacotes que Damen levava. – Aonde vão?
– Você não acreditaria em mim se eu lhe contasse – disse Damen.

◆ ◆ ◆

Era um caso em que os números não ajudavam, apenas a velocidade, a discrição e o conhecimento do território. Alguém que fosse espionar à procura de uma força de ataque nas montanhas não ia querer o som das batidas de cascos nem o brilho de capacetes polidos anunciando suas intenções.

A última vez que Laurent decidira se separar da tropa, Damen fora contra. *A maneira mais fácil de seu tio se livrar de você é separá-lo de seus homens, e você sabe disso*, dissera ele em Nesson. Dessa vez, Damen não expôs nenhum de seus argumentos, embora a jornada que Laurent estivesse propondo fosse através de uma das regiões mais pesadamente guarnecidas na fronteira.

A rota pela qual viajariam iria levá-los um dia de cavalgada para o sul, depois para as montanhas. Eles iriam procurar qualquer indício de um acampamento. Se não conseguissem, tentariam se encontrar com os clãs locais. Eles tinham dois dias.

Uma hora pôs vários quilômetros entre eles e o resto dos homens de Laurent, e nesse momento Laurent puxou uma rédea e fez uma volta breve com seu cavalo ao redor de Damen. Ele estava observando Damen como se estivesse esperando alguma coisa.

195

– Acha que vou vendê-lo para a tropa akielon mais próxima? – perguntou Damen.

Laurent disse:

– Eu sou um cavaleiro muito bom.

Damen olhou para a distância que separava seu cavalo do de Laurent, cerca de três corpos. Não era uma grande vantagem inicial. Agora eles estavam circundando um ao outro.

Ele estava pronto para o momento em que Laurent esporeou o cavalo. O chão passava rapidamente; e por um tempo houve cavalgada rápida, de tirar o fôlego.

Eles não podiam manter o ritmo: só tinham um par de cavalos, e o primeiro declive tinha uma floresta esparsa, de modo que desviar era essencial, e um galope ou um meio-galope rápido eram impossíveis. Eles desaceleraram e encontraram trilhas cobertas de folhas. Era o meio da tarde, o sol ia alto no céu, e a luz caía através das árvores altas, sarapintando o chão e dando brilho às folhas. A única experiência de Damen com cavalgadas longas pelo campo era em grupo – não dois homens sozinhos em uma única missão.

Ele se sentiu bem, com a cavalgada indiferente de Laurent à sua frente. Era uma sensação boa cavalgar sabendo que o resultado daquilo dependia de suas próprias ações, em vez de ser delegado para outra pessoa. Ele sabia que os senhores da fronteira, decididos por um curso de ação, encontrariam um meio de negar ou ignorar qualquer evidência que não se encaixasse em seus planos. Mas ele estava ali para seguir o fio de Breteau até sua conclusão, independentemente disso. Estava ali para descobrir a verdade. Essa ideia o deixava satisfeito.

A JOGADA DO PRÍNCIPE

Depois de algumas horas, Damen emergiu das árvores em uma clareira à beira de um riacho, onde Laurent estava esperando, descansando seu cavalo. O riacho corria rápido e claro. Laurent deixou seu cavalo esticar o pescoço, permitiu que 20 centímetros de rédeas passassem por seus dedos e relaxou na sela quando o cavalo abaixou a cabeça em busca de água, bufando sobre a superfície do riacho.

Relaxado à luz do sol, Laurent o observou se aproximar como alguém que esperava uma chegada bem-vinda e familiar. Atrás dele a luz refletia forte sobre a água. Damen deixou seu cavalo beber e o tocou para a frente.

O som de uma trompa akielon rompeu o silêncio.

Foi alto e repentino. Os pássaros nas árvores próximas emitiram suas próprias notas interrompidas e voaram para cima dos galhos. Laurent girou o cavalo na direção do som. A trompa vinha do outro lado da encosta, o que podia ser visto pelo revoar das aves. Com uma única olhada para Damen, Laurent fez sua montaria atravessar o riacho na direção da montanha.

Enquanto subiam a encosta, um som começou a sobrepujar o ruído das águas rápidas do riacho, como se muitos pés estivessem em marcha semiacelerada. Era um som que ele conhecia. Não vinha apenas das botas de couro batendo na terra, mas de cascos, do tilintar de armaduras e do giro de rodas, e tudo isso dava a ele seu padrão irregular.

Laurent freou o cavalo quando eles chegaram juntos à crista da montanha, mal escondidos de vista por trás de afloramentos de granito.

Damen observou.

Os homens se espalhavam pela extensão do vale ao lado, uma linha de capas vermelhas em formação perfeita. Àquela distância, Damen podia ver o homem que soprava a trompa, a curva de marfim que ele levava aos lábios, o brilho de bronze na ponta. Os estandartes que tremulavam eram os estandartes do comandante Makedon.

Ele conhecia Makedon. Conhecia aquela formação, conhecia o peso daquela armadura, a sensação do cabo de lança na mão – tudo era familiar. A sensação de lar e a saudade de casa ameaçaram subjugá-lo. Seria tão certo se juntar a eles, emergir do labirinto cinza da política veretiana e voltar para algo que entendia: a simplicidade de conhecer seu inimigo e encarar uma luta.

Ele se virou.

Laurent o estava observando.

Ele se lembrou de Laurent calculando a distância entre duas sacadas e dizendo *Provavelmente*, o que, depois de avaliado, foi suficiente para que ele saltasse. Ele estava olhando para Damen com a mesma expressão.

Laurent disse:

– A tropa akielon mais próxima está mais perto do que eu esperava.

– Eu podia jogá-lo na traseira do meu cavalo – disse Damen.

Ele nem precisaria fazer isso. Só precisava esperar. Batedores iriam chegar a galope por aquelas colinas.

A trompa cortou o ar outra vez; cada partícula do corpo de Damen pareceu ecoar com ela. Sua casa estava muito perto. Ele

A JOGADA DO PRÍNCIPE

podia levar Laurent morro abaixo e entregá-lo ao cativeiro akielon. O desejo de fazer isso pulsava em seu corpo. Não havia nada em seu caminho. Damen fechou e apertou brevemente os olhos.

– Você precisa se esconder – disse ele. – Estamos dentro das linhas de batedores deles. Posso fazer reconhecimento até que eles tenham passado.

– Muito bem – disse Laurent, sem hesitar, enquanto seus olhos observavam Damen firmemente.

◆ ◆ ◆

Eles combinaram um ponto de encontro, e Laurent partiu com a urgência contida de um homem que tinha que encontrar um meio de esconder um baio castrado de 1,60 metro por trás de uma moita.

O trabalho de Damen era mais difícil. Laurent não saíra de vista havia dez minutos quando Damen ouviu a vibração inconfundível de cascos, e mal teve tempo de desmontar e manter o cavalo em silêncio, apertado contra um emaranhado de arbustos, antes que dois cavaleiros passassem ruidosamente.

Ele precisava ser cauteloso, não só por Laurent, mas também por si mesmo. Ele estava usando roupas veretianas. Sob circunstâncias normais, um encontro com um batedor akielon não seria ameaça para um veretiano. Haveria, na pior das hipóteses, alguns gestos e comentários desagradáveis. Mas aquele era Makedon, e entre suas forças estavam os homens que tinham destruído Breteau. Para homens assim, Laurent seria um prêmio valiosíssimo.

Mas como havia coisas que ele precisava descobrir, deixou o cavalo no melhor esconderijo que conseguiu encontrar, uma fenda escura e silenciosa entre afloramentos rochosos, e foi a pé. Levou talvez meia hora até identificar o padrão da marcha deles e tudo o que precisava da tropa principal – seu número, objetivo e direção.

Eram pelo menos mil homens, armados, abastecidos e viajando para oeste, o que significava que tinham sido enviados para abastecer uma guarnição. Esses eram preparativos de guerra que ele não vira em Ravenel: encher armazéns e recrutar homens. Guerra acontecia assim, com a preparação de defesas e estratégia. A notícia dos ataques às aldeias de fronteira ainda não devia ter chegado a Kastor, mas os senhores do norte sabiam muito bem o que fazer.

Makedon, cujo ataque a Breteau tinha sido a provocação para dar início àquele conflito, provavelmente estava levando aquelas tropas para seu kyros, Nikandros, que devia estar residindo no oeste, talvez mesmo em Marlas. Outros homens do norte iriam fazer o mesmo.

Damen retornou ao cavalo, montou e seguiu seu caminho cuidadosamente ao longo da margem rochosa até a caverna rasa que, para seus olhos atentos, pareceu, a princípio, vazia. Era um local bem escolhido: a entrada estava oculta da maioria dos ângulos, e o risco de descoberta era pequeno. O trabalho de um batedor era apenas se assegurar de que o terreno estivesse livre de qualquer obstáculo que pudesse atrapalhar um exército, não checar cada fresta e buraco pela possibilidade improvável de que houvesse um príncipe apertado ali dentro.

A JOGADA DO PRÍNCIPE

Ele ouviu as batidas embotadas de cascos se movendo sobre pedra. Laurent emergiu das sombras da caverna a cavalo, com modos cuidadosamente despreocupados.

– Achei que, a essa hora, você já estaria a meio caminho de Breteau – disse Damen.

A postura negligente não mudou, embora em algum lugar em seu interior houvesse um toque bem oculto de cautela, de um homem em guarda, como se Laurent estivesse pronto para sair correndo a qualquer momento.

– Acho que as chances de esses homens me matarem são muito baixas. Eu seria muito valioso como uma peça do jogo político. Mesmo depois que meu tio me renegasse, o que ele faria. Eu bem que gostaria de ver a reação dele ao receber a notícia. Não seria uma situação ideal para ele. Você acha que eu me daria bem com Nikandros de Delpha?

A ideia de Laurent envolto na paisagem política do norte de Akielos não despertou pensamentos agradáveis. Damen franziu o cenho.

– Eu não precisaria dizer que você é um príncipe para vendê-lo para essa tropa.

Laurent se manteve firme.

– Não mesmo? Eu imaginava que 20 anos fosse um pouco velho para isso. É o cabelo louro?

– O temperamento encantador – disse Damen.

Embora o pensamento existisse: *se eu o levasse comigo para Akielos, ele não seria dado como prisioneiro para Nikandros. Seria dado a mim.*

– Antes de me levar – disse Laurent –, fale-me sobre Makedon. Aqueles eram seus estandartes. Ele estava viajando com a sanção de Nikandros? Ou desobedeceu a ordens quando atacou meu país?

– Acho que desobedeceu a ordens. – Depois de um momento, Damen respondeu com sinceridade: – Acho que ele ficou com raiva e atacou Breteau em uma ação independente. Nikandros não retaliaria assim, ele esperaria uma ordem de seu rei. É seu jeito como kyros. Mas agora que está feito, Nikandros vai apoiar Makedon. Nikandros é como Touars. Ele ficaria bem satisfeito com uma guerra.

– Até perder uma. As províncias do norte estão desestabilizando Kastor. Seria interessante para Kastor sacrificar Delpha.

– Kastor não... – Ele parou. A tática, que brotou no cérebro de Laurent, podia não ocorrer imediatamente a Kastor, pois significaria sacrificar algo que ele trabalhara duro para obter. Mas, se a tática não ocorresse a Kastor, ela sem dúvida ocorreria a Jokaste. E Damen sabia, havia muito tempo, que seu próprio retorno iria desestabilizar ainda mais a região.

Laurent disse:

– Para conseguir o que quer, você precisa saber exatamente do quanto está disposto a abrir mão. – Ele olhava para Damen com firmeza. – Você acha que sua linda lady Jokaste não sabe disso?

Damen inspirou fundo para se acalmar, e expirou. Ele disse:

– Você pode parar de ganhar tempo. Os batedores já passaram. Nosso caminho está livre.

◆ ◆ ◆

A JOGADA DO PRÍNCIPE

Devia estar livre. Ele tomara muito cuidado.

Ele tinha observado o padrão dos batedores e se assegurado de sua partida, seguindo as linhas do exército. Mas não tinha contado com erros nem perturbações, que um único cavaleiro tivesse desmontado e estivesse voltando para a tropa a pé.

Laurent chegara à margem oposta, mas Damen estava apenas na metade do riacho quando viu uma nesga de vermelho nas moitas perto do cavalo de Laurent.

Esse foi todo o aviso que teve. Laurent não teve nenhum.

O homem ergueu uma besta e lançou uma seta na direção do corpo desprotegido de Laurent.

No terrível borrão de movimento que se seguiu, várias coisas aconteceram ao mesmo tempo. O cavalo de Laurent, sensível ao movimento repentino, ao zunido do ar, ao farfalhar e ao assovio, se assustou violentamente. Não houve o som de uma seta atingindo um corpo, mas ele não seria ouvido de qualquer modo por conta do relincho do cavalo, enquanto seu casco deslizava em uma das pedras lisas e escorregadias do rio, fazendo-o se desequilibrar e cair.

O som de um cavalo atingindo o solo rochoso e molhado foi um estrondo de carne, pesado e terrível. Laurent teve sorte suficiente, ou sabia bem o suficiente como cair, para não ser esmagado pelo peso do animal, como poderia ter acontecido com facilidade, destroçando suas pernas ou suas costas. Mas ele não teve tempo de se levantar.

Mesmo antes de Laurent atingir o chão, o homem tinha sacado a espada.

Damen estava longe demais. Longe demais para ficar entre o homem e Laurent, o que ele sabia mesmo ao sacar a espada, mesmo ao virar o cavalo e sentir o volume do animal sob ele. Só havia uma coisa que podia fazer. Enquanto seu cavalo borrifava água ao redor, ele ergueu a espada, mudou a pegada e a arremessou.

Enfaticamente, não era uma arma de arremesso. Eram três quilos de aço veretiano forjado para ser segurado com as duas mãos. E ele estava em um cavalo em movimento, e a metros de distância, e o homem também estava em movimento, movendo-se na direção de Laurent.

A espada viajou pelo ar, atingiu o homem no peito, jogou-o no chão e o prendeu ali.

Damen saltou do cavalo e aterrissou de joelhos nas pedras molhadas ao lado de Laurent.

– Eu o vi cair. – Damen ouviu o som rouco da própria voz. – Está ferido?

– Não – disse Laurent. – Não, você o pegou. – Ele tinha se erguido e agora estava sentado, com os membros espalhados. – Antes.

Damen passou uma mão pela junção do pescoço com o ombro de Laurent e a desceu por seu peito, de cenho franzido. Mas não havia sangue, nenhuma seta nem penas cravadas. A queda o havia ferido? Laurent parecia atordoado. A atenção de Damen estava toda no corpo de Laurent. Preocupado com a possibilidade de ferimento, ele estava apenas levemente consciente de Laurent retribuindo seu olhar. O corpo de Laurent estava imóvel sob suas mãos enquanto a água do riacho encharcava suas roupas.

A JOGADA DO PRÍNCIPE

– Consegue se levantar? Precisamos sair daqui. Aqui não é seguro para você. Muitas pessoas querem matá-lo.

Depois de um momento, Laurent disse:

– Todo mundo ao sul, mas apenas metade das pessoas no norte.

Ele estava olhando fixamente para Damen. Ele segurou o antebraço que Damen lhe estendera e o usou para se equilibrar e levantar, pingando.

Em torno deles, não havia som além do ruído do riacho e um leve chacoalhar de seixos. O castrado de Laurent, com um impulso enorme dos quartos traseiros, conseguira se levantar alguns minutos antes, com a sela virada, e agora estava movendo-se a alguns passos de distância, mancando agourentamente da pata dianteira esquerda.

– Sinto muito – disse Laurent. Em seguida: – Não podemos deixá-lo aqui.

Ele não estava falando do cavalo.

Damen disse:

– Eu faço.

Quando terminou, ele saiu dos arbustos e encontrou um lugar para limpar a espada.

– Temos que ir – foi tudo o que ele disse quando retornou a Laurent. – Eles vão perceber quando ele não se apresentar de volta.

◆ ◆ ◆

Isso significava dividir um cavalo.

O castrado de Laurent estava mancando, e Laurent, abaixado sobre um joelho, passou a mão com firmeza pela parte inferior

C. S. PACAT

da pata até que ergueu bruscamente um casco, indicando um ligamento torcido. Ele podia seguir em uma guia, levando a bagagem, disse ele. Mas não podia levar um cavaleiro. Damen pegou o próprio cavalo, em seguida parou.

– Minhas proporções são mais adequadas para montar na garupa que as suas – disse Laurent. – Monte. Eu vou atrás.

Então Damen subiu na sela. No instante seguinte, sentiu a mão de Laurent em sua coxa. A ponta do pé de Laurent tocou o estribo. Laurent se aproximou atrás dele, se movendo até se acomodar. Seus quadris se encaixaram sem embaraço nos de Damen. Depois de se posicionar, ele envolveu a cintura de Damen com os braços. Damen sabia disso sobre montar na garupa: quanto mais próximo, mais fácil para o cavalo.

Ele ouviu a voz de Laurent às suas costas, estranhamente um pouco mais tensa que o habitual:

– Você está me carregando na traseira de seu cavalo.

– Não é de seu feitio abrir mão das rédeas. – Damen não conseguiu evitar o comentário.

– Bom, não consigo ver por cima de seus ombros.

– Podíamos tentar outra posição.

– Você tem razão: devia ser eu na frente e você carregando o cavalo.

Damen fechou brevemente os olhos e esporeou o animal à frente. Ele estava consciente de Laurent às suas costas, molhado, o que não podia ser confortável. Eles tinham sorte de estar com roupas de couro de montaria e não armaduras, ou não conseguiriam fazer isso com facilidade, se cutucando e espetando. O passo contínuo do cavalo empurrava seus corpos juntos em ritmo constante.

A JOGADA DO PRÍNCIPE

Eles tinham que seguir o riacho para ocultar seus rastros. Levaria talvez uma hora para que dessem pela falta do batedor. Outro intervalo para que encontrassem o cavalo do homem. Eles não encontrariam o homem. Não havia rastros para seguir e nenhum lugar óbvio por onde começar a procura. Eles teriam que decidir se valia a pena fazer uma busca ou se continuavam seu caminho. Onde procurar, e por quê? Essa decisão também levaria tempo.

Portanto, mesmo cavalgando em dupla com um cavalo para levar a bagagem, a evasão era possível, embora os estivesse afastando muito de seu caminho. Damen os tirou do leito do rio várias horas depois, em um local onde a vegetação rasteira densa iria mascarar sua passagem.

Ao anoitecer eles sabiam não ter um exército akielon em seu encalço e reduziram o passo. Damen disse:

– Se pararmos aqui, podemos acender uma fogueira sem muito medo de sermos descobertos.

– Aqui, então – disse Laurent.

Laurent cuidou dos cavalos. Damen cuidou do fogo. Damen estava consciente de que Laurent estava levando mais tempo com os cavalos do que o necessário ou habitual. Ele ignorou isso. Acendeu a fogueira. Limpou a terra, recolheu galhos caídos e os quebrou do tamanho certo. Então se sentou ao lado da fogueira e não disse nada.

Ele nunca saberia o que tinha levado aquele homem a atacar. Talvez estivesse pensando na segurança de sua tropa. Talvez o que quer que ele tivesse vivido em Tarasis ou Breteau houvesse provocado a violência em seu interior. Talvez ele só quisesse roubar o cavalo.

Um soldado de terceira classe de uma tropa provinciana; ele não teria esperado encontrar seu príncipe, um comandante de exércitos, e enfrentá-lo em uma luta.

Demorou muito para que Laurent trouxesse as bagagens e começasse a tirar a roupa molhada. Ele pendurou a jaqueta em um galho, tirou as botas e até desamarrou parcialmente a camisa e a calça, afrouxando tudo. Então se sentou em um dos cobertores da bagagem, perto do fogo o suficiente para se secar – laços soltos, em roupas de baixo, exalando um pouco de vapor. Suas mãos estavam levemente entrelaçadas à sua frente.

– Achei que matar fosse fácil para você – disse Laurent. Sua voz estava baixa. – Achei que fizesse isso sem pensar.

– Eu sou um soldado – disse Damen. – E fui por muito tempo. Já matei na arena. Já matei em batalha. É isso o que quer dizer com fácil?

– Você sabe que não é – disse Laurent, com a mesma voz baixa.

O fogo ardia firme agora. As chamas laranja tinham começado a escavar a base do tronco largo no centro.

– Conheço seus sentimentos em relação a Akielos – disse Damen. – O que aconteceu em Breteau... foi uma barbaridade. Sei que deve significar muito pouco me ouvir dizer que sinto muito por isso. E eu não o entendo, mas sei que a guerra trará coisas piores, e você é a única pessoa que vi trabalhando para impedi-la. Eu não podia deixar que ele o machucasse.

– Em minha cultura, bons serviços são recompensados – disse Laurent depois de uma pausa longa. – Tem algo que você queira?

A JOGADA DO PRÍNCIPE

– Você sabe o que eu quero – disse Damen.

– Eu não vou libertá-lo – disse Laurent. – Peça algo que não seja isso.

– Tirar um dos braceletes? – perguntou Damen, que estava aprendendo, para sua surpresa, do que Laurent gostava.

– Eu lhe dou liberdade demais – disse Laurent.

– Acho que não dá nem mais nem menos do que quer dar, com qualquer pessoa – disse Damen, porque a voz de Laurent não estava de todo descontente. Então Damen desviou os olhos.

– Tem uma coisa que eu quero.

– Vá em frente.

– Não tente me usar contra meu próprio povo – disse Damen.

– Se for necessário... Não posso fazer isso outra vez.

– Eu nunca teria pedido isso a você – disse Laurent. Então, quando Damen olhou para ele com total descrença: – Não por bondade. Não faz sentido exigir um senso de dever menor contra um maior. Nenhum líder pode esperar que a lealdade seja mantida sob tais circunstâncias.

Damen não disse nada em resposta, voltando a olhar para o fogo.

– Eu nunca vi um arremesso como aquele – disse Laurent.

– Nunca vi nada como aquilo. Toda vez que o vejo lutar, eu me pergunto como Kastor conseguiu botá-lo em correntes e em um navio para o meu país.

– Foram... – Ele parou. Foram mais homens do que eu podia derrotar, ele quase disse. Mas a verdade era mais simples, e esta noite ele seria honesto consigo mesmo. Ele disse: – Eu não percebi acontecer.

Naqueles dias, ele nunca procurara entrar no interior da mente de Kastor, dos homens ao seu redor, entender suas ambições, suas motivações; ele acreditava que aqueles que não eram abertamente seus inimigos eram basicamente como ele próprio.

Ele olhou para Laurent e sua pose controlada, os olhos azuis frios e difíceis.

– Tenho certeza de que você conseguiria ter evitado – disse Damen. – Lembro-me da noite em que os homens de seu tio o atacaram. Na primeira vez que ele tentou matá-lo. Você nem ficou surpreso.

Houve silêncio. Damen sentiu uma imanência cuidadosa de Laurent, como se estivesse decidindo se falava ou não. A noite caía ao redor, mas o fogo mantinha a luz quente.

– Fui surpreendido – disse Laurent. – Na primeira vez.

– Na primeira vez? – perguntou Damen.

Outro silêncio.

– Ele envenenou minha montaria – disse Laurent. Você a viu, na manhã da caçada. Ela já estava sentindo, mesmo antes de partirmos.

Ele se lembrava da caçada. Lembrava-se da égua, descontrolada e coberta de suor.

– Aquilo... foi obra de seu tio?

O silêncio se estendeu.

– Foi obra minha – disse Laurent. – Eu o forcei a agir quando fiz Torveld levar os escravos para Patras. Eu sabia, quando fiz isso... faltavam dez meses para minha ascensão ao trono. O tempo estava se esgotando para que ele agisse contra mim. Eu sabia disso. Eu o provoquei. Queria ver o que ele faria. Eu só...

A JOGADA DO PRÍNCIPE

Laurent se calou. Sua boca se retorceu em um pequeno sorriso que não tinha nenhum humor.

– Eu não achei que ele fosse realmente tentar me matar – disse ele. – Depois de tudo... mesmo depois de tudo. Então veja que posso ser surpreendido.

Damen disse:

– Não é ingenuidade confiar na família.

– Eu garanto a você que é – disse Laurent. – Mas eu me pergunto se é menos ingênuo do que os momentos em que me vejo confiando em um estranho, meu inimigo bárbaro, que eu não trato com delicadeza.

Ele encarou Damen enquanto o momento se prolongou.

– Sei que você está pensando em partir quando essa luta na fronteira acabar – disse Laurent. – Eu me pergunto se você ainda está planejando usar a faca.

– Não – disse Damen.

– Veremos – disse Laurent.

Damen afastou os olhos, que examinaram a escuridão além do local do acampamento.

– Você acha mesmo que ainda é possível impedir esta guerra?

Quando ele olhou de volta, Laurent assentiu com a cabeça, um movimento leve mas deliberado, a resposta clara, inconfundível e impossível: sim.

– Por que não cancelou a caçada? – perguntou Damen. – Por que montar e encobrir a traição de seu tio, se sabia que seu cavalo tinha sido envenenado?

– Eu... imaginei que tudo tivesse sido tramado para parecer

ter sido feito por um escravo – disse Laurent de modo um tanto intrigante, como se a resposta fosse tão óbvia que ele se perguntasse se não tinha entendido a pergunta.

Damen olhou para baixo e soltou o que podia ser um riso, embora ele não soubesse ao certo que emoção o provocara. Ele pensou em Naos, que estivera tão seguro. Ele queria jogar a culpa do que sentia em Laurent, mas o que ele sentia não tinha um nome fácil, e no fim ele não disse nada, apenas encarou o fogo em silêncio, e quando chegou a hora, deitou em seu cobertor para dormir.

◆ ◆ ◆

Ele acordou com uma seta de besta no rosto.

Laurent, que ficara de vigia, estava parado a poucos metros de distância, a mão do cavaleiro de um clã segurando seu bíceps com força. Seus olhos azuis estavam estreitados, mas ele não estava fazendo nenhuma de suas observações habituais. Damen agora sabia o número preciso de setas que Laurent precisava ter apontadas em sua direção para ficar calado. Eram seis.

O homem parado acima de Damen deu a ele uma ordem breve em dialeto vaskiano, com os dedos grossos preparados na besta. A ordem soou como "Levante". Com seu acampamento invadido pelos clãs e sua atenção fixa na seta da besta, Damen percebeu que teria que apostar sua vida nisso.

Laurent disse claramente, em veretiano:

– Levante.

A JOGADA DO PRÍNCIPE

Então ele cambaleou quando o cavaleiro que o segurava torceu seu braço de forma brutal às suas costas, em seguida agarrou um punhado de seu cabelo dourado e empurrou sua cabeça para baixo. Laurent não lutou quando suas mãos foram amarradas às costas com tiras de couro, e uma tira maior foi posta sobre seus olhos como venda. Ele ficou ali de cabeça encurvada. Seu cabelo dourado caía em seu rosto, com a exceção de um punhado por onde o seguravam. Ele também não resistiu à mordaça, embora fosse uma surpresa; Damen viu a cabeça se inclinar um pouco para trás, por reflexo, quando um pano foi enfiado em sua boca.

Damen, que tinha se levantado, não podia fazer nada. Havia uma flecha apontada para ele. Havia flechas apontadas para Laurent. Ele tinha matado para evitar ser pego desse jeito por seu próprio povo. Agora ele não podia fazer nada enquanto seus membros eram amarrados e sua visão, bloqueada.

Capítulo treze

Fortemente amarrado a um dos cavalos peludos, Damen suportou uma cavalgada infinita de sensações e sons: as batidas aglomeradas dos cascos de cavalos, o exalar de hálito equino, o ranger de arreios. Ele podia sentir pelo esforço do seu cavalo que na maior parte do tempo eles estavam subindo – para longe de Akielos, longe de Ravenel – em direção às montanhas cheias de trilhas estreitas, de cujos lados projetava-se o nada vertiginoso.

Adivinhando a identidade de seus captores, ele lutou desesperadamente para encontrar uma oportunidade. Ele se esforçou contra suas amarras até senti-las cortar sua carne, mas estava muito bem amarrado. E eles não paravam. Seu cavalo mergulhava embaixo dele, em seguida forçava as patas de trás para subir uma inclinação, e ele era obrigado a dedicar sua atenção a permanecer montado e evitar rolar das costas do animal. Não havia como se soltar ou se debater, e se jogar para o lado do alto do cavalo significaria uma queda da extensão de muitos penhascos antes de conseguir parar, ou – o que era mais provável, considerando as amarras – um longo período sendo arrastado por rochas afiadas. E isso não ajudaria Laurent.

A JOGADA DO PRÍNCIPE

Depois do que pareceram horas, ele sentiu o cavalo finalmente reduzir o passo e logo parar. No segundo seguinte, Damen foi puxado com força do cavalo e caiu feio. A mordaça foi tirada de sua boca e a venda, removida dos olhos. As mãos permaneceram amarradas às costas, e ele foi forçado a se ajoelhar.

Sua primeira impressão do acampamento tremeluzia. Longe, à direita, as chamas de uma grande fogueira central queimavam altas ao vento leve da noite, projetando ouro e vermelho nos rostos à sua volta. Mais perto de onde ele estava ajoelhado, os homens desmontavam de cavalos, e o ar estava encoberto com o frio de montanha, fora do círculo de calor da fogueira.

Ver o acampamento confirmou seus piores pensamentos.

Ele conhecia os membros dos clãs como cavaleiros sem país, sem povoados, que viviam às margens das montanhas. Eles eram governados por mulheres e viviam de carne de caça, peixe dos rios, raízes doces e, para obter o resto, atacavam aldeias.

Esses homens não eram isso. Essa era uma força inteiramente masculina que estava cavalgando junto havia algum tempo, e sabia usar suas armas.

Esses eram os homens que tinham destruído Tarasis, os homens que Laurent estava procurando, mas que, em vez disso, o haviam encontrado.

Agora, eles precisavam escapar. Ali, a morte de Laurent teria uma credibilidade que talvez nunca fosse obtida outra vez. E Damen estava desagradavelmente consciente de todas as razões por que podiam ter sido levados de volta ao acampamento para isso, mas não havia forma de jogo em torno da fogueira que não terminasse com a morte dos dois.

Instintivamente, ele procurou uma cabeça loura, e a encontrou à esquerda: Laurent estava sendo arrastado para a frente, pelo mesmo homem que ordenara que fosse amarrado, e caiu no chão, como acontecera com Damen, batendo o ombro.

Damen observou Laurent se erguer e se sentar e, depois – com o equilíbrio levemente alterado por ter as mãos atadas às costas –, ficar de joelhos. Ele recebeu um olhar rápido dos olhos azuis e viu tudo em que acreditava refletido naquela única expressão dura.

– Dessa vez, não se levante – foi tudo o que disse Laurent.

Então Laurent ficou de pé e gritou algo para o líder dos homens.

Era uma aposta louca, irrefletida, mas não havia tempo. Akielos estava movendo tropas pela fronteira. O mensageiro do regente estava seguindo para o sul na direção de Ravenel. E agora eles estavam a dois dias a cavalo desses acontecimentos, à mercê daqueles homens de clã, enquanto os acontecimentos na fronteira saíam cada vez mais de controle.

O líder do clã não queria Laurent de pé e se adiantou, gritando uma ordem.

Laurent não obedeceu. Ele retrucou em vaskiano, mas, pela primeira vez na vida, conseguiu dizer apenas duas palavras antes que o homem fizesse o que a maioria das pessoas tinha vontade de fazer ao falar com ele: bater em Laurent.

Foi o tipo de golpe que mandaria Aimeric estatelado contra uma parede e, depois, para o chão. Laurent cambaleou um passo

A JOGADA DO PRÍNCIPE

para trás, fez uma pausa, ergueu seu olhar reluzente para o homem e disse algo deliberado e ritmadamente claro em dialeto vaskiano impenetrável que fez vários dos observadores se dobrarem de rir, segurando os ombros uns dos outros, enquanto o homem que bateu em Laurent foi até eles e começou a gritar.

Quase funcionou. Os outros homens pararam de rir e começaram a gritar em resposta. A atenção mudou de foco. As armas baixaram.

Nem todas as armas: Damen não duvidava que, com mais um ou dois dias, Laurent faria aqueles homens atacar a garganta uns dos outros. Mas eles não tinham um ou dois dias.

Damen sentiu o momento em que a tensão ameaçou explodir em violência e notou que ela não tinha toda a energia para chegar a isso.

Eles não tinham tempo para perder oportunidades. O olhar inquisitivo de Damen encontrou o de Laurent. Se essa fosse sua única chance, eles teriam de tentar fugir agora, apesar da improbabilidade, mas Laurent julgou as chances, chegou a uma conclusão diferente e sacudiu cuidadosamente a cabeça.

Damen sentiu frustração se retorcer em seu estômago, mas, àquela altura, era tarde demais. O líder do clã parou e voltou toda sua atenção para Laurent, que estava sozinho e vulnerável, destacado pelo cabelo louro, apesar da falta de luz ali no espaço sombrio perto dos cavalos, longe da área principal do acampamento e de sua fogueira central.

Não ia ser um único golpe, dessa vez. Damen soube disso pelo modo como o líder do clã se aproximou. Laurent estava prestes a levar a maior surra de sua vida.

Uma ordem ríspida, e Laurent foi segurado por dois homens, um em cada ombro, seus braços entrelaçados nos dele, que permaneciam atados atrás das costas. Laurent não tentou arrancar os ombros da pegada dos homens, nem se desvencilhar de suas mãos. Ele apenas esperou pelo que estava por vir, seu corpo tenso.

O líder do clã se aproximou, chegando perto, perto demais para bater em Laurent – perto o suficiente para respirar sobre ele quando passou as mãos lentamente pelo corpo de Laurent.

Damen se moveu antes de perceber, ouviu os sons de impacto e resistência, sentiu a queimação nas veias. Suas faculdades estavam destroçadas pela raiva. Ele não estava pensando em tática. Esse homem pusera as mãos em Laurent, e Damen iria matá-lo.

Quando voltou a si, havia mais de um homem segurando-o. Suas mãos ainda estavam amarradas às costas, mas em torno dele havia caos e dano físico, e dois dos homens estavam mortos. Um tinha sido empurrado na ponta da lâmina de outro. Um caíra no chão e tivera o pé de Damen sobre sua garganta.

Ninguém, agora, estava prestando atenção em Laurent.

Mas não foi suficiente – suas mãos estavam amarradas, e havia homens demais. Ele podia sentir a pegada de ferro de seus captores sobre ele e, contra a força de seus braços e ombros, a resistência da corda que amarrava seus pulsos.

No momento que se seguiu – com músculos se contraindo e o peito arquejando – ele entendeu o que tinha feito. O regente queria Laurent morto. Esses homens eram diferentes. Eles provavelmente queriam Laurent vivo até que não o quisessem mais.

A JOGADA DO PRÍNCIPE

Naquele lugar tão ao sul, era, como o próprio Laurent especulara despreocupadamente, pelo menos em parte pelo cabelo louro. Nada disso se aplicava a Damen.

Houve uma troca dura de palavras em vaskiano, e Damen não precisou entender o dialeto para entender a ordem: matem-no. Ele era um tolo. Deixara que isso acontecesse. Iria morrer ali, no meio do nada, e a reivindicação de Kastor seria autêntica. Ele pensou em Akielos; na vista do palácio acima dos cumes brancos elevados. Ele tinha realmente acreditado durante toda aquela confusão prolongada na fronteira que iria voltar para casa.

Ele lutou. Adiantou muito pouco. Suas mãos estavam, afinal de contas, amarradas, e os homens estavam aplicando toda sua força na tarefa de segurá-lo. Ele ouviu o som de uma espada sendo desembainhada à sua esquerda. O gume da espada tocou sua nuca, em seguida se ergueu...

E a voz de Laurent atravessou a cena, em vaskiano.

Entre duas batidas de seu coração, Damen esperou que a espada descesse – mas ela não desceu. Não houve o corte de metal. A cabeça de Damen ficou onde estava, presa ao pescoço.

No silêncio envolvente, Damen esperou. Não parecia possível, àquele ponto, existirem quaisquer palavras que pudessem melhorar sua situação – muito menos um punhado de palavras que pudesse fazer com que a espada fosse removida de seu pescoço, com que o líder rescindisse sua ordem, e que ganhasse para Laurent alguma aprovação do clã. Mas isso, impossivelmente, era o que estava acontecendo.

Se Damen se perguntava atônito o que Laurent dissera, não ficou na dúvida por muito tempo. O líder do clã ficou tão satisfeito com as palavras de Laurent que se inspirou a se aproximar de Damen e traduzir.

As palavras emergiram em um veretiano gutural, com sotaque forte:

– Ele disse: "Morte rápida não dói." – Então um punho foi aplicado ao estômago de Damen.

◆ ◆ ◆

O lado esquerdo de Damen ficou com a pior parte: uma dor embotada e inimaginável. Lutar lhe valeu uma cabeça rachada com uma clava, o que deixou o acampamento ondulante. Ele se esforçou para manter a consciência e foi recompensado. Quando brutalizar o prisioneiro começou a distrair os homens de seus deveres no acampamento, o líder do clã ordenou que aquela atividade fosse feita em outro lugar.

Quatro homens levantaram Damen, em seguida o levaram sob a ponta de uma espada até que a luz da fogueira saísse de vista e o som dos tambores ficasse para trás.

Eles não tomaram nenhuma precaução extraordinária para prendê-lo. Achavam que as cordas que amarravam suas mãos fossem suficientes. Não tinham considerado seu tamanho, nem o fato de que, àquela altura, ele estava seriamente irritado, tendo alcançado havia muito tempo o limite de sua tolerância. Que, na verdade, o que ele toleraria em um acampamento de 50 homens, levando em conta o bem-estar de outro prisioneiro, era muito diferente do que toleraria sozinho, com quatro.

A JOGADA DO PRÍNCIPE

Como Laurent decidira não ir em frente com seu próprio estratagema irrefletido, ia ser um prazer para Damen escapar da maneira mais difícil.

Se livrar das cordas foi apenas questão de se atirar sobre o homem à esquerda, empurrá-lo contra o declive e cortar as cordas na espada que ficou presa. Com as mãos no cabo da espada, ele a empurrou para trás, para a barriga do homem, o que fez com que ele se curvasse, engasgando.

Então ele tinha liberdade e uma arma. E a usou. Ergueu o braço para tirar a espada de seu agressor do caminho e, em seguida, empurrou-a para atravessar o homem. Ele a sentiu cortar couro e lã, depois músculo; sentiu o peso do homem em sua lâmina. Não era um meio eficiente para matar alguém, porque desperdiçava segundos preciosos na retirada da lâmina. Mas ele tinha tempo. Os outros dois homens estavam parados, agora.

Retirou a espada.

Se restava alguma dúvida de que aqueles tinham sido os homens que atacaram Tarasis, elas foram banidas quando os dois assumiram uma formação que era usada para tirar vantagem de táticas de esgrima akielons. Os olhos de Damen se estreitaram.

Ele deixou que o homem com as mãos no estômago se levantasse, de modo que seus adversários se sentissem confortáveis com a proporção de três para um, e atacassem em vez de correr para o acampamento. Então os matou, com golpes fortes e brutais, e pegou a melhor espada e a melhor faca para substituir a sua.

Levou algum tempo escolhendo as armas enquanto catalogava os arredores e avaliava a própria condição física – seu lado

C. S. PACAT

esquerdo, agora, era uma fraqueza, mas ainda servia. Ele não ficou desnecessariamente preocupado com o fato de Laurent ainda estar aprisionado no acampamento. Fora Laurent quem insistira naquele meio de fuga.

Francamente, esperava que, àquela altura, Laurent tivesse usado o cérebro para derrubar alguns membros do clã.

E, na verdade, ele tinha feito isso.

◆ ◆ ◆

Damen chegou bem a tempo de testemunhar o caos.

Devia ter sido assim para os aldeões em Tarasis, quando os atacantes chegaram: uma chuva de morte saída da escuridão, e depois o som de cascos.

Os homens não tiveram alerta, mas o modo de lutar dos clãs era assim. Um dos homens perto da fogueira olhou para baixo e encontrou uma flecha em seu peito. Outro caiu de joelhos – mais uma flecha. E então, sem pausa depois das flechas, vieram os cavaleiros. Damen sentiu uma ironia prazerosa enquanto aquele acampamento de homens que tinham atacado e matado do outro lado da fronteira era invadido por cavaleiros de outro clã.

Enquanto Damen observava, os recém-chegados se dividiram impecavelmente, cinco cavaleiros para atravessar o campo e dez de cada lado. A princípio, eram formas escuras e não identificáveis. Então houve um brilho repentino de luz – dois cavaleiros pegaram galhos que queimavam no fogo e os jogaram em tendas, que arderam em chamas. Iluminada, a cena

A JOGADA DO PRÍNCIPE

mostrou que os recém-chegados eram mulheres – as guerreiras tradicionais dos clãs – montando cavalos que podiam saltar como camurças e correr em formação como peixes na água límpida de um riacho. Mas, sendo de um clã, os homens estavam familiarizados com essas táticas. Em vez de se dissolver em pânico e desordem, eles apenas se espalharam até que vários deles escaparam e seguiram na direção das rochas e da escuridão ao redor, golpeando e procurando, para matar as arqueiras. Outros correram para os cavalos e montaram em um salto.

Era diferente de todo tipo de luta que Damen conhecia: os cortes malignos de lâminas eram diferentes, o modo de montar, o terreno irregular, as táticas serpenteantes no escuro. Isso era o modo de os clãs guerrearem à noite. Sob as mesmas condições, os homens de Laurent teriam sido derrotados em um instante. Assim como uma tropa akielon. Os clãs conheciam mais sobre a luta nas montanhas do que qualquer um vivo.

Ele não estava ali para observá-los. Tinha seu próprio objetivo.

Pela cabeça loira, foi fácil identificar Laurent, que conseguira chegar às bordas do acampamento e, enquanto outras pessoas estavam lutando por ele, estava calmamente tentando encontrar um meio de desamarrar as mãos.

Damen emergiu de seu esconderijo, segurou-o firme e o girou para trás. Em seguida puxou a faca e o libertou.

Laurent disse:

– Por que demorou tanto?

– Você planejou isso? – disse Damen. Ele não entendeu por

que aquilo saíra como uma pergunta. Claro que Laurent tinha planejado aquilo. A segunda parte não saiu como pergunta: – Você arranjou um contra-ataque com as mulheres, em seguida veio para cá como isca para atrair os homens. – Então acrescentou, com raiva: – Se sabia que íamos ser resgatados...

– Achei que fugir daquela tropa akielon tinha nos afastado demais do caminho, e que tivéssemos perdido o encontro com as mulheres. Ele bateu em mim também – disse Laurent.

– Uma vez – disse Damen. E ergueu a espada na direção do homem que vinha na direção deles. O homem, esperando matar, levou um susto ao ver seu golpe defendido. Em seguida, estava morto. Laurent retirou a ponta da faca do peito do homem e não discutiu mais, porque, então, a luta caiu sobre eles.

Laurent, ao lado dele, estava perceptivo. Depois de obter a espada curta do homem caído, se inseriu na esquerda de Damen, o que, Damen percebeu sem surpresa, deixava toda a luta pesada para ele. Até o momento em que um homem atacou da esquerda, e quando Damen se preparou para exigir muito dos músculos de seu lado machucado, percebeu que Laurent estava ali – defendeu a lâmina do homem e o despachou com graça eficiente, protegendo o lado fraco de Damen. Damen, desconcertado, deixou que ele fizesse isso.

Desse momento em diante, eles lutaram lado a lado. O lugar que Laurent escolhera posicioná-los não era um ponto aleatório na borda da luta – era a trilha de saída do acampamento pelo norte, o mesmo caminho pelo qual Damen fora levado. Se Laurent fosse qualquer outro homem, Damen teria desconfiado que ele

A JOGADA DO PRÍNCIPE

tivesse seguido naquela direção para encontrá-lo. Como Laurent era Laurent, a razão era diferente.

Pois aquela era a única saída do acampamento que não estava defendida por mulheres. Tentando fugir, homens chegavam sozinhos ou em dupla e os atacavam. Era melhor para todos que nenhum homem escapasse para contar sua história para o regente, por isso eles lutaram juntos, matando com propósito eficiente. Funcionou, até que um homem chegou galopando em sua direção. Era difícil matar com uma espada um cavalo a galope. Era mais difícil matar o homem montando alto no cavalo, fora de alcance. Damen, ao ver Laurent na trajetória do animal, avaliou a situação como um problema matemático, encheu a mão do tecido das costas da jaqueta de Laurent e o puxou com força para fora do caminho. O cavaleiro foi morto por uma mulher, também a cavalo, que cavalgava veloz atrás dele. O homem tombou para a frente na sela enquanto seu cavalo desacelerava e, depois, parava.

Ao redor deles, as tendas tinham queimado quase totalmente, mas havia luz suficiente para ver que a vitória estava emergindo. Dos homens no acampamento, metade estava morta. A outra metade tinha se rendido. Mas rendido não era a palavra. Eles tinham sido subjugados, um por um, e estavam sendo amarrados como prisioneiros.

À luz do luar e dos restos em brasa da fogueira, uma nova mulher chegara a cavalo, ladeada por duas auxiliares, e estava sendo conduzida pelo acampamento na direção deles.

– Um de nós precisa ver os mortos e os prisioneiros para garantir que nenhum escapou – disse Damen, vendo-a se aproximar.

Laurent disse:

– Farei isso. Mais tarde.

Ele sentiu a mão se Laurent envolver seu bíceps em um aperto firme e dar um puxão.

– Para baixo – ordenou Laurent.

Damen ficou de joelhos, e Laurent deixou os dedos apertados em seu ombro para mantê-lo ali.

A mulher do clã desceu de seu cavalo corpulento. Ela demonstrava seu *status* com uma grande capa de pele que envolvia seus ombros. Era pelo menos 30 anos mais velha que as outras mulheres. De olhos pretos e expressão pétrea, Damen a reconheceu. Era Halvik.

Da última vez que a vira, ela estava em um trono em uma plataforma coberta de peles, dando ordens. Sua voz dura era exatamente como ele se lembrava, mas, dessa vez, quando ela falou, foi em veretiano, com um sotaque forte:

– Vamos reacender as fogueiras. Acampamos aqui, esta noite. Os homens vão ser vigiados. Uma boa luta, muitos prisioneiros.

Laurent perguntou:

– O líder do clã está morto?

– Ele está morto. – Para Laurent, ela disse: – Você luta bem. É uma pena que não tenha o tamanho para gerar grandes guerreiros. Mas você não é mal formado. Sua mulher pode não ficar insatisfeita. – Então, com um espírito benevolente: – Seu rosto é bem equilibrado. – Ela lhe deu um tapa de encorajamento nas costas. – Você tem cílios muito compridos. Como uma vaca. Venha. Vamos sentar juntos, beber e comer carnes. Seu escravo é viril. Mais tarde, ele vai servir na fogueira de acasalamento.

A JOGADA DO PRÍNCIPE

Damen sentia a dor no lado do corpo a cada respiração; e nos braços, quando ele não o reprimia, havia um tremor suave que ocorria em músculos que tinham sido restritos por amarras por tempo demais, ou forçados por um período extenso além de suas limitações habituais.

Laurent respondeu com voz dura e inflexível:

– O escravo não fica em cama nenhuma exceto a minha.

– Você se deita com homens, no estilo veretiano? – perguntou Halvik. – Então ele vai ser levado e preparado para você; vai receber bons cortes de carnes, e *hakesh*, de modo que quando montá-lo, sua resistência lhe traga grande prazer. Vê? Esta é a hospitalidade vaskiana.

Damen se preparou, reunindo o que lhe restava de força, para o que estava por vir, mas, quase para sua surpresa, não teve a boca aberta e *hakesh* despejado imediatamente pela garganta. Ele não foi forçado a nada. Foi tratado como um hóspede ou, pelo menos, como a possessão de um hóspede, e seria limpo, polido e levado aonde o hóspede o desejava.

Isso era no outro lado do acampamento, para ser lavado da sujeira, resultado inevitável de um dia a cavalo durante o qual ele fora jogado ao chão várias vezes por seus captores, depois matara vários deles.

As mulheres atiraram baldes de água nele, em seguida o esfregaram com escovas, depois o secaram. Então o vestiram em uma tanga masculina vaskiana, que tinha uma única tira de couro amarrada em torno da cintura, depois entre as pernas, com uma faixa pendente à frente que podia ser afastada convenientemente no momento apropriado, como uma das mulheres prestativamente demonstrou. Ele suportou a demonstração.

Àquela altura, o acampamento estava limpo, e as tendas recém-erguidas pareciam globos com um brilho suave; a luz de candeeiros no interior transformava a pele das tendas em ouro incandescente. Os prisioneiros foram postos sob guarda, a fogueira foi novamente acesa e a plataforma, erguida. Damen recebeu comida, generosamente e com cortesia, também para sua surpresa.

Ele não tinha a ilusão de que seria levado até a fogueira para rolar com Laurent. No máximo, seria levado até lá para assistir a Laurent fazer alguma jogada inventiva para se evadir.

Mas ele não foi levado para a fogueira. Foi levado para uma tenda baixa. O *hakesh* foi derramado em um jarro e posto com um copo entalhado no interior da tenda para ele beber à vontade. A mulher ergueu o tecido e fechou a tenda com o mesmo movimento econômico que usara na tanga.

Laurent não estava ali dentro. Laurent iria, informaram a Damen, se juntar a ele mais tarde.

Laurent já tinha se evadido.

Era uma tenda bem pequena, comprida e baixa; seu interior, íntimo, com muitas peles, camadas de camurça e, por cima, peles de raposa, tratadas e mais macias que a barriga de um coelho. E era uma hospitalidade equipada, para o prazer dos homens. Ao pé da tenda havia o jarro de *hakesh*, um segundo jarro de água, um candeeiro pendurado e três vidros contendo óleos que não eram para o candeeiro.

Ao entrar, Damen pôde sentar, mas com pouco mais de 30

A JOGADA DO PRÍNCIPE

centímetros de sobra acima da cabeça. Se ficasse de pé, levaria a tenda junto com ele. Como não tinha outra coisa a fazer, ele se deitou nas peles em seu traje minúsculo.

As peles eram quentes e a tenda era um cantinho aconchegante para se deitar com um parceiro, mas sozinho era difícil não pensar sobre onde estava e o que podia ter acontecido naquele dia, se as coisas tivessem se desenrolado de maneira diferente. Ele deixou que todas as dores de seu corpo se acalmassem e se esticou. Seu pé atingiu o couro da tenda mesmo com o joelho ainda dobrado. Ele se estendeu em uma diagonal. Desse jeito, também não deu. De lado, ele bateu as costas na estaca da tenda. Então olhou ao redor à procura de algum lugar onde botar a perna esquerda e soltou o ar, divertido. Cansado como estava, podia ver humor naquela situação. Considerando o tamanho da tenda, era uma sorte que Laurent não fosse se juntar a ele até de manhã. Ele se encolheu, encontrou uma posição para todos os membros, e deixou que eles ficassem pesados sobre as peles e almofadas macias.

Foi então que a aba da tenda se ergueu e revelou uma cabeça dourada.

Emoldurado na entrada, Laurent também tinha sido lavado, secado e vestido. Sua pele estava limpa, e ele estava enrolado em uma capa de pele vaskiana, como a usada por Halvik. À luz do candeeiro, parecia um traje rico no qual um príncipe poderia se envolver em seu trono.

Damen se ergueu sobre um cotovelo e apoiou a cabeça na mão, com os dedos no cabelo. Viu que Laurent estava olhando para ele. Não o observando, como fazia de vez em quando, mas olhando para ele, como um homem poderia olhar para um entalhe que chamasse sua atenção.

Quando, por fim, seus olhos encontraram os de Damen, Laurent disse:

– Viva a hospitalidade vaskiana.

– É um traje tradicional. Todos os homens o usam – disse Damen, olhando com curiosidade para a capa de pele de Laurent.

Laurent tirou a capa dos ombros. Por baixo, usava alguma espécie de roupa de dormir vaskiana, uma túnica e calça de linho branco e fino, com uma série de laços soltos na frente.

– O meu tem um pouco mais de tecido. Decepcionado?

– Eu ficaria – disse Damen, ajeitando as pernas outra vez – se o candeeiro não estivesse às suas costas.

Por um segundo, isso deteve o movimento de Laurent, apoiado em um joelho e com a palma de uma das mãos sobre as peles, então ele esticou o corpo ao lado do de Damen.

Diferente de Damen, ele não deitou completamente nas peles, mas se sentou, apoiando o peso nas mãos.

Damen disse:

– Obrigado por... – Não havia forma delicada de dizê-lo, por isso ele gesticulou genericamente para o interior da tenda.

– Reivindicar meu *droit de seigneur*? O quanto você está inflamado?

– Pare com isso. Eu não bebi o *hakesh*.

– Não tenho certeza se foi exatamente isso o que perguntei – disse Laurent. Sua voz tinha a mesma qualidade de seu olhar. – Este lugar é pequeno.

A JOGADA DO PRÍNCIPE

– Pequeno o bastante para ver seus cílios – disse Damen. – É sorte você não ter o tamanho para gerar grandes guerreiros. – Então ele se deteve. Esse era o clima errado. Seria o clima se ele estivesse ali com um parceiro caloroso e receptivo, alguém que ele pudesse provocar e puxar em sua direção, não Laurent, casto como gelo.

– Meu tamanho – disse Laurent – é o normal. Não sou feito em miniatura. É um problema de escala, parado ao seu lado.

Era como ser agradado por um arbusto espinhoso e saborear cada espetada. Mais um segundo e ele iria dizer algo ridículo assim.

A pele macia tinha esquentado contra sua pele, e ele olhou para Laurent se sentindo lânguido e confortável. Ele sabia que os cantos de sua boca estavam levemente curvados para cima.

Depois de uma breve pausa, Laurent disse, quase com cuidado:

– Percebo que, a meu serviço, você não tem muita oportunidade de perseguir os... canais habituais para se aliviar. Se quiser aproveitar a fogueira de acasalamento...

– Não – disse Damen. – Eu não quero uma mulher.

Os tambores do lado de fora eram uma pulsação baixa e constante.

Laurent disse:

– Sente-se.

Sentar-se significava ocupar todo o espaço extra da tenda. Ele se viu olhando para Laurent. Seus olhos passaram lentamente pela pele delicada, os olhos azuis escurecidos pelo candeeiro, a curva elegante das maçãs do rosto interrompida por uma mecha solta de cabelo louro.

Ele quase não percebeu quando Laurent pegou um tecido do interior de sua capa, exceto que Laurent o estava segurando embolado na mão como um cataplasma, e estava olhando para o corpo de Damen como se estivesse pensando em aplicá-lo com as próprias mãos.

– O que você...? – começou ele.

– Não se mexa – disse Laurent, e ergueu o pano. Ele sentiu um choque de frio quando algo molhado e congelante foi apertado contra seu tórax, pouco abaixo do músculo peitoral. Seus músculos abdominais se contraíram ao contato.

– Você estava esperando uma sálvia? – perguntou Laurent. – Trouxeram isso para você do alto da encosta.

Gelo. Era gelo enrolado em tecido, apertado firmemente sobre a mancha roxa em seu lado esquerdo. Seu tórax arquejava com sua respiração. Laurent segurou o pano com firmeza. Depois do desconforto inicial, Damen sentiu o gelo começar a extrair o calor do machucado, espalhando uma dormência fria, de modo que os músculos tensos em torno dele começaram a relaxar à medida que o gelo derretia.

Laurent disse:

– Eu falei aos homens do clã para o machucarem.

Ele respondeu:

– Isso salvou minha vida.

Depois de uma pausa, Laurent disse:

– Como não sei arremessar uma espada...

Damen segurou ele mesmo o pano, e Laurent recuou.

– Você sabe, a essa altura, que foram esses mesmos homens

A JOGADA DO PRÍNCIPE

que atacaram Tarasis. Halvik e suas cavaleiras vão escoltar dez deles conosco até Breteau, e de lá a Ravenel, onde vou usá-los para tentar controlar este entrave na fronteira. – Em seguida, acrescentou quase como se desculpasse: – Halvik fica com o resto dos homens e as armas.

Damen deu continuidade a esse pensamento até sua conclusão:

– Ela concordou em usar as armas em ataques contra Akielos ao sul em vez de em qualquer lugar no interior de suas fronteiras.

– Algo assim.

– E, em Ravenel, você pretende expor seu tio como o patrocinador do ataque.

– Sim – disse Laurent. – Eu acho... que as coisas estão prestes a ficar muito perigosas.

– Prestes a ficar – disse Damen.

– Touars é quem precisa ser convencido – disse Laurent. – Se você odiasse Akielos mais do que qualquer outra coisa, e tivesse uma chance inédita de atacá-los, o que o impediria? Por que você abaixaria sua espada?

– Eu não faria isso – disse Damen. – Talvez se eu estivesse com mais raiva de outra pessoa.

Laurent soltou o ar de maneira estranha, em seguida afastou os olhos. Do lado de fora, os tambores não cessavam, mas pareciam algo distante, afastado do espaço silencioso no interior da tenda.

– Não foi assim que planejei passar a véspera da guerra – disse Laurent.

– Comigo em sua cama?

– E em minhas confidências.

Laurent disse as palavras quando seus olhos voltaram a encontrar os de Damen. Por um momento, pareceu que iria dizer mais alguma coisa, mas, em vez de falar, ele empurrou a capa do caminho e deitou. A mudança de posição sinalizou o fim da conversa, embora Laurent levasse o pulso à testa, como se ainda imerso em pensamentos.

Ele disse:

– Amanhã vai ser um dia longo. Cinquenta quilômetros de montanhas, com prisioneiros. É melhor dormirmos.

O gelo tinha derretido, deixando um pano molhado. Damen o removeu. Havia gotas de água em seu tronco. Ele as enxugou, então jogou o pano no outro lado da tenda. Ele tinha consciência de que Laurent estava olhando para ele outra vez, mesmo enquanto jazia relaxado com o cabelo louro misturado às peles macias e uma linha de pele fina visível até a abertura de sua roupa de dormir vaskiana. Mas depois de um momento, Laurent virou os olhos para o outro lado, em seguida os fechou, e os dois foram dormir.

Capítulo quatorze

—A LTEZA! – JORD os saudou, a cavalo. Ele estava acompanhado por dois outros cavaleiros com tochas, iluminando a escuridão. – Nós mandamos batedores para encontrá-lo.

– Chame-os de volta – disse Laurent.

Jord freou e assentiu com a cabeça.

Cinquenta quilômetros de montanhas com prisioneiros. Tinha levado 12 horas, uma viagem lenta e arrastada com os homens balançando e resistindo nas selas, de vez em quando golpeados pelas mulheres para obedecer. Damen se lembrava da sensação.

Tinha sido um dia longo com um começo frugal. Ele acordara rígido, com o corpo protestando a qualquer mudança de posição. Ao lado dele, uma pilha de peles nitidamente vazia. Nada de Laurent. Todos os sinais de ocupação recente estavam a um palmo de seu próprio corpo, sugerindo uma noite passada em proximidade grande, mas não transgressora: algum tipo de autopreservação aparentemente impedira Damen de rolar para perto durante a noite; de jogar o braço por cima do tronco de Laurent e apertá-los juntos para fazer com que a tenda pequena parecesse maior do que era.

Como resultado, Damen estava na posse de todos os seus membros, e teve até suas roupas devolvidas a ele. Obrigado, Laurent. Espiar declives íngremes a cavalo não era algo que ele preferisse fazer de tanga.

O dia de cavalgada que se seguiu foi quase perturbadoramente tranquilo. Eles chegaram a encostas mais suaves no meio da tarde e, dessa vez, não houve emboscadas nem interrupções. Eles subiram e desceram em silêncio encostas que se estendiam e espalhavam para o sul e o oeste. A única ruptura de paz era a estranheza de sua própria procissão: Laurent montado à frente de um bando de mulheres vaskianas em pôneis peludos acompanhando seus dez prisioneiros, amarrados com cordas e presos a seus cavalos.

Agora anoitecia, e os cavalos estavam exaustos, alguns deles com os pescoços caídos, e os prisioneiros tinham parado de lutar havia muito tempo. Jord entrou em formação ao lado deles.

– Breteau está limpa – dizia Jord. – Os homens de lorde Touars voltaram para Ravenel esta manhã. Nós escolhemos ficar e esperar. Não havia nenhuma notícia de lugar nenhum, nem da fronteira, nem dos fortes, nem... do senhor. Os homens estavam começando a ficar nervosos. Eles vão ficar contentes com seu retorno.

– Quero que eles estejam prontos para partir ao amanhecer – disse Laurent.

Jord concordou com a cabeça, em seguida olhou de forma impotente para o grupo e seus prisioneiros.

– Sim, são os homens que causaram esses ataques na fronteira – disse Laurent, respondendo à pergunta que não tinha sido feita.

– Eles não parecem akielons – disse Jord.

A JOGADA DO PRÍNCIPE

– Não – disse Laurent.

Jord assentiu, carrancudo, e eles subiram a última encosta antes de ver as sombras e os pontos de luz do acampamento noturno.

◆ ◆ ◆

Os adornos vieram depois, nas recontagens, pois a história foi contada várias e várias vezes pelos homens, assumindo seu próprio caráter ao passar pelo acampamento.

O príncipe partira com um único soldado. Nas profundezas das montanhas, ele expulsara os ratos responsáveis por aquelas mortes. Ele os havia arrancado de seus esconderijos e os enfrentado, na proporção de trinta contra um, pelo menos. Ele os trouxera arrasados, amarrados e submetidos. Esse era o príncipe deles, um inimigo astuto e cruel que não se devia jamais contrariar, a menos que se quisesse ter as entranhas servidas em um prato. Uma vez ele chegou a matar sua montaria apenas para ganhar de Torveld na caça.

Aos olhos dos homens, esse feito se refletia como a coisa louca e impossível que era – seu príncipe desaparecer por dois dias, em seguida ressurgir na noite com um saco de prisioneiros pendurado no ombro e jogá-los aos pés de sua tropa dizendo: Vocês os queriam? Aqui estão.

– Você levou uma surra – disse Paschal mais tarde.

– Trinta para um, pelo menos – disse Damen.

Paschal bufou de escárnio. Então disse:

– É uma boa coisa o que você está fazendo, ficando com ele. Ficando com ele quando você não tem amor por este país.

C. S. PACAT

Em vez de aceitar os convites para a fogueira, Damen se viu caminhando pelas bordas do acampamento. Às suas costas, as vozes ficaram distantes: Rochert dizia algo sobre cabelo louro e temperamento. Lazar revivia o duelo de Laurent com Govart. Breteau parecia bem diferente da última vez que Damen a vira. Em vez de pilhas de madeira em chamas, havia chão limpo. As valas semiabertas estavam parcialmente cheias. As lanças quebradas e os sinais de luta haviam desaparecido. Casas danificadas que não tinham mais condições de reparo haviam sido praticamente depenadas pelo material.

O acampamento em si era uma série de tendas ordenadas geometricamente, localizadas a oeste da aldeia. Lona inclinada estava esticada em linhas rigorosas, e na extremidade do acampamento ficava a tenda de Laurent, que tinha sido preparada para ele apesar de sua ausência. Entre as colunas enfileiradas, homens seguiam por trilhas mais amistosas e menos rígidas, indo e voltando das fogueiras.

Não era uma vitória. Ainda não. Eles estavam a um dia de viagem de Ravenel. Isso significava que sua ausência seria de quatro dias, pelo menos. Contando com bons cavalos e boas estradas, o mensageiro do regente sem dúvida teria chegado a Ravenel, àquela altura, pelo menos um dia antes deles.

Provavelmente tinha acontecido nesta manhã, enquanto Damen estava acordando em uma tenda vazia – o mensageiro chegando ao enorme pátio aberto do forte, sendo conduzido rapidamente para o grande salão, e todos os senhores de Ravenel se reunindo para ouvir sua mensagem. Isso na ausência do príncipe

A JOGADA DO PRÍNCIPE

perdulário que fugira durante uma crise sem voltar como havia prometido, perdendo o momento em que mais precisava ser levado a sério, para forjar decisões e moldar eventos. Nesse sentido, eles já estavam atrasados demais.

Mas a procissão improvável do dia pelas montanhas estava planejada a um nível que ele não tinha previamente atribuído a Laurent. Laurent tinha negociado o contra-ataque com Halvik uma noite *antes* de saber dos ataques em sua fronteira. As mensagens e subornos que fluíram de Laurent para o clã de Halvik tinham começado dias antes disso. Laurent devia ter adivinhado a forma como seu tio iria desencadear um conflito na fronteira, e começara seus próprios preparativos para contra-atacar, com boa antecedência.

Damen se lembrou da primeira noite em Chastillon, do trabalho desleixado, das lutas, da má qualidade da soldadesca. O regente tinha dado ao sobrinho uma mistura caótica de homens, e Laurent os transformara em linhas ordeiras; tinha lhes dado um capitão ingovernável, e Laurent o vencera; liberara uma força perigosa na fronteira, e Laurent a trouxera de volta, neutralizada e amarrada. Tudo era resolvido à medida que cada elemento de desordem se submetia ao controle monumental de Laurent.

Esses homens pertenciam ao príncipe de coração, corpo e mente. Seu trabalho duro e disciplina eram evidentes em cada parte do acampamento e da aldeia ao redor.

Damen deixou que o ar fresco da noite passasse sobre ele, e se permitiu sentir até os ossos o virtuosismo daquela jornada de que fazia parte, e quão longe tinham chegado.

◆ ◆ ◆

E no ar frio da noite, ele se permitiu encará-lo, de um modo que não havia se permitido encará-lo antes.

Seu lar.

Seu lar estava do outro lado de Ravenel. O momento em que deixaria Vere estava se aproximando.

Ele conhecia os passos de sua volta como as batidas do próprio coração. Fugir iria levá-lo através da fronteira com Akielos, onde qualquer ferreiro ficaria contente em tirar o ouro de seus pulsos e seu pescoço. O ouro iria lhe comprar acesso a seus apoiadores no norte, o mais forte dos quais era Nikandros, cuja animosidade implacável em relação a Kastor era antiga. Então ele teria força para cavalgar para o sul.

Ele olhou para a tenda de sedas de Laurent, as bandeiras desfraldadas ao vento, suas estrelas ondulando. As vozes distantes dos homens aumentaram brevemente, depois silenciaram. Não seria assim. Seria uma campanha sistemática que iria se mover na direção de Ios, crescendo com o apoio que ele tinha das facções de kyroi. Ele não iria sair às escondidas do acampamento, à noite, para acionar planos loucos, se vestir em roupas estranhas e forjar alianças com clãs de bandidos, nem se juntar a guerreiras montadas em pôneis para capturar bandidos de forma improvável nas montanhas.

Não seria desse jeito outra vez.

◆ ◆ ◆

A JOGADA DO PRÍNCIPE

Laurent estava sentado com um cotovelo na mesa e estudava um mapa quando Damen entrou na tenda. Braseiros aqueciam o espaço; lanternas iluminavam com o brilho de chamas.

– Mais uma noite – disse Damen.

– Manter os prisioneiros vivos, manter as mulheres de lado, manter meus homens longe das mulheres – disse Laurent, como se recitasse uma lista de coisas a fazer. – Venha cá e vamos conversar sobre geografia.

Ele obedeceu e se sentou em frente a Laurent, diante do mapa.

Laurent queria discutir outra vez, e com minúcia de detalhes, cada centímetro de terra entre ali e Ravenel, assim como ao longo da seção nordeste da fronteira. Damen disse tudo o que sabia, e eles conversaram por horas, comparando a qualidade das encostas e do solo com o terreno pelo qual tinham acabado de viajar.

Do lado de fora, o acampamento mergulhara no silêncio da noite profunda quando Laurent finalmente desviou sua atenção do mapa e disse:

– Tudo bem. Se não pararmos agora, vamos a noite inteira.

Damen o observou se levantar. Laurent não costumava demonstrar nenhum dos sinais externos de cansaço. O controle que ele exercia e mantinha sobre a tropa era uma extensão do controle com que se governava. Havia alguns sinais. As palavras, talvez. O queixo de Laurent estava machucado, uma mancha amarelada onde o líder do clã o atingira. Laurent tinha o tipo de pele fina e cuidada em excesso que se machucava como fruta macia ao toque. A luz das lanternas brincava acima de Laurent quando ele distraidamente levou a mão ao pulso e começou a desamarrar os laços ali.

– Aqui – disse Damen. – Deixe que eu faço.

Damen se levantou e se aproximou, então deixou que seus dedos trabalhassem nos laços nos punhos de Laurent, depois em suas costas. A jaqueta se abriu como uma vagem, e ele a tirou. Livre do peso da jaqueta, Laurent girou os ombros, como às vezes fazia depois de um dia longo na sela. Instintivamente, Damen ergueu a mão para apertar de leve o ombro de Laurent, então parou. Laurent ficou imóvel, enquanto Damen tomava consciência do que acabara de fazer e de que sua mão ainda estava no ombro de Laurent. Sua mão sentiu os músculos travados como madeira dura.

– Tenso? – perguntou Damen, com naturalidade.

– Um pouco – respondeu Laurent, depois de um momento no qual o coração de Damen bateu duas vezes dentro do peito. Damen ergueu a outra mão até o outro ombro de Laurent, mais para impedir que Laurent se virasse inesperadamente ou o expulsasse. Ele permaneceu atrás de Laurent e manteve seu toque desinteressado tão impessoal quanto possível.

Laurent disse:

– Os soldados no exército de Kastor são treinados em massagem?

– Não – disse Damen. – Mas acho que os rudimentos são fáceis de dominar. Se você quiser.

Ele aplicou uma pressão delicada com os polegares e disse:

– Você me trouxe gelo, ontem à noite.

– Isto – disse Laurent – é um pouco mais... – Era uma palavra de pontas afiadas: – *íntimo* que gelo.

A JOGADA DO PRÍNCIPE

– Íntimo demais? – perguntou Damen. Lentamente, ele começou a massagear os ombros de Laurent.

Ele normalmente não se considerava uma pessoa com impulsos suicidas. Laurent não relaxou, apenas permaneceu imóvel.

E então, na extremidade de um de seus polegares, um músculo se moveu sob pressão, destravando uma sequência até as costas de Laurent. Laurent disse, involuntariamente:

– Eu... Aí.

– Aqui?

– É.

Ele sentiu Laurent sutilmente se entregar a suas mãos; ainda assim, como um homem fechando os olhos à beira do abismo, era um ato de tensão contínua, não de entrega. O instinto mantinha os movimentos de Damen sem desvios, utilitários. Ele respirava com cuidado. Podia sentir toda a estrutura das costas de Laurent: a curvatura de suas omoplatas, e, entre elas, sob as mãos de Damen, os planos resistentes que, quando Laurent usasse uma espada, seriam músculos trabalhando.

A massagem lenta prosseguiu; houve outra mudança no corpo de Laurent, outra reação delicada e semirreprimida.

– Assim?

– É.

A cabeça de Laurent caíra um pouco para a frente. Damen não tinha ideia do que estava fazendo. Estava levemente consciente de que pusera as mãos no corpo de Laurent uma vez antes, e não acreditava nisso, porque agora parecia totalmente impossível; ainda assim, aquele momento se conectava com esse, mesmo

243

que apenas em contraste, sua atual cautela em relação à forma desprotegida com que ele deixara suas mãos escorrerem pela pele molhada de Laurent.

Damen olhou para baixo e viu como o tecido branco movia-se de leve sob seus polegares. A camisa de Laurent estava sobre seu corpo, uma camada de contenção. Então os olhos de Damen viajaram pela nuca equilibrada até um fio de cabelo louro enfiado atrás de uma orelha.

Damen deixou que as mãos se movessem o suficiente apenas para procurar que novos músculos destravassem. No corpo de Laurent, sempre havia aquela tensão hesitante.

– É tão difícil relaxar? – perguntou Damen em voz baixa. – Você só precisa ir lá fora e ver o que conseguiu. Esses homens são seus. – Ele não prestou atenção aos sinais, ao leve enrijecimento. – Aconteça o que acontecer, amanhã, você fez mais do que qualquer outro poderia...

– Basta – disse Laurent, afastando-se inesperadamente.

Quando Laurent se virou para encará-lo, seus olhos estavam sombrios, e seus lábios afastados com desconfiança. Ele levara as mãos ao próprio ombro, como se buscasse ali um toque fantasma. Não parecia exatamente relaxado, mas o movimento pareceu um pouco mais fácil. Como se percebesse isso, Laurent disse, quase de modo constrangido:

– Obrigado. – Em seguida, emitiu um reconhecimento seco: – Ficar amarrado deixa sua marca. Eu não imaginava que ser capturado fosse tão desconfortável.

– Bom, é. – As palavras soaram quase normais.

A JOGADA DO PRÍNCIPE

– Prometo que nunca vou amarrá-lo em cima de um cavalo – disse Laurent.

Houve uma pausa na qual o olhar mordaz de Laurent caiu sobre ele.

– Isso mesmo, eu ainda estou capturado – disse Damen.

– Seus olhos dizem: "Por enquanto". Seus olhos sempre disseram "Por enquanto". – Em seguida: – Se você fosse um escravo de estimação, eu teria lhe dado presentes suficientes a essa altura para você comprar seu contrato, muitas vezes.

– Eu ainda estaria aqui – disse Damen. – Com você. Eu lhe disse que iria acompanhar essa disputa de fronteira até o final. Acha que eu voltaria atrás em minha palavra?

– Não – disse Laurent, quase como se estivesse se dando conta disso pela primeira vez. – Não acho que você faria isso. Mas sei que não gosta disso. Lembro o quanto o enlouqueceu no palácio, ficar amarrado e impotente. Ontem eu senti o quanto você queria bater em alguém.

Damen percebeu que tinha se movido sem notar – seus dedos se ergueram para tocar a borda machucada do queixo de Laurent. Ele disse:

– No homem que fez isso com você.

As palavras simplesmente saíram. O calor da pele sob seus dedos ocupou toda sua atenção por um momento, antes que ele tomasse consciência de que Laurent tinha se encolhido e estava olhando fixamente para ele, seus olhos azuis com pupilas enormes.

Damen de repente percebeu o quanto estava se sentindo fora de controle e apelou violentamente a suas faculdades para tentar parar com... aquilo.

245

– Sinto muito. Eu... eu sei que não devia. – Ele se forçou a recuar um passo e disse: – Acho que é melhor eu me apresentar para a guarda. Posso fazer um turno esta noite.

Ele se virou e foi até a entrada da tenda. A voz de Laurent o alcançou quando sua mão estava abrindo a lona.

– Não. Espere. Eu... espere.

Damen parou e se virou. O olhar de Laurent estava marcado por uma emoção indecifrável, e seu queixo estava posicionado em novo ângulo. O silêncio se estendeu por tanto tempo que as palavras, quando saíram, foram um choque.

– O que Govart disse sobre meu irmão e eu... não era verdade.

– Eu nunca achei que fosse – disse Damen, sentindo-se desconfortável.

– Eu quero dizer que qualquer... que qualquer mácula que exista em minha família, Auguste estava livre dela.

– Mácula?

– Eu queria lhe contar isso, porque você – disse Laurent, como se estivesse forçando as palavras a saírem –, você me lembra dele. Ele foi o melhor homem que eu conheci. Você merece saber disso, pois merece ao menos justiça... Em Arles eu o tratei com malícia e crueldade. Não vou insultá-lo tentando reparar feitos com palavras, mas não vou tratá-lo desse jeito outra vez. Eu estava com raiva. Raiva não é a palavra. – Ele se conteve. Seguiu-se um silêncio tenso.

Laurent disse com firmeza:

– Tenho seu juramento de que vai acompanhar até o fim desta escaramuça de fronteira? Então você tem o meu: fique comigo até

A JOGADA DO PRÍNCIPE

que isso termine, e retirarei os braceletes e o colar. Eu o libertarei de boa vontade. Poderemos encarar um ao outro como homens livres. O que quer que tenha de acontecer entre nós poderá acontecer, então.

Damen o encarou e sentiu uma pressão estranha no peito. A luz da lanterna pareceu oscilar e tremular.

– Não é um truque – disse Laurent.

– Você me libertaria – disse Damen.

Dessa vez, foi Laurent quem ficou em silêncio, olhando para ele.

Damen disse:

– E... até lá?

– Até lá, você é meu escravo, e eu sou seu príncipe, e as coisas permanecem assim entre nós. – Em seguida, voltando ao tom mais habitual: – E você não precisa ficar de guarda – disse Laurent. – Você dorme com discrição.

Damen examinou seu rosto, mas não encontrou nada ali que pudesse ler, o que, ele imaginou ao erguer as mãos para os laços da própria jaqueta, era típico.

Capítulo Quinze

Bem antes de amanhecer, ele estava acordado. Havia obrigações a cumprir, no interior da tenda e fora dela. Antes de se levantar e desempenhá-las, ele ficou deitado com um braço sobre a testa, a camisa aberta, os lençóis em seu estrado soltos ao seu redor, olhando para o alto, para as dobras compridas de seda sarjada.

Lá fora, quando ele saiu, quaisquer sinais de atividade ainda não eram os do despertar, mas uma extensão do trabalho que continuava em um acampamento durante a noite: homens cuidando de tochas e fogueiras, o ritmo silencioso da vigília, batedores desmontando e se apresentando a seus comandantes da noite, que também estavam acordados.

De sua parte, ele começou seu trabalho da manhã preparando a armadura de Laurent, separando cada peça, puxando cada correia com força, conferindo cada rebite. O metal trabalhado, com suas bordas caneladas e frisos decorativos, era tão familiar para ele quanto o da sua própria. Ele aprendera a lidar com armaduras veretianas.

Ele se voltou para a conferência que precisava fazer das armas:

A JOGADA DO PRÍNCIPE

verificar se toda lâmina estava imaculadamente livre de arranhões e marcas; verificar se os cabos e pomos estavam livres de qualquer coisa que pudesse agarrar ou prender; verificar que não houvesse mudança no equilíbrio que pudesse mesmo por um instante desconcertar o homem que brandisse a arma. Quando voltou, encontrou a tenda vazia. Laurent saíra para resolver algum assunto cedo. O acampamento ao seu redor ainda estava envolto pela escuridão, com tendas fechadas em sono feliz.

Os homens, ele sabia, estavam esperando entrar em Ravenel com o mesmo nível de aprovação com que Laurent chegara ao próprio acampamento: com gritos de apoio para os homens que trouxeram os agressores amarrados.

Entretanto, Damen achava difícil imaginar como exatamente Laurent iria usar seus prisioneiros para convencer lorde Touars a desistir da luta. Laurent era bom de conversa, mas homens como Touars tinham muito pouca paciência para conversa. Mesmo que os senhores da fronteira veretiana pudessem ser convencidos, os comandantes de Nikandros estavam agitando suas espadas. Mais do que apenas agitando – houvera ataques dos dois lados da fronteira, e Laurent vira o movimento das forças akielons com os próprios olhos, assim como Damen.

Um mês atrás, ele teria esperado, assim como os homens, que os prisioneiros fossem arrastados diante de Touars, que a verdade fosse proclamada em voz alta e as armações do regente, expostas diante de todos. Agora… Damen podia visualizar com a mesma facilidade Laurent negando qualquer conhecimento do culpado, permitindo que Touars descobrisse por conta própria as tramas do regente – podia praticamente ver os olhos azuis de Laurent fingirem surpresa quando isso fosse revelado. A busca em si funcionaria como tática protelatória, prolongando as coisas, levando seu próprio tempo.

Mentira e jogo duplo; parecia veretiano. Ele até achou que, se Laurent se mantivesse firme em sua posição, podia dar certo.

E depois? A exposição do regente, culminando na noite em que Laurent fosse até Damen e o libertasse com as próprias mãos?

Damen se viu além da borda das fileiras de tendas, com Breteau eternamente em silêncio às suas costas. Logo chegaria o amanhecer, os primeiros sons guturais de pássaros, o céu clareando, as estrelas se apagando com o nascer do sol. Ele fechou os olhos e sentiu os movimentos de sua respiração.

Uma vez que era impossível, ele se permitiu imaginar, apenas uma vez, como seria encarar Laurent como homem... Se não houvesse nenhuma animosidade entre seus países, Laurent viajando a Akielos como parte de uma delegação, a atenção de Damen atraída superficialmente pelo cabelo louro. Eles iriam a banquetes e jogos, e Laurent... Ele tinha visto Laurent com aqueles que cultivava; charmoso e afiado sem ser letal; e ele era honesto o bastante consigo mesmo para admitir que se tivesse encontrado Laurent assim, com seus cílios dourados e observações provocadoras, ele poderia se ver em algum perigo.

Seus olhos se abriram. Ele ouviu o som de cavaleiros.

Seguindo o som, ele abriu caminho entre as árvores e se encontrou na beira do acampamento vaskiano. Duas cavaleiras tinham acabado de chegar em cavalos cobertos de espuma, e outra estava

A JOGADA DO PRÍNCIPE

de partida. Ele lembrou que Laurent tinha passado algum tempo em negociações e acordos com as vaskianas na noite anterior. E lembrou que nenhum homem devia ir até ali no momento em que uma ponta de lança surgiu em seu caminho, mantida firme. Ele ergueu as mãos em um gesto de rendição. A mulher que segurava a lança não o atravessou com ela. Em vez disso, lhe deu um olhar longo e especulativo, então gesticulou para que ele andasse. Com a lança às suas costas, ele entrou no acampamento.

Ao contrário do acampamento de Laurent, o acampamento vaskiano estava ativo. As mulheres já estavam acordadas e cuidando da tarefa de soltar seus quatorze prisioneiros das amarras da noite e tornar a prendê-los para o dia vindouro. E havia mais alguma coisa ocupando sua atenção. Damen viu que ele estava sendo levado na direção de Laurent, em diálogo profundo com as duas cavaleiras que haviam desmontado e estavam paradas ao lado de seus cavalos exaustos. Quando Laurent o viu, concluiu seus negócios e se aproximou. A mulher com a lança havia desaparecido.

Laurent disse:

– Infelizmente, você não tem tempo para isso.

O tom de voz era límpido. Damen disse:

– Obrigado, mas vim porque ouvi os cavalos.

Laurent disse:

– Lazar disse que veio porque pegou um caminho errado.

Houve uma pausa, na qual Damen descartou várias respostas. Por fim, igualou o tom de voz de Laurent:

– Entendo. Você prefere privacidade?

– Eu não conseguiria mesmo que quisesse. Um monte de

vaskianas louras faria com que eu fosse deserdado. Eu nunca... – disse Laurent. – Com uma mulher.

– É muito prazeroso.

– Você prefere.

– Na maioria das vezes.

– Auguste preferia mulheres. Ele me disse que com o tempo eu ia gostar. Eu disse a ele que ele podia fazer herdeiros, e eu leria livros. Eu tinha... Nove? Dez? Eu achava que já era crescido. Os riscos do excesso de confiança.

Quando estava prestes a responder, Damen parou. Ele sabia que Laurent podia falar desse jeito, sem parar. Não era sempre aparente o que estava por trás da fala, mas às vezes era.

Damen disse:

– Você pode ficar tranquilo. Está pronto para encarar lorde Touars.

Ele observou Laurent parar. Havia uma luz azul-escura, agora, em vez da escuridão, e estava clareando. Ele conseguia ver o cabelo louro de Laurent, embora não seu rosto.

Damen percebeu que queria perguntar algo havia muito tempo.

– Não entendo como seu tio conseguiu deixá-lo tão encurralado. Você consegue fazer o jogo melhor que ele. Eu já o vi fazê-lo.

Laurent disse:

– Talvez pareça que eu seja capaz de vencê-lo, agora. Mas quando este jogo começou, eu era... mais novo.

Eles chegaram ao acampamento. Os primeiros chamados vieram das linhas de tendas. A tropa, sob a luz cinza, começou a acordar.

Mais jovem. Laurent tinha 14 anos em Marlas. Ou... Damen

A JOGADA DO PRÍNCIPE

relembrou meses em sua mente. A batalha tinha acontecido no início da primavera; Laurent chegara à maturidade no fim da primavera. Então, não. Mais novo. Treze, prestes a fazer quatorze. Ele tentou visualizar Laurent com 13 anos e experimentou uma falha completa de imaginação. Era tão impossível imaginá-lo lutando em batalha com essa idade como era imaginá-lo andando atrás de um irmão mais velho que adorava. Era impossível imaginá-lo adorando alguém.

As tendas foram desmontadas, os homens subiram em suas selas. A visão de Damen era de costas retas e uma cabeleira loura mais clara que o belo dourado do príncipe que ele enfrentara tantos anos atrás.

Auguste. O único homem honrado em um campo traiçoeiro.

O pai de Damen convidara o mensageiro veretiano a sua tenda em boa-fé. Ele ofereceu termos justos aos veretianos: entregar suas terras e viver. O mensageiro cuspiu no chão e disse *Vere nunca vai se render a Akielos*, enquanto os primeiros sons de um ataque veretiano vinham de fora. Ataque sob disfarce de negociações: a suprema afronta à honra, com reis no campo.

Lutamos contra eles, dissera seu pai. *Não confiamos neles*. Seu pai estava certo. E seu pai estava pronto.

Veretianos eram covardes e mentirosos; eles deviam ter se dispersado quando seu ataque enganador foi combatido por toda a força do exército akielon. No entanto, por alguma razão não caíram ao primeiro sinal de luta real, mas ficaram firmes, e mostraram coragem, e lutaram hora após hora, até que as linhas akielons começaram a enfraquecer e vacilar.

E seu general não era o rei, era o príncipe de 25 anos que comandava o campo.

Pai, eu posso derrotá-lo, dissera ele.

Então vá, dissera seu pai. *E traga-nos a vitória.*

◆ ◆ ◆

O campo se chamava Hellay, e Damen o conhecia como um centímetro de um mapa familiar, estudado à luz de lampiões diante de uma cabeça dourada curvada. Enquanto discutia a qualidade do solo com Laurent, na noite passada, ele dissera:

– Não foi um verão quente. Devem ser campinas, suaves para os cavaleiros se precisarmos deixar a estrada.

Isso se revelou verdade. O capim era denso e macio dos dois lados. Colinas se estendiam à frente deles, seguindo-se umas às outras, e também havia montanhas ao leste.

O sol subiu no céu. Eles tinham cavalgado desde antes do amanhecer, mas quando chegaram a Hellay, havia bastante luz para diferenciar elevações de locais planos, capim do céu – o céu do que havia abaixo dele.

O sol estava brilhando sobre eles quando a crista da montanha ao sul se destacou: uma linha em movimento que se adensava e começava a brilhar em prateado e vermelho.

Damen, montado à frente da coluna, freou e virou para o lado, e Laurent, ao lado dele, fez o mesmo, sem jamais tirar os olhos da montanha ao sul. A linha não era mais uma linha, mas formas, formas reconhecíveis, e Jord estava ordenando que toda a tropa parasse.

A JOGADA DO PRÍNCIPE

Vermelho. O vermelho, a cor da regência, com desenhos da iconografia dos fortes de fronteira, crescia e adejava. Eram os estandartes de Ravenel. Não apenas estandartes, mas homens e cavaleiros, fluindo por trás do morro como vinho de uma taça transbordante, manchando e escurecendo suas encostas, e se espalhando.

Àquela altura, colunas eram visíveis. Era possível estimar grosseiramente os números: quinhentos ou seiscentos cavaleiros, dois conjuntos de colunas de infantaria de 250 homens. A julgar pelo que Damen vira nos alojamentos no forte, esse era, na verdade, todo o contingente de Ravenel a cavalo, e uma porção menor, mas substancial, de sua infantaria. Seu próprio cavalo se mexia, arisco, embaixo dele.

No momento seguinte, aparentemente, as encostas à sua direita também produziram figuras, muito mais perto – perto o suficiente para reconhecer a forma e o uniforme dos homens. Era o destacamento enviado de Touars para Breteau e que tinha partido um dia antes. Não ido embora, mas seguido até ali, onde ficara à espera. Isso acrescentava mais duzentos às forças.

Damen podia sentir a tensão nervosa dos homens às suas costas, cercados por cores das quais metade deles desconfiava até o âmago, e em inferioridade numérica em proporção de dez para um.

As forças de Ravenel na colina começaram a se dividir em uma forma de V.

– Eles estão se movendo para nos flanquear. Será que nos confundiram com uma tropa inimiga? – perguntou Jord, confuso.

– Não – disse Laurent.

– Ainda há um caminho livre para nós, para o norte – disse Damen.

C. S. PACAT

– Não – disse Laurent.

Um grupo de homens se destacou da coluna principal de Ravenel e começou a se dirigir a eles.

– Vocês dois – disse Laurent, e esporeou o cavalo.

Damen e Jord o seguiram, e eles cavalgaram pela longa campina para se encontrarem com lorde Touars e seus homens.

Na forma e no protocolo aquilo estava errado desde o começo. Às vezes, quando havia duas forças, ocorria uma negociação entre mensageiros ou o encontro das figuras principais para uma discussão final de condições ou posturas antes de uma luta. Enquanto galopava pelo campo, Damen se sentiu extremamente desconfortável com a preparação de guerra, o que ficou pior diante do tamanho de grupo que eles cavalgavam para encontrar, e dos homens que ele continha.

Laurent freou. O grupo era liderado por lorde Touars. Ao seu lado estavam o conselheiro Guion e Enguerran, o capitão. Atrás deles havia mais doze soldados montados.

– Lorde Touars – disse Laurent.

Não houve preâmbulo.

– Você viu nossas forças, você vem conosco.

Laurent disse:

– Acho que desde nossa última reunião vocês receberam notícias de meu tio.

Lorde Touars não disse nada, tão impassível quanto os cavaleiros armados e com capas atrás dele, por isso foi Laurent quem, de maneira nada característica, teve de romper o silêncio e falar.

Laurent disse:

A JOGADA DO PRÍNCIPE

– Ir com vocês com que objetivo?

O rosto marcado por uma cicatriz de lorde Touars estava frio de desprezo.

– Nós sabemos que você pagou subornos para cavaleiras vaskianas. Sabemos que você é um servo dos akielons, e que conspirou com Vask para enfraquecer seu país com ataques e escaramuças de fronteira. A boa aldeia de Breteau caiu diante de um desses ataques. Em Ravenel, você vai ser julgado e executado por traição.

– Traição – disse Laurent.

– Você pode negar ter sob sua proteção os homens responsáveis pelos ataques, de os ter treinado em uma tentativa de jogar a culpa sobre seu tio?

As palavras caíram como um golpe de machado. *Você consegue fazer o jogo melhor que ele*, dissera Damen, mas fazia muitas semanas desde que ele enfrentara a força do regente. Ocorreu a ele, de forma assustadora, que os homens capturados podiam, sim, ter sido treinados para esse momento não apenas por Laurent. Laurent tinha, portanto, levado a Touars a própria corda que iria enforcá-lo.

– Posso negar o que eu quiser – disse Laurent. – Na falta de provas.

– Ele tem provas. Tem meu testemunho. Eu vi tudo. – Um cavaleiro abriu caminho de maneira intrusiva de trás dos outros, abaixando o capuz de sua capa. Ele parecia diferente em armadura de aristocrata, com os cachos escuros enfeitados e escovados, mas a boca bonita era familiar, assim como a voz antagônica e a expressão belicosa em seus olhos. Era Aimeric.

A realidade virou: cem momentos inócuos surgiram sob luzes

diferentes. A compreensão atingiu o estômago de Damen como um peso gelado. Laurent já estava se movendo – não para fazer algum tipo de réplica educada, mas virando a cabeça de seu cavalo, plantando a montaria diante da de Jord e dizendo:

– Volte para a tropa. Agora.

Jord estava pálido como se tivesse acabado de receber um golpe de espada. Aimeric observava com o nariz empinado, mas não deu nenhuma atenção em especial a Jord. O rosto de Jord estava marcado pela traição e cheio de culpa quando ele tirou os olhos de Aimeric e encontrou o olhar duro e impiedoso de Laurent.

Culpa – uma traição que cortava o coração de sua tropa. Há quanto tempo Aimeric tinha desaparecido, e há quanto tempo, devido a uma lealdade equivocada, Jord o estava encobrindo?

Damen sempre achara Jord um bom capitão e nesse momento ainda achava: pálido, Jord não deu desculpas e não pediu nenhuma a Aimeric, mas fez o que lhe foi ordenado, em silêncio.

Então, Laurent ficou sozinho, com apenas seu escravizado ao seu lado, e Damen sentiu a presença de cada gume de espada, cada ponta de flecha, cada soldado postado na colina; e de Laurent, que ergueu os olhos azuis frios para Aimeric como se essas coisas não existissem.

Laurent disse:

– Agora você me tem como inimigo. Não vai gostar da experiência.

Aimeric disse:

– Você vai para a cama com akielons. Deixa-os foder com você.

– Como você deixou que Jord o fodesse? – disse Laurent.

A JOGADA DO PRÍNCIPE

– Com a diferença que permitiu, de fato, que ele o fodesse. Seu pai lhe disse para fazer isso, ou foi um acréscimo inspirado pessoal?

– Eu não traio minha família. Não sou como você – disse Aimeric. – Você odeia seu tio. Tinha sentimentos anormais por seu irmão.

– Com 13 anos? – De seus olhos azuis frígidos à ponta das botas engraxadas, Laurent não podia parecer menos capaz de ter sentimentos por ninguém. – Aparentemente, fui ainda mais precoce que você.

Isso pareceu enfurecer Aimeric ainda mais.

– Você achou que iria conseguir escapar de tudo. Eu queria rir na sua cara. Teria feito isso, se não virasse meu estômago ser comandado por você.

Lorde Touars disse:

– Você virá conosco de boa vontade, ou depois que tivermos subjugado seus homens. Tem uma escolha.

Laurent, a princípio, ficou em silêncio. Seus olhos passaram pelas tropas posicionadas, o contingente de cavaleiros que o flanqueava dos dois lados, e todo o complemento da infantaria – contra as quais havia seu pequeno bando, cujos números nunca foram pensados para lutar uma batalha.

Um julgamento que pusesse sua palavra contra a de Aimeric seria uma farsa, pois entre esses homens Laurent não tinha nenhum bom nome com o qual se defender. Ele estava nas mãos da facção do tio. Em Arles, seria pior, o próprio regente enlameando a reputação de Laurent. Covarde. Nenhuma realização. Incapaz para o trono.

Ele não pediria a seus homens que morressem por ele. Damen sabia disso, assim como sabia, com uma dor no peito, que eles fariam isso, se ele lhes pedisse. O amontoado de homens, que pouco tempo atrás era dividido, preguiçoso e desleal, lutaria até a morte por seu príncipe, se ele lhes pedisse...

– Se eu me submeter a seus soldados e me entregar à justiça de meu tio – disse Laurent –, o que acontece com meus homens?

– Seus crimes não são deles. Como não cometeram nenhum malfeito, exceto lealdade, eles receberão sua liberdade e suas vidas. Serão desmobilizados, e as mulheres serão acompanhadas até a fronteira vaskiana. O escravo vai ser executado, é claro.

– É claro – disse Laurent.

O conselheiro Guion falou:

– Seu tio nunca diria isso para você – começou ele, parando o cavalo ao lado do filho Aimeric. – Por isso, eu vou. Por lealdade a seu pai e seu irmão, seu tio o tratou com leniência que você nunca mereceu. Você pagou a ele com escárnio e desprezo, com a negligência de seus deveres e indiferença maldosa à vergonha que traz a sua família. Não me surpreende que sua natureza egoísta o tenha levado à traição, mas como pôde trair a confiança de seu tio, depois de toda a bondade que ele dispensou a você?

– A bondade incontida de meu tio – disse Laurent. – Eu lhe garanto, foi fácil.

– Você não demonstra nenhum remorso – disse Guion.

– Por falar em negligência – disse Laurent.

Ele ergueu a mão. Muito atrás dele, duas mulheres vaskianas se destacaram de sua tropa e começaram a cavalgar adiante. Enguerran

A JOGADA DO PRÍNCIPE

fez um movimento de preocupação, mas Touars gesticulou e o conteve – duas mulheres fariam pouca diferença ali, de todo modo. A meio caminho, era possível ver que uma das selas tinha um calombo, então foi possível distinguir o que era o volume.

– Eu tenho uma coisa sua. Apenas o reprenderia por seu descuido, mas acabei de ter uma lição sobre como os detritos de uma tropa podem passar de um acampamento para outro.

Laurent disse algo em vaskiano. As mulheres jogaram o fardo de seu cavalo sobre a terra, como alguém derramando o conteúdo indesejado de um pacote.

Era um homem, de cabelo castanho e pulsos e tornozelos amarrados como um javali a uma vara após uma caçada. Seu rosto estava coberto de lama, exceto perto da têmpora, onde seu cabelo estava duro com sangue seco.

Ele não era um homem de clã.

Damen se lembrou do acampamento vaskiano. Havia quatorze prisioneiros hoje, quando, ontem, havia dez. Ele deu um olhar duro para Laurent.

– Se você acha – disse Guion – que uma jogada final atabalhoada com um refém vai nos impedir ou nos retardar em lhe aplicar a justiça que você merece, está enganado.

Enguerran disse:

– É um de nossos batedores.

– São quatro de seus batedores – disse Laurent.

Um dos soldados saltou do cavalo e se apoiou em um joelho protegido por armadura ao lado do prisioneiro, enquanto Touars, de cenho franzido para Enguerran, perguntou:

– Os relatórios estão atrasados?

– Do leste. Não é anormal, quando o terreno é tão amplo – disse Enguerran.

O soldado cortou as amarras nas mãos e nos pés do prisioneiro, e enquanto retirava a mordaça, o prisioneiro ergueu-se bruscamente e se sentou, com os movimentos estupefatos de um homem recém-libertado de amarras rudes. E disse, com a língua áspera:

– Milorde... Uma força de homens a leste, em marcha para interceptá-lo em Hellay...

– Isto aqui é Hellay – disse o conselheiro Guion, com impaciência pronunciada, enquanto o capitão Enguerran olhava para Laurent com uma expressão diferente.

– Que força? – A voz repentina de Aimeric era frágil e tensa.

E Damen se lembrou da perseguição pelo telhado, deixando cair um varal de roupa nos homens abaixo enquanto o céu acima estava coberto de estrelas...

– Seu amontoado de alianças de clãs, ou mercenários akielons, sem dúvida.

Ele se lembrou de um mensageiro barbado caindo de joelhos no quarto de uma estalagem...

– Você gostaria disso, não gostaria? – disse Laurent.

Ele se lembrou de Laurent murmurando intimamente para Torveld em um balcão perfumado, presenteando-o com o resgate de um rei em escravizados.

O batedor dizia:

– Levando os estandartes do príncipe junto com o amarelo de Patras...

A JOGADA DO PRÍNCIPE

Uma nota de estourar os tímpanos da trompa de uma das mulheres vaskianas atraiu um som em resposta, como um eco, uma nota distante e triste que ressoou uma vez, e de novo, e de novo, do leste. E no alto da colina que se estendia nessa direção, os estandartes surgiram, junto com todas as armas e uniformes reluzentes de um exército.

Laurent foi o único entre todos os homens que não ergueu os olhos para o alto do morro, mas os manteve apontados para lorde Touars.

– Eu tenho escolha? – perguntou Laurent.

Você planejou isso! Nicaise jogara as palavras sobre Laurent. *Você queria que ele visse!*

– Você acha – disse Laurent –, que se lançasse um desafio à luta, eu não aceitaria?

As tropas patranas encheram o horizonte a leste, reluzentes sob o sol do meio-dia.

– Meu escárnio e desprezo – disse Laurent – não precisam de sua leniência. Lorde Touars, você me enfrenta em meu próprio reino, habita minhas terras e respira por minha vontade. Faça sua própria escolha.

– Ataquem. – Aimeric estava olhando de Touars para o pai; os nós de seus dedos estavam brancos apertando as rédeas. – Ataquem-no. Agora, antes que esses outros homens cheguem. Vocês não o conhecem, ele tem um jeito de... distorcer as coisas...

– Alteza – disse lorde Touars. – Recebi minhas ordens de seu tio. Elas têm toda a autoridade da Regência.

Laurent disse:

– O regente existe para garantir meu futuro. A autoridade de meu tio sobre você depende de minha autoridade subsequente sobre ele. Sem isso, seu dever é se afastar dele.

Lorde Touars disse:

– Preciso de tempo para pensar, e para tornar a falar com meus conselheiros. Uma hora.

– Vá – disse Laurent.

Após uma ordem de lorde Touars, o grupo de negociação voltou rapidamente pelo campo na direção de suas próprias fileiras.

Laurent virou seu cavalo para encarar Damen.

– Preciso que você lidere os homens. Assuma o comando no lugar de Jord. Ele é seu. Devia ter sido seu desde o começo – disse Laurent. As palavras foram duras quando ele falou de Touars: – Ele vai lutar.

– Ele estava hesitante – disse Damen.

– Ele estava hesitante. Guion vai mantê-lo firme. Guion juntou sua carroça ao comboio de meu tio, e ele sabe que qualquer decisão que termine comigo no trono acaba com sua cabeça no cepo. Ele não vai permitir que Touars recue desta luta – disse Laurent. – Passei um mês fazendo jogos de batalha com você em cima de um mapa. Sua estratégia no campo é melhor que a minha. Será melhor que a dos senhores da fronteira de meu país? Aconselhe-me, capitão.

Damen tornou a olhar para as colinas; por um instante, entre dois exércitos, ele e Laurent estavam sozinhos.

Laurent, com suas tropas patranas flanqueando do leste,

A JOGADA DO PRÍNCIPE

tinha números iguais e posição superior. O predomínio definitivo era questão de manter aquelas posições, e não cair no excesso de confiança, nem em nenhuma das várias estratégias de resposta.

Mas lorde Touars estava ali, exposto no campo, e o sangue akielon de Damen batia forte em seu interior. Ele pensou em cem discursos akielons diferentes sobre a impossibilidade de arrancar os veretianos de seus fortes.

– Posso ganhar esta batalha por você. Mas se quiser Ravenel...
– disse Damen. Ele sentiu seus instintos de batalha se erguerem em seu interior pela audácia daquilo, tomar um dos fortes mais poderosos na fronteira veretiana. Era algo que nem seu pai ousara, nem sequer sonhara ser possível. – Se quiser tomar Ravenel, precisa isolar o forte. Ninguém entra e ninguém sai, nenhum mensageiro, nenhum cavaleiro, e precisamos de uma vitória rápida e limpa, sem perder muitos homens. Quando Ravenel souber o que aconteceu aqui, as defesas vão se erguer. Você vai precisar de alguns patranos para criar um perímetro, reduzindo a força principal, e depois romper as linhas veretianas, de preferência aquelas mais perto do próprio Touars. Vai ser mais difícil.

– Você tem uma hora.

– Seria mais fácil – disse Damen – se você tivesse me dito mais cedo o que esperar. Nas montanhas. No acampamento vaskiano.

– Eu não sabia quem era – disse Laurent.

Como uma flor escura, essas palavras se desvelaram em sua mente.

Laurent disse:

C. S. PACAT

– Você tinha razão sobre ele. Ele passou a primeira semana aqui começando brigas, e quando isso não funcionou, foi para a cama com meu capitão. – Sua voz estava inflexível. – O que você acha que Orlant descobriu que fez com que ele fosse atravessado pela espada de Aimeric?

Orlant, pensou Damen, e de repente se sentiu mal.

Mas àquela altura Laurent tinha esporeado o cavalo e estava galopando de volta à tropa.

Capítulo dezesseis

O CLIMA ESTAVA TENSO quando eles voltaram. Os homens estavam nervosos, cercados pelos estandartes do regente. Uma hora não era nada para fazer preparativos. Ninguém gostou disso. Eles soltaram as carroças, liberaram os criados e os cavalos extras. Eles se armaram e pegaram escudos. As mulheres vaskianas, cuja lealdade era vacilante, se retiraram com as carroças, apenas duas permaneceram, sabendo que ficariam com os cavalos de qualquer homem que matassem.

– A Regência – disse Laurent, dirigindo-se à tropa – pensou em nos pegar em inferioridade numérica. Ela esperava que cedêssemos sem luta.

Damen disse:

– Não vamos deixar que eles nos intimidem, nos subjuguem ou nos derrotem. Cavalguem com força. Não parem para lutar contra a linha de frente. Nós vamos rompê-la. Estamos aqui para lutar por nosso príncipe!

O grito ecoou: *Pelo príncipe!* Os homens seguraram suas espadas, baixaram seus visores, e o som que fizeram foi um urro.

Damen galopou por toda a extensão da tropa e deu a ordem,

e a coluna em movimento mudou de formação com suas palavras. Os dias de relaxamento e demora estavam no passado. Os homens eram novatos e não tinham sido testados, mas, por trás deles, agora, havia meio verão de treinamento contínuo, juntos.

Jord se aproximou dele e disse:

– Aconteça o que acontecer comigo depois, eu quero lutar.

Damen assentiu com a cabeça. Em seguida, se virou e deixou que os olhos passassem brevemente pelas tropas de Touars.

Ele entendia a primeira verdade da batalha: soldados venciam lutas. Onde não havia vantagem numérica, era essencial que a qualidade das tropas fosse melhor. As ordens dadas pelo capitão nada significavam se os homens hesitassem em sua execução.

Eles tinham, inquestionavelmente, a vantagem tática. A linha de frente de Touars estava diante de Laurent, mas ele estava flanqueado pelos patranos: ao avançar, a formação de Touars teria de fazer uma curva e criar uma segunda frente de batalha, na direção dos patranos, ou ser rapidamente derrotada.

Mas os homens de Touars eram uma força veterana treinada em manobras de grande escala; se dividir no campo para enfrentar duas frentes seria algo que eles saberiam fazer muito bem.

Os homens de Laurent não eram capazes para um trabalho de campo complexo. O segredo, então, era não os estender mais do que o necessário, mas se concentrar no trabalho de linha, a única coisa que eles tinham treinado incessantemente, a única coisa que eles sabiam fazer. Eles deviam romper as fileiras de Touars ou aquela batalha estava perdida, e Laurent seria derrotado pelo tio.

Ele reconheceu, em si mesmo, que estava com raiva, e que

A JOGADA DO PRÍNCIPE

isso tinha menos a ver com a traição de Aimeric do que com o regente – os rumores maliciosos que empregava, distorcendo a verdade, distorcendo homens, enquanto ele mesmo permanecia puro e intocado mandando seus homens lutarem contra seu próprio príncipe.

As fileiras iriam se romper. Ele iria garantir isso.

O cavalo de Laurent se aproximou do seu; em torno deles havia o cheiro de plantas e grama amassada que logo iria se transformar em outra coisa. Laurent ficou em silêncio por um longo momento antes de falar:

– Os homens de Touars estarão menos unificados do que parecem. Por mais que meu tio tenha espalhado rumores sobre mim, o estandarte de estrela significa alguma coisa aqui na fronteira.

Ele não disse o nome do irmão. Ele estava ali para assumir um lugar na linha de frente, onde o irmão sempre lutara, só que, diferentemente do irmão, estava avançando para matar seu próprio povo.

– Eu sei – continuou Laurent – que o verdadeiro trabalho de um capitão é feito antes da batalha. E você foi meu capitão por longas horas, planejando exercícios, botando os homens em forma. Foi sob sua instrução que mantivemos os exercícios simples e aprendemos a defender e atacar.

– Enfeites são para desfiles. Uma fundação firme vence batalhas.

– Essa não teria sido minha estratégia.

– Eu sei. Você complica demais as coisas.

– Tenho uma ordem para você – disse Laurent.

Do outro lado dos campos extensos de Halley, as linhas dos homens de Touars permaneciam imaculadamente formadas contra eles.

Laurent falou com clareza:

– "Uma vitória rápida e limpa, sem perder muitos homens." O que você quis dizer é que isso tem de ser feito rápido, e não posso me dar ao luxo de perder metade de minhas tropas. Então esta é minha ordem: quando estivermos dentro das linhas deles, você e eu vamos caçar os líderes desta luta. Eu fico com Guion, e se você chegar a ele antes de mim... – disse Laurent. – Mate lorde Touars.

– O quê? – perguntou Damen.

Cada palavra foi precisa.

– É assim que os akielons ganham guerras, não é? Por que lutar contra todo o exército se você pode apenas matar o cabeça?

Depois de um longo momento, Damen disse:

– Você não vai precisar persegui-los. Ele irão atrás de você.

– Então teremos uma vitória rápida. Estou falando sério. Se esta noite dormirmos no interior das muralhas de Ravenel, de manhã tiro a coleira de seu pescoço. Esta é a batalha na qual você veio lutar.

◆ ◆ ◆

Eles não tiveram uma hora. Mal tiveram metade disso. E nenhum alerta. A esperança de Touars era inverter a vantagem de posição deles com a surpresa.

A JOGADA DO PRÍNCIPE

Mas Damen já vira veretianos ignorarem tréguas antes, e estava esperando por isso; e Laurent era, é claro, mais difícil de surpreender do que a maioria dos homens percebia.

A primeira manobra pelo campo foi suave e geométrica, como sempre era. Trombetas soaram, e os primeiros movimentos em grande escala começaram: Touars, em uma tentativa de flanquear o inimigo, foi confrontado pela cavalaria de Laurent, que seguiu exatamente em sua direção. Damen deu a ordem: manter posição, firme e no lugar. Formação era tudo: suas próprias linhas não podiam se desunir na empolgação de um ataque crescente. Os homens de Laurent levaram seus cavalos a um meio-galope, segurando as rédeas, embora os animais jogassem a cabeça e quisessem partir a galope. O trovão de cascos em seus ouvidos crescia, o sangue acelerava, o ataque se incendiava como uma fagulha que acende uma chama. Esperar. Esperar.

O choque da colisão foi como a queda de rochedos no deslizamento em Nesson. Damen sentiu o tremor do golpe familiar, a mudança repentina de escala quando o panorama do ataque foi abruptamente substituído pela pancada de músculo contra metal, o impacto de cavalos e homens em velocidade. Nada podia ser ouvido acima do estrondo, dos urros de homens, os dois lados cedendo e ameaçando romper, linhas regulares e estandartes erguidos substituídos por uma massa arquejante em luta. Cavalos escorregavam e em seguida recuperavam o equilíbrio; outros caíam, cortados ou atravessados por lanças.

Não parem para lutar contra a linha de frente, dissera Damen. Ele matava, sua espada ceifava, o escudo e o cavalo eram um aríete, empurrando adiante cada vez mais, abrindo espaço apenas à força para o ímpeto dos homens atrás dele. Ao seu lado, um homem caiu com uma lança na garganta. À sua esquerda, houve um grito equino quando o cavalo de Rochert caiu.

À frente dele, metodicamente, homens caíam, caíam e caíam. Ele dividiu sua atenção. Desviou um golpe lateral de espada com o escudo, matou um soldado com elmo, o tempo inteiro com a mente atenta, à espera do momento em que as linhas de Touars rompessem e se abrissem. A parte mais difícil de comandar da linha de frente era essa – permanecer vivo no momento, enquanto acompanhava na mente, de maneira crítica, toda a batalha. Ainda assim, era empolgante, como lutar com dois corpos, em duas escalas.

Ele podia sentir a força de Touars começar a ceder terreno, sentir as linhas fraquejando, o ataque perto de ganhar precedência, de modo que viventes teriam de sair do caminho ou morrer. Eles iriam morrer. Ele iria despedaçar a força de Touars e entregá-la ao homem que a estava desafiando.

Ouviu o chamado dos homens de Touars para reagrupar.

Rompam as fileiras. Rompam.

Emitiu o próprio chamado para que os homens de Laurent tornassem a se formar ao seu redor. Um comandante gritando podia esperar ser ouvido, no melhor dos casos, pelos homens ao seu lado, mas o grito ecoou nas vozes, depois no toque de trompas, e os homens, que tinham treinado essa manobra nas proximidades de Nesson repetidas vezes, se aproximaram dele em formação perfeita, com a maioria do contingente intacto.

A JOGADA DO PRÍNCIPE

Bem a tempo de a força ainda em dificuldades de Touars ser empurrada para o lado pelo impacto de um segundo ataque patrano.

A primeira ruptura foi uma explosão ríspida de caos. Ele tinha consciência de Laurent ao seu lado – não tinha como não o perceber. Ele viu o cavalo de Laurent mancar, sangrando de um grande corte na espádua, enquanto o cavalo à frente dele caía – viu Laurent apertar o flanco do animal com as coxas, mudar de posição, saltar sobre o obstáculo que se debatia, aterrissando do outro lado com a espada em riste, e limpar terreno para si mesmo com dois golpes precisos enquanto sua montaria girava. Esse, era impossível não se lembrar, era o homem que derrotara Torveld na caçada sobre um cavalo moribundo.

E Laurent, aparentemente, estava certo sobre uma coisa: os homens ao seu redor tinham recuado um pouco. Pois diante deles, em uma armadura toda dourada com a estrela reluzente, estava seu príncipe. Em cidades, em procissões, ele sempre impressionava, como um exemplo de autoridade. Os homens relutavam em lançar golpes diretamente contra ele.

Mas só entre os soldados comuns. *Ele sabe que qualquer decisão que acabe comigo no trono acaba com sua cabeça no cepo*, dissera Laurent sobre Guion. No momento em que a batalha começou a virar a seu favor, matar Laurent passou a ser obrigatório para Guion.

Damen viu o estandarte de Laurent cair primeiro, um mau presságio. Foi o capitão inimigo, Enguerran, quem enfrentou Laurent e que, pensou Damen, iria aprender do jeito mais difícil que o regente mentia quando se tratava da habilidade de luta do sobrinho.

– *Pelo príncipe!* – gritou Damen, sentindo a luta mudar de qualidade em torno de Laurent. Os homens começaram a se formar, tarde demais. Enguerran era parte de um pequeno grupo que incluía o próprio lorde Touars. E, com caminho livre até Laurent, Touars começara a atacar. Damen cravou as esporas no cavalo.

O impacto das montarias foi um estrondo pesado de carne contra carne, de modo que os dois cavalos caíram em um emaranhado de pernas e corpos se debatendo.

De armadura, Damen atingiu o chão com força. Ele rolou para evitar os cascos de seu cavalo enquanto tentava ficar de pé, e então, com a sabedoria da experiência, rolou outra vez.

Ele sentiu a espada de Touars se cravar no chão, cortando as correias de seu elmo, e – onde devia ter acertado seu pescoço – arranhar com um som metálico a lateral de sua coleira de ouro. Ele se levantou e encarou o adversário com a espada na mão, então sentiu o elmo girar – um perigo – e, com a outra mão, depois de abandonar o escudo, atirou-o para longe.

Seus olhos se encontraram com os de lorde Touars.

– O escravo – disse lorde Touars com desprezo e, depois de resgatar sua espada do chão, tentou enterrá-la em Damen.

Damen o fez recuar com um golpe defensivo e um ataque que esfacelou o escudo de Touars.

Touars era um espadachim bom o bastante para não ser superado na primeira troca. Ele não era um recruta iniciante, mas um herói de guerra experiente, e estava comparativamente descansado, sem ter acabado de lutar na vanguarda de um ataque. Ele se livrou do escudo, apertou a espada e atacou. Se fosse 15 anos

A JOGADA DO PRÍNCIPE

mais novo, poderia ter sido um adversário para ele. A segunda troca mostrou que não era. Mas em vez de avançar outra vez sobre Damen, Touars deu um passo para trás. A expressão em seu rosto tinha mudado.

Não era, como poderia ter sido, uma reação à habilidade do homem que enfrentava, ou a expressão de um homem quando pensa que perdeu uma luta. Era descrença e reconhecimento.

– *Eu conheço você* – disse lorde Touars em uma voz súbita e entrecortada, como se a memória tivesse sido arrancada dele. Ele se lançou no ataque. Damen, surpreso e chocado, reagiu por instinto, defendendo-se uma vez, em seguida estocando por baixo, onde Touars estava completamente aberto. – Eu conheço você – repetiu Touars. A espada de Damen penetrou, e o instinto a empurrou para a frente e a enterrou ainda mais.

– *Damianos* – disse Touars. – *O assassino do príncipe.*

Foi a última coisa que ele disse. Damen puxou e retirou a espada. Ele deu um passo para trás.

Ele tomou consciência de um homem ao lado deles, congelado no meio da batalha, e soube que o que acabara de acontecer tinha sido visto e ouvido.

Ele se virou, a verdade estampada no rosto. Desnudado, ele não conseguia se ocultar nesse momento. *Laurent*, pensou, e ergueu os olhos para encontrar os olhos do homem que testemunhara as últimas palavras de lorde Touars.

Não era Laurent. Era Jord.

Ele estava olhando horrorizado para Damen com a espada frouxa na mão.

275

– Não – disse Damen. – Não é...

Os momentos finais da batalha começaram a diminuir em torno de Damen, conforme ele compreendeu completamente o que Jord estava vendo. O que Jord, pela segunda vez naquele dia, estava vendo.

– *Ele sabe?* – disse Jord.

Ele não teve chance de responder. Os homens de Laurent estavam enxameando sobre o estandarte de Touars, derrubando os estandartes de Ravenel. Estava acontecendo: a rendição de Ravenel se espalhava como uma onda de homens, à medida que o canto triunfante irrompia nas vozes dos homens:

– *Viva o príncipe!*

E, mais perto, seu próprio nome era repetido:

– *Damen, Damen!*

◆ ◆ ◆

Em meio às comemorações, ele recebeu outro cavalo e subiu na sela. Seu corpo estava coberto pelo suor da luta; os flancos do cavalo tinham manchas escuras. Seu coração batia como antes do impacto do ataque.

Laurent freou o cavalo ao lado dele, ainda montado no mesmo animal, que tinha uma faixa de sangue seco em torno da espádua.

– Bem, capitão – disse ele. – Agora temos apenas de tomar a fortaleza inexpugnável. – Seus olhos brilhavam. – Os que se renderem devem ser bem tratados. Mais tarde, terão a oportunidade de se juntarem a mim. Tome as medidas que achar necessárias

A JOGADA DO PRÍNCIPE

com relação a feridos e mortos. Depois venha falar comigo. Quero que estejamos prontos para seguir para Ravenel em meia hora.

Lidar com os vivos. Os feridos foram enviados para as tendas patranas, com Paschal e seus equivalentes patranos. Todos os homens iriam receber cuidados. Não seria agradável. Os veretianos tinham mandado 900 homens, mas nenhum médico, pois não esperavam lutar.

Lidar com os mortos. Era habitual que os vitoriosos cuidassem de seus mortos e também, se fossem magnânimos, permitissem a mesma dignidade para o lado derrotado. Mas esses homens eram todos veretianos, e os mortos dos dois lados deviam ser tratados igualmente.

Em seguida, eles deviam partir para Ravenel, sem atrasos nem hesitações. Em Ravenel, haveria, pelo menos, os médicos deixados para trás por Touars. Também era necessário preservar o elemento surpresa, pelo qual eles trabalharam tão duro. Damen puxou uma rédea, então se viu ao lado do homem que estava procurando, levado por algum impulso solitário até o outro lado do campo. Ele desmontou.

– Você está aqui para me matar? – disse Jord.

– Não – disse Damen.

Houve silêncio. Eles estavam a dois passos de distância. Jord tinha uma faca na mão e a segurava baixa, apertando o cabo com força.

Damen disse:

– Você não contou a ele?

– Você nem nega? – perguntou Jord. Ele soltou uma risada roucadiante do silêncio de Damen. – Você nos odiava tanto, esse

277

tempo todo? Não foi suficiente invadir, tomar nossa terra? Tinha de fazer esse... jogo doentio também?

Damen disse:

– Se você contar a ele, eu não poderei servi-lo.

– *Contar a ele?* – disse Jord. – Contar a ele que o homem em quem confia mentiu repetidas vezes, o enganou e o submeteu à pior humilhação?

– Eu não o machucaria – disse Damen, e ouviu as palavras caírem como chumbo.

– *Você matou o irmão dele, depois montou nele na cama.*

Dito desse jeito, era monstruoso. *Não é assim entre nós*, ele devia ter dito, mas não disse, não conseguiu. Ele sentiu calor, depois frio. Pensou na comunicação irritante e delicada de Laurent, que congelava em rejeição gélida se Damen abusasse dela, mas se ele não fizesse isso – se ele se equiparasse a suas pulsações e movimentos ocultos e sutis –, se continuasse, delicadamente se aprofundando, até ser levado a se perguntar se ele sabia, se os dois sabiam, o que estavam fazendo.

– Eu vou partir – disse ele. – Desde o início esse era o acordo. Eu só fiquei porque...

– Isso mesmo. Você vai embora. Não vou permitir que nos destrua. Você vai nos comandar até Ravenel, não vai dizer nada a ele, e, quando o forte for ganho, vai montar um cavalo e vai embora. Ele vai lamentar sua perda, mas nunca vai saber.

Era isso o que ele planejara. Era o que, desde o começo, ele tinha planejado. Em seu peito, as batidas de seu coração pareciam golpes de espada.

A JOGADA DO PRÍNCIPE

– De manhã – disse Damen. – Vou dar a ele o forte, e deixá-lo em seguida. Foi o que prometi.

– Ou você parte antes do sol chegar ao meio do céu, ou eu conto a ele – disse Jord. – E o que ele fez com você no palácio vai parecer o beijo de um amante em comparação com o que vai acontecer com você, então.

Jord era leal. Damen sempre gostara disso nele, a natureza leal que o lembrava de casa. Espalhado em torno deles estava o fim da batalha, a vitória marcada pelo silêncio e a grama pisoteada.

– Ele vai saber – Damen se ouviu dizer. – Quando receber notícias de meu retorno a Akielos, ele vai saber. Eu gostaria que você dissesse a ele que...

– Você me enche de horror – disse Jord. As mãos dele estavam apertadas na faca. As duas mãos, agora.

– Capitão – chamou uma voz. – Capitão!

Os olhos de Damen foram para o rosto de Jord.

– É com você – disse Jord.

Capítulo dezessete

Apertando com força o braço de Enguerran, Damen arrastou o capitão ferido das tropas de Ravenel até o interior de uma das tendas patranas na beira do campo de batalha, onde esperaram por Laurent.

Se Damen estava mais violento do que o necessário, era porque ele não aprovava esse plano. Ao ouvir sua descrição, ele sentira como se houvesse um peso em cima de seu corpo, uma forte pressão. Então ele soltou Enguerran na tenda e o observou ficar de pé sem ajudá-lo. Enguerran tinha um ferimento no lado do corpo que ainda sangrava.

Laurent, ao entrar na tenda, tirou o elmo, e Damen viu o mesmo que Enguerran: um príncipe dourado com a armadura coberta de sangue, o cabelo encharcado de suor, os olhos impiedosos. A ferida no lado do corpo de Enguerran viera da lâmina de Laurent; o sangue na armadura de Laurent era de Enguerran.

Laurent disse:

– Ajoelhe-se.

Enguerran caiu de joelhos com um clangor de armadura.

– Alteza – disse ele.

A JOGADA DO PRÍNCIPE

– Você se dirige a mim como seu príncipe? – perguntou Laurent.

Nada havia mudado. Laurent não era diferente do que sempre tinha sido. Os comentários mais inocentes eram os mais perigosos. Enguerran pareceu perceber isso. Ele permaneceu de joelhos, com a capa caída ao seu redor; um músculo se moveu em seu queixo, mas ele não ergueu os olhos.

– Minha lealdade residia com lorde Touars. Eu o servi por dez anos. E Guion tinha a autoridade de seu posto e de seu tio.

– Guion não tem autoridade para me remover da sucessão. Nem, aparentemente, tem os meios. – Os olhos de Laurent passaram por Enguerran, por sua cabeça baixa, seu ferimento, sua armadura veretiana com a ombreira ornamentada. – Vamos seguir para Ravenel. Você está vivo porque quero sua lealdade. Quando entender a verdade sobre meu tio, eu vou esperá-la.

Enguerran olhou para Damen. Da última vez que eles haviam se encarado, Enguerran estava tentando impedir a entrada de Damen no salão de Touars. *Um akielon não tem lugar na companhia de homens.*

Ele se sentiu ficar tenso. Não queria tomar parte no que estava prestes a se desenrolar. Enguerran devolveu um olhar hostil.

Laurent disse:

– Eu me lembro. Você não gosta dele. E, é claro, ele o superou no campo. Imagino que você goste ainda menos disso.

– O senhor nunca vai entrar em Ravenel – disse Enguerran sem rodeios. – Guion atravessou suas linhas com sua comitiva. Ele está a caminho de Ravenel neste momento para alertá-los de sua chegada.

– Eu acho que não. Eu acho que ele está indo para Fortaine, para lamber as feridas em particular, sem ser forçado por mim e meu tio a fazer nenhuma escolha desconfortável.

– O senhor está mentindo. Por que ele iria se retirar para Fortaine quando tem uma chance de derrotá-lo aqui?

– Porque eu tenho o filho dele – disse Laurent.

Os olhos de Enguerran voaram para o rosto de Laurent.

– Sim. Aimeric. Bem amarrado e cuspindo muito veneno.

– Entendo. Então o senhor precisa de mim para entrar em Ravenel. Essa é a verdadeira razão para eu estar vivo. Espera que eu traia as pessoas a quem servi por dez anos?

– Para entrar em Ravenel? Meu caro Enguerran, infelizmente você está bastante equivocado.

Os olhos azuis e frios de Laurent viajaram outra vez pelo homem.

– Eu não preciso de você – disse Laurent. – Só preciso de suas roupas.

◆ ◆ ◆

Era assim que eles iriam entrar em Ravenel: disfarçados com roupas estrangeiras.

Desde o começo, havia uma sensação de irrealidade em torno daquilo: erguer a ombreira de Enguerran, flexionar a mão no interior da luva de Enguerran. Damen ficou de pé, e a capa girou.

Nem todo mundo conseguiu uma armadura que servia, mas eles haviam resgatado os estandartes de Touars e os consertado, e

A JOGADA DO PRÍNCIPE

o tecido vermelho e os capacetes estavam certos, e eles podiam ser confundidos com a tropa de Touars a uma distância de 15 metros, que era a altura das muralhas de Ravenel.

Rochert recebeu um elmo com uma pena. Lazar recebeu as roupas de seda e a túnica vistosa do porta-estandarte. Além da capa vermelha e da armadura, Damen ficou com a espada e o capacete de Enguerran, que transformava o mundo em uma fresta. Enguerran tinha a honra duvidosa de cavalgar com eles não (como ele podia ter sido) despido e apenas de roupa de baixo como uma galinha depenada, mas amarrado a um cavalo e vestido com roupas veretianas discretas.

Os homens tinham acabado de lutar uma batalha, mas a exaustão se transformara no tipo de ânimo que vinha da mistura inebriante de vitória, fadiga e adrenalina. Essa aventura voluntariosa os atraía. Ou talvez fosse a ideia de uma nova vitória, satisfatória porque seria de um tipo diferente. Primeiro destruir o regente, depois enganá-lo.

Damen estava revoltado com o disfarce. Ele fora contra isso. A mentira era um erro, uma oferta de falsa amizade. As formas tradicionais de guerra existiam porque davam uma chance justa ao adversário.

– Isso nos dá uma chance justa – dissera Laurent.

A audácia insolente disso era característica de Laurent, embora vestir toda a sua tropa estivesse em uma escala diferente de entrar em uma estalagem de aldeia com uma safira na orelha, todo sedutor. Uma coisa era se disfarçar, outra era forçar todo seu exército a fazer isso. Damen se sentiu aprisionado pelo embuste ornamentado.

C. S. PACAT

Damen observou Lazar se esforçando para entrar na túnica. Ele observou Rochert comparar o tamanho de sua pena com a de um dos patranos.

Seu pai, Damen sabia, não reconheceria a escapada de hoje como uma ação militar, mas desdenharia dela como desonrosa, indigna de seu filho.

Seu pai jamais teria pensado em tomar Ravenel desse jeito. Disfarçado. Sem derramamento de sangue. Antes do meio-dia do dia seguinte.

Ele envolveu as rédeas no punho e esporeou o cavalo. Eles passaram pelo primeiro conjunto de portões, com a ombreira de Damen cintilando. No segundo conjunto, um soldado no muro acenou um estandarte de um lado para outro, sinalizando para que a porta corrediça fosse aberta, e, após uma ordem de Damen, Lazar agitou o próprio estandarte em resposta, enquanto Enguerran se mexia (amordaçado) na sela.

A sensação devia ser de ousadia, intoxicante, e ele sabia vagamente que os homens a estavam experimentando assim – que eles tinham saboreado a longa viagem que ele mal registrara. Quando passaram pelos segundos portões, os homens mal conseguiam manter sua excitação contida em rostos sérios no espaço prolongado entre as batidas do coração, esperando pelo apito e o som de bestas que nunca chegaram.

Enquanto o pesado ferro em treliças movia-se acima de suas cabeças, Damen se viu desejando aquilo, desejando um distúrbio, um grito de ultraje ou de desafio, querendo se libertar daquela... sensação. *Traidores. Parem.* Mas não aconteceu nada disso.

A JOGADA DO PRÍNCIPE

Claro que não. Claro que os homens de Ravenel os receberam bem, acreditando que fossem amigos. Claro que eles confiaram diante de um embuste e ficaram completamente vulneráveis. Forçou sua mente a voltar à tarefa. Não estava ali para hesitar. Ele conhecia esse forte. Conhecia suas defesas e seus pontos fracos. Ele o queria trancado. Quando passaram pelos muros, mandou homens para as ameias, para os armazéns e para as escadas em espiral que davam acesso às torres.

A força principal chegou ao pátio. Laurent subiu os degraus com seu cavalo e se elevou sobre o palanque, com a cabeleira dourada arrogantemente exposta, seus homens assumindo a posição central no grande salão atrás dele. Não havia dúvida, agora, de quem eles eram, à medida que os estandartes azuis se desfraldavam e os de Touars eram jogados de lado. Laurent girou seu cavalo, e os cascos ecoaram na pedra lisa. Ele estava totalmente exposto, uma única figura resplandecente à mercê de qualquer flecha apontada das ameias.

Houve um momento em que qualquer soldado de Ravenel podia ter gritado: *Traição! Soem as trombetas!*

Mas, quando chegou esse momento, Damen tinha homens por toda parte, e se um dos soldados de Ravenel tentasse pegar uma lâmina ou besta, haveria uma ponta de espada pronta para convencê-lo a largá-la. O azul cercou o vermelho.

Damen se ouviu gritar com uma voz sonora:

– Lorde Touars foi derrotado em Hellay. Ravenel está sob a proteção do príncipe herdeiro.

Nem tudo ocorreu sem derramamento de sangue. Eles encontraram luta de verdade nos aposentos residenciais, a pior parte dela com os guardas particulares do conselheiro de Touars, Hestal, que não era veretiano o bastante, pensou Damen, para fingir alegria com a mudança de poder.

Era uma vitória. Ele disse isso para si mesmo. Os homens a estavam saboreando completamente, seu arco clássico: o tremor dos preparativos, a elevação da luta, e o quebrar, a onda estonteante da conquista. Exultantes de bom humor e sucesso, eles invadiram Ravenel, a tomada do forte uma extensão da alegria da vitória em Hellay, as escaramuças nos corredores questões fáceis para eles. Eles podiam fazer qualquer coisa.

A batalha foi vencida e um forte, tomado, o que assegurou uma base sólida – e Damen estava vivo, e diante de sua liberdade pela primeira vez em muitos meses.

À volta dele, havia comemoração e um transbordamento de alegria, que ele permitiu porque os homens precisavam disso. Um menino tocava flauta, e havia o som de tambores e dança. Os homens estavam corados e felizes. Barris foram derramados em uma fonte no pátio, de modo que os homens pudessem pegar vinho dali à vontade. Lazar entregou a ele uma caneca inteira. Havia uma mosca dentro dela.

Damen deixou a caneca de lado depois de jogar o conteúdo no chão com um movimento rápido. Havia trabalho a fazer.

Mandou homens abrirem os portões para o exército que

A JOGADA DO PRÍNCIPE

retornava: os feridos primeiro, depois os patranos, depois as vaskianas e seu espólio – nove cavalos enfileirados. Ele mandou homens aos armazéns e à armaria para fazer um levantamento de seu conteúdo, e para os aposentos particulares para tranquilizar os residentes.

Mandou que homens buscassem o filho de 9 anos de Touars, Thevenin, e o pusessem em prisão domiciliar. Laurent estava desenvolvendo uma coleção e tanto de filhos.

Ravenel era a joia da fronteira veretiana, e se ele não pudesse ter prazer com as celebrações, podia garantir que o forte fosse bem administrado, com uma boa estratégia de defesa. Ele podia assegurar que Laurent tivesse uma base sólida. Determinou turnos para cuidar das muralhas e das torres, designando cada homem de acordo com suas habilidades. Ele pegou os fios dos sistemas de Enguerran e os reimplementou, ou os mudou de acordo com seus padrões exigentes, dando deveres de comando a dois homens: Lazar, de sua própria tropa, e o melhor dos homens de Enguerran, Guymar. Ele colocaria uma infraestrutura em funcionamento, uma com a qual Laurent pudesse contar.

O trabalho estava entrando nos eixos ao seu redor quando lhe disseram para deixar de dar ordens nas muralhas e se apresentar a Laurent.

No interior do forte, o estilo era mais antigo, reminiscente de Chastillon. Os desenhos ornamentados veretianos eram feitos em ferro curvado e madeira escura entalhada, sem camadas de ouro, marfim ou madrepérola. Ele foi admitido nos aposentos dos quais Laurent se apossara, iluminados por tochas e tão ricamente mobiliados quanto sua tenda. Os sons de celebração eram abafados e suavizados pelas paredes antigas de pedra. Laurent estava parado no centro, parcialmente de costas para a porta enquanto um criado erguia a última parte da armadura de seus ombros. Damen entrou pelas portas.

E parou. Cuidar da armadura de Laurent recentemente tinha sido seu próprio dever. Ele sentiu uma pressão no peito; tudo era familiar, da pressão das correias ao peso da armadura e o calor da camisa por baixo do acolchoamento onde tinha sido apertada.

Então Laurent se virou e o viu, e a pressão em seu peito cresceu como dor quando Laurent o cumprimentou, semidespido e de olhos brilhantes.

– O que acha do meu forte?

– Gosto dele. Eu não me importaria de vê-lo com mais alguns – disse Damen. – Mais ao norte.

Ele se obrigou a se aproximar. Laurent o varreu com um olhar longo e reluzente.

– Se a ombreira de Enguerran não lhe servisse, eu ia sugerir que experimentasse a panóplia do cavalo dele.

– "Eu fico com Guion"? – citou Damen.

– Seja justo. Você ganhou a batalha antes que eu pudesse chegar a ele. Achei que teria ao menos uma pequena chance. Todas as suas conquistas são assim tão decisivas?

– As coisas sempre correm como você planeja?

– Dessa vez, sim. Dessa vez tudo correu como o planejado. Você sabe que tomamos um forte inexpugnável.

A JOGADA DO PRÍNCIPE

Eles estavam olhando um para o outro. Ravenel, a joia da fronteira veretiana: uma vitória punitiva no campo, em Hellay, e um golpe de trapaça louca com roupas trocadas.

– Eu sei – disse ele, impotente.

– É o dobro de homens que eu antecipava. E dez vezes os suprimentos. Posso ser honesto com você? Eu achei que iria tomar uma posição defensiva...

– Em Acquitart – disse Damen. – Você a abasteceu para um cerco. – Ele ouviu, como se estivesse distante, que estava falando com sua voz normal. – Ravenel é um pouco mais defensável. Só faça com que seus homens verifiquem sob os elmos antes de abrirem os portões.

– Está bem – disse Laurent. – Viu? Estou aprendendo a ouvir seus conselhos. – Ele deu um sorrisinho aberto que era completamente novo.

Damen se obrigou a afastar os olhos. Ele pensou no trabalho em andamento lá fora. A armaria estava abastecida, e mais que abastecida, com fileiras meticulosas de metal liso e pontas afiadas. A maior parte dos homens de Touars postada no forte tinha transferido sua lealdade.

Havia homens nos muros, e as ordens para defesa tinham sido estabelecidas. O equipamento estava pronto para uso. Os homens conheciam seu dever. Dos armazéns ao pátio e ao grande salão, o forte estava preparado. Ele se assegurara disso.

Ele disse:

– O que você vai fazer em seguida?

– Tomar um banho – respondeu Laurent, com um tom que

dizia que ele sabia muito bem o que Damen quisera dizer. – E vestir alguma coisa que não seja de metal. Você devia fazer o mesmo. Mandei os criados separarem uma roupa para você, adequada à sua nova posição. Muito veretiana. Você vai odiar. Também tenho mais uma coisa para você.

Ele se virou a tempo de ver Laurent se mover brevemente para pegar um semicírculo de metal de uma mesinha perto da parede. Foi como o empurrar lento de uma lança dentro de seu corpo, sua terrível inevitabilidade se desenrolando, diante dos criados, naquele ambiente pequeno e íntimo.

– Eu não tive tempo de lhe dar isso antes da batalha – disse Laurent.

Ele fechou os olhos e os abriu. Ele disse:

– Jord foi seu capitão durante a maior parte de nossa marcha até a fronteira.

– E você é meu capitão, agora. Essa parece ter passado perto.

– O olhar de Laurent se voltou para o pescoço dele, onde a coleira fora arranhada pela lâmina de Touars; o ferro penetrara fundo no ouro macio.

– Foi – disse Damen. – Perto.

Ele engoliu em seco o que subia por sua garganta e virou a cabeça para o lado. Laurent segurava a insígnia de capitão. Damen o vira transferi-la uma vez, antes, de Govart para Jord. Laurent devia tê-la pegado com Jord.

Ele ainda estava usando armadura completa, ao contrário de Laurent, que estava parado à sua frente, com as pontas do cabelo louro grudadas do suor da luta. Ele podia ver leves marcas vermelhas onde a armadura apertara a pele vulnerável de Laurent através do revestimento. Respirar era algo difícil e doloroso.

As mãos de Laurent subiram até seu peito e chegaram ao lugar onde a capa se encontrava com o metal. O alfinete sob os dedos de Laurent perfurou o tecido, deslizou, em seguida se encaixou no fecho.

As portas do aposento se abriram. Damen se virou, sem estar pronto.

Um grande grupo de pessoas entrou no local, trazendo consigo a atmosfera jovial do exterior. A mudança foi repentina. As pulsações de Damen não estavam em sintonia com elas. Ainda assim, o ânimo dos recém-chegados era congruente com o de Laurent, se não com o seu próprio. E puseram outra caneca de bebida nas mãos de Damen.

Sem conseguir impedir a maré de celebração, Damen foi levado por criados e apoiadores. A última coisa que ele ouviu foi Laurent dizendo:

– Cuidem de meu capitão. Esta noite ele pode ter qualquer coisa que quiser.

◆ ◆ ◆

Dança e música transformaram completamente o grande salão. Grupos de pessoas riam e batiam palmas com entusiasmo em descompasso com a música, otimistas e bêbadas porque o vinho precedera a comida, que só agora estava sendo trazida.

As cozinhas tinham trabalhado. Os cozinheiros cozinharam,

os serventes serviram. Nervosa no início com a mudança de ocupação, a equipe de criados domésticos se acalmara, e o dever se transformara em boa vontade. O príncipe era um jovem herói, cunhado em ouro; vejam aqueles cílios, vejam aquele perfil. As pessoas comuns sempre amaram Laurent. Se lorde Touars desejara que os homens e as mulheres de seu forte resistissem a Laurent, ele tinha desejado em vão. Parecia mais que as pessoas estavam deitando, rolando e esperando um afago na barriga.

Damen entrou, resistindo à vontade de puxar a manga. Ele nunca tinha sido tão preso por laços. Seu novo *status* significava uma roupa de aristocrata, que era mais difícil de pôr e tirar. Vestir-se levara quase uma hora, e isso depois de um banho e todo tipo de atenções que incluíram um corte de cabelo. Ele tinha sido forçado a receber relatórios e dar ordens por cima da cabeça dos criados, enquanto eles cuidavam meticulosamente de seus laços. O último relatório de Guymar era o que o fazia, agora, examinar as pessoas.

Disseram a ele que o pequeno séquito que entrara com os últimos patranos era o de Torveld, príncipe de Patras. Torveld estava ali acompanhando seus homens, embora não tivesse tomado parte na luta.

Damen se moveu pelo salão enquanto os homens de Laurent o parabenizavam de todos os lados, com um tapinha nas costas, um aperto no ombro. Seus olhos permaneceram fixos na cabeça loura à mesa comprida, de modo que foi quase uma surpresa encontrar o grupo de patranos em outra parte do salão. Da última vez que Damen vira Torveld, ele estava murmurando palavras sedutoras no ouvido de Laurent em um balcão escuro, com as flores da

A JOGADA DO PRÍNCIPE

noite, jasmim e jasmim-manga, florescendo nos jardins abaixo. Damen estava meio que esperando encontrá-lo em conversa íntima com Laurent mais uma vez, mas Torveld estava com o próprio grupo, e quando viu Damen, aproximou-se dele.

– Capitão – disse Torveld. – Eis um título bem merecido.

Eles falaram sobre os homens patranos e sobre as defesas de Ravenel. No fim, o que Torveld disse sobre sua própria presença ali foi breve:

– Meu irmão não está satisfeito. Estou aqui contra sua vontade, porque tenho um interesse pessoal em sua campanha contra o regente. Eu queria ver seu príncipe cara a cara e dizer isso a ele. Mas vou partir para Bazal amanhã, e vocês não terão mais ajuda de Patras. Não posso agir mais contra as ordens de meu irmão. Isso é tudo o que posso dar a vocês.

– Temos sorte que o mensageiro do príncipe tenha passado com seu anel de sinete – reconheceu Damen.

– Que mensageiro? – perguntou Torveld.

Damen achou que a resposta era circunspecção política, mas em seguida Torveld acrescentou:

– O príncipe me abordou e pediu homens em Arles. Eu não concordei até estar longe do palácio por seis semanas. Em relação a minhas razões, acho que você deve conhecê-las. – Ele gesticulou para que um dos membros de seu séquito se aproximasse.

Esguio e gracioso, um dos patranos se afastou do grupo próximo à parede e caiu de joelhos diante de Damen, então beijou o chão a seus pés, de modo que tudo que Damen viu foi uma cabeleira cacheada de um dourado cor de mel e avermelhado.

– Levante-se – disse Damen em akielon.

Erasmus ergueu a cabeça curvada, mas permaneceu de joelhos.

– Tão humilde? Nós somos do mesmo nível.

– Escravos se ajoelham para um capitão.

– Sou um capitão por meio de sua ajuda. Eu lhe devo muito.

Timidamente, depois de uma pausa:

– Eu disse que ia lhe pagar. O senhor fez muito para me ajudar no palácio. E... – Erasmus hesitou e olhou para Torveld. Quando Torveld balançou a cabeça, permitindo que ele falasse, ele empinou o nariz, de forma atípica. – E eu não gostava do regente. Ele queimou minha perna.

Torveld lhe deu um olhar orgulhoso, e Erasmus corou e fez outra mesura de maneira perfeita.

Damen reprimiu outro instinto de lhe mandar ficar de pé. Era estranho que os modos habituais de sua terra natal lhe parecessem tão estranhos. Talvez fosse apenas por ter passado vários meses na companhia de escravizados de estimação controladores e oferecidos e homens livres veretianos imprevisíveis. Ele olhou para Erasmus, para os membros recatados, os cílios baixos. Ele tinha se deitado com escravizados como aquele, tão obedientes na cama quanto eram fora dela. Ele se lembrou de gostar disso, mas a memória era distante, como se pertencesse a outra pessoa. Erasmus era bonito, ele podia constatar. Erasmus, ele se lembrou, tinha sido treinado para ele. Ele seria obediente a toda ordem, intuiria cada capricho de boa vontade.

Damen voltou os olhos para Laurent.

Uma imagem de distância fria e difícil o confrontou. Laurent

A JOGADA DO PRÍNCIPE

estava sentado e conversava, o pulso equilibrado na borda da mesa grande, a ponta dos dedos repousando na base de um cálice. Da postura severa e ereta à graça impessoal de sua cabeça envolta em cabelo louro; de seus olhos azuis distantes à arrogância das maçãs do rosto, Laurent era complicado e contraditório, e Damen não conseguia olhar para mais nenhum lugar.

Como se respondesse a algum instinto, Laurent ergueu o rosto e encontrou os olhos de Damen, e no momento seguinte se levantou e se aproximou.

– Você não vem comer?

– Tenho de cuidar do trabalho lá fora. Ravenel deve ter defesas impecáveis. Eu quero... eu quero fazer isso por você – disse ele.

– Isso pode esperar. Você acabou de me ganhar um forte – disse Laurent. – Deixe-me mimá-lo um pouco.

Eles estavam parados perto da parede, e enquanto falava, Laurent encostou um ombro aos contornos das pedras. Sua voz estava modulada para o espaço entre eles, privada e sem pressa.

– Eu lembro. Você obtém muito prazer com pequenas vitórias.

– Damen citou as palavras de Laurent para ele.

– Não é pequena – disse Laurent. – É a primeira vez que ganhei uma jogada contra meu tio.

Ele disse isso com simplicidade. A luz das tochas se refletia em seu rosto. A conversa em torno deles era um som abafado que subia e descia, misturando-se com as cores contidas, os vermelhos, marrons e azuis turvos das chamas.

– Você sabe que isso não é verdade. Você o derrotou em Arles, quando fez com que Torveld levasse os escravos para Patras.

– Isso não foi uma jogada contra meu tio. Foi uma jogada contra Nicaise. Garotos são fáceis. Com 13 anos – disse Laurent –, você podia me controlar completamente.

– Não acredito que você já foi tão fácil.

– Pense no inocente mais inexperiente com que já se deitou – disse Laurent. E depois, quando Damen não respondeu: – Eu esqueci que você não fode com rapazes.

Do outro lado do salão houve risos abafados por alguma piada distante. O salão era um fundo indistinto de sons e formas. A luz era um brilho quente de tochas.

Damen disse:

– Homens, às vezes.

– Na falta de mulheres?

– Quando eu os quero.

– Se eu soubesse disso, podia ter sentido um *frisson* de perigo deitado ao seu lado.

– Você sabia disso – disse Damen.

Houve uma pausa. Por fim, Laurent afastou-se da parede.

– Vamos comer – disse Laurent.

Damen se viu à mesa. Em meio a conversas veretianas, era uma ocasião relaxada, e as pessoas já comiam pão com os dedos e carne com a ponta de facas. Mas a mesa estava arrumada com o melhor que as cozinhas podiam fornecer sem aviso prévio: carnes temperadas, faisão com maçãs, aves recheadas com passas e cozidas no leite. Damen estendeu a mão sem pensar para uma fatia de carne, mas a mão de Laurent ao redor de seu pulso o deteve e puxou seu braço para fora da mesa.

A JOGADA DO PRÍNCIPE

– Torveld me disse que em Akielos é o escravo que alimenta o mestre.

– É verdade.

– Então você não pode ter nenhuma objeção – disse Laurent, pegando o pedaço e o erguendo.

O olhar de Laurent estava firme. Ele não baixou os olhos recatadamente. Ele nada tinha de escravizado nem mesmo quando Damen se permitiu imaginar isso. Damen se lembrou de Laurent se aproximando no banco comprido na estalagem em Nesson para comer pão melindrosamente de seus dedos.

– Eu não tenho nenhuma objeção – disse Damen.

Ele ficou onde estava. Não era o papel de um mestre ir atrás de comida estendida a seu alcance.

Sobrancelhas douradas se arquearam delicadamente. Laurent se aproximou e levou a carne aos lábios de Damen.

O ato de morder pareceu deliberado. A carne estava saborosa e quente, uma iguaria com influências do sul, bem parecida com a comida de sua terra natal. Ele mastigou devagar; estava extremamente consciente de ser observado por Laurent. Quando Laurent pegou o pedaço de carne seguinte, foi Damen quem se inclinou em sua direção.

Ele deu uma segunda mordida. Não olhou para a comida, mas para Laurent, para a forma como se portava, sempre tão controlado, de modo que todas as suas reações eram sutis; seus olhos azuis, difíceis de ler, mas não frios. Ele podia ver que Laurent estava satisfeito, que ele estava saboreando a condescendência por sua raridade, sua exclusividade. Damen sentia que estava prestes a entender, como se Laurent estivesse surgindo à vista pela primeira vez.

Ele recuou, e foi a coisa certa a fazer, permitindo que o momento fosse fácil: uma pequena intimidade compartilhada à mesa, que passou basicamente despercebida pelos outros convivas.

Em torno deles, a conversa mudou para outros assuntos, notícias da fronteira, momentos da batalha, discussão de táticas no campo. Damen manteve os olhos em Laurent.

Alguém trouxera uma kithara, e Erasmus estava tocando notas suaves e discretas. Em performances akielons, como em todas as coisas akielons, a contenção era valorizada. O efeito geral era de simplicidade. No silêncio entre as músicas, Damen se ouviu dizer:

– Toque *A conquista de Arsaces* –, fazendo o pedido ao garoto sem pensar. No momento seguinte, ele ouviu as primeiras notas comoventes e familiares.

A canção era antiga. O garoto tinha uma bela voz. As notas pulsavam, circulando pelo salão, e embora as palavras de sua terra natal não fossem entendidas pelos veretianos, Damen lembrou que Laurent podia falar sua língua.

Com ele falam deuses seguros
Com vozes firmes

Seu olhar deixa os homens de joelho
Seu suspiro leva cidades à ruína

A JOGADA DO PRÍNCIPE

*Será que ele sonha em se render
Em um leito de flores brancas?*

*Ou essa é a esperança enganosa
Dos que desejam ser conquistadores?*

O mundo não foi feito para beleza como a dele

A canção terminava delicadamente e, apesar da língua desconhecida, a performance modesta do escravizado tinha mudado um pouco o clima no salão. Houve alguns aplausos. A atenção de Damen estava na coloração de marfim e ouro de Laurent, na pele fina, nos últimos traços de hematoma onde ele tinha sido amarrado e atingido. O olhar de Damen viajou, centímetro por centímetro, absorveu a inclinação orgulhosa de seu queixo, os olhos hostis, o arco de sua maçã do rosto, e voltou para sua boca.

A pulsação do desejo, quando chegou, foi um latejar que alterava sangue e carne e transformava a consciência. Ele se levantou, sem pensar, deixou o salão e saiu para o grande pátio.

O forte era uma massa escura e iluminada por tochas ao seu redor. Os muros agora eram controlados por seus próprios homens, e de vez em quando vinha um grito das sentinelas em suas muralhas; embora esta noite todo lampião de portão estivesse aceso, e os sons se misturassem, risos e vozes altas vinham da direção do grande salão.

A distância devia ter facilitado, mas a dor só aumentava, e ele se viu nas muralhas grossas junto às ameias, dispensando os soldados que estavam cuidando daquela seção e apoiando os braços sobre a pedra, à espera de que a sensação desaparecesse.

Ele iria partir. Era melhor que partisse. Ele partiria cedo, estaria do outro lado da fronteira antes de meio-dia. Não haveria necessidade de deixar aviso: quando sua ausência fosse notada, Jord iria informar Laurent sobre sua partida. Veretianos assumiriam os deveres e estruturas montados por ele no forte. Ele os criara para assegurar isso.

Tudo seria simples de manhã. Jord, ele pensou, iria lhe dar tempo para passar pelos batedores antes de informar Laurent que seu capitão tinha partido para sempre. Ele se concentrou nas realidades pragmáticas: um cavalo, suprimentos, uma rota que evitasse batedores. As complicações das defesas de Ravenel eram agora questões para outros homens. A luta que eles enfrentariam nos meses seguintes não era dele. Ele podia deixá-la para trás.

Sua vida em Vere, o homem que era ali: ele podia deixar tudo isso para trás.

Um som nos degraus de pedra; ele ergueu a cabeça. As muralhas se estendiam até a torre sul, uma passarela de pedra com ameias à esquerda e tochas acesas em intervalos. Damen ordenara que esvaziassem a seção central. Galgando a escada circular de pedra estava a única pessoa que podia ter desobedecido a essa ordem.

Damen observou. Sozinho, desacompanhado, Laurent deixara o próprio banquete para encontrá-lo, para segui-lo até ali e subir os degraus desgastados até a muralha. Laurent se instalou ao lado dele, uma presença confortável e discreta que ocupou espaço

A JOGADA DO PRÍNCIPE

no peito de Damen. Eles estavam parados na borda do forte que tinham conquistado juntos. Damen tentou um tom coloquial:

– Sabe que os escravos que você deu a Torveld valem quase o mesmo que os homens que ele lhe deu?

– Eu diria exatamente o mesmo.

– Eu achei que os tinha ajudado por compaixão.

– Não achou, não – disse Laurent.

O ar que exalou não foi exatamente um riso. Ele olhou para a escuridão além das tochas, a extensão invisível do sul.

– Meu pai – disse ele – odiava veretianos. Ele os chamava de covardes e mentirosos. Foi nisso que me ensinou a acreditar. Ele devia ser igual a esses senhores da fronteira, Touars e Makedon. Louco por guerra. Só posso imaginar o que ele teria pensado de você.

Ele olhou para Laurent. Ele conhecia a natureza de seu próprio pai, suas crenças. Sabia exatamente a reação que Laurent teria provocado, se ele alguma vez tivesse ficado diante de Theomedes em Ios. Se Damen o houvesse defendido, tentado fazer com que ele visse Laurent como... Ele nunca teria entendido. *Lutamos contra eles. Não confiamos neles.* Ele nunca esteve contra o pai em nada. Nunca precisou fazer isso, de tão perto que seus valores eram alinhados.

– Seu próprio pai estaria orgulhoso, hoje.

– Por eu ter pegado uma espada e tentado seguir os passos de meu irmão? Tenho certeza de que sim – disse Laurent.

– Você não quer o trono – disse Damen após um momento, enquanto seus olhos passavam cuidadosamente pelo rosto de Laurent.

– Eu quero o trono – disse Laurent. – Honestamente acha, depois de tudo o que viu, que eu desistiria do poder ou da chance de exercê-lo?

Damen sentiu a boca se retorcer.

– Não.

– Não.

Seu próprio pai governara pela espada. Ele transformara Akielos em uma nação, e usara o novo poder desse país para expandir suas fronteiras, intensamente orgulhoso. Ele lançara sua campanha ao norte para devolver Delpha a seu reino depois de noventa anos de domínio veretiano. Mas não era mais seu reino. Seu pai, que nunca entraria em Ravenel, estava morto.

– Nunca questionei a forma como meu pai via o mundo. Era suficiente para mim ser o tipo de filho do qual ele se orgulhava. Nunca poderia causar vergonha a sua memória, mas pela primeira vez percebo que não quero ser...

Um rei como ele.

Teria parecido uma desonra dizer isso. E ainda assim ele vira a aldeia de Breteau, inocente de qualquer agressão, atacada por espadas akielons.

Pai, eu posso derrotá-lo, ele dissera, e saíra a cavalo, e retornara para uma recepção de herói, para ter sua armadura retirada por criados, para os cumprimentos orgulhosos do pai. Ele se lembrava daquela noite, de todas aquelas noites, do poder galvanizante das vitórias expansionistas do pai, da aprovação, com sucesso após sucesso. Ele não havia pensado no que se passara do outro lado do campo. *Quando este jogo começou, eu era mais novo.*

A JOGADA DO PRÍNCIPE

– Sinto muito – disse Damen.

Laurent lhe deu um olhar estranho.

– Por que você pediria desculpas a mim?

Ele não podia responder. Não com a verdade. Ele disse:

– Eu não entendia o que ser rei significava para você.

– E o que é isso?

– O fim da luta.

A expressão de Laurent mudou, os sinais sutis de choque reprimidos de maneira imperfeita, e Damen sentiu no próprio corpo um novo aperto no peito com a expressão nos olhos sombrios de Laurent.

– Eu gostaria que as coisas tivessem sido diferentes entre nós, gostaria de ter me comportado de modo mais honroso com você. Quero que saiba que terá um amigo do outro lado da fronteira, independentemente do que aconteça amanhã, independentemente do que aconteça com qualquer um de nós.

– Amigos – disse Laurent. – É isso o que somos?

A voz de Laurent estava embargada, como se a resposta fosse óbvia; como se fosse tão óbvio quanto o que estava acontecendo entre eles – o ar desaparecendo, partícula por partícula.

Damen disse com uma honestidade indefesa:

– Laurent, eu sou seu escravo.

As palavras o abriram, expuseram a verdade no espaço entre eles. Ele queria provar aquilo, como se, desarticuladamente, pudesse superar o que os dividia. Ele estava consciente de que a respiração de Laurent estava ofegante, igual à sua; eles estavam respirando o ar um do outro; ele estendeu a mão, procurando alguma hesitação nos olhos de Laurent.

O toque que ele ofereceu foi aceito como não tinha sido da última vez – os dedos delicados no queixo de Laurent, um polegar passando suavemente pela maçã de seu rosto. O corpo controlado de Laurent estava rígido de tensão, seu pulso rápido com a urgência de escapar, mas ele fechou os olhos antes que isso acontecesse. A palma da mão de Damen deslizou pela nuca quente de Laurent; e devagar, muito devagar, fazendo de sua altura uma oferta, não uma ameaça, Damen se inclinou para a frente e beijou Laurent na boca.

O beijo mal foi uma sugestão de si mesmo, sem a capitulação da rigidez em Laurent, mas o primeiro beijo se transformou em um segundo, depois de uma fração de afastamento na qual Damen sentiu a respiração entrecortada de Laurent contra os próprios lábios.

Parecia, em meio a todas as mentiras entre eles, que aquela era a única coisa verdadeira. Não importava que ele fosse partir pela manhã. Ele se sentiu refeito com o desejo de dar isso a Laurent: de lhe dar tudo o que ele permitisse, sem pedir nada; esse limite cauteloso como algo a ser saboreado, porque era tudo o que Laurent permitiria a si mesmo.

– *Alteza...*

Eles se separaram com a voz e o barulho alto de passos próximos. Uma cabeça aparecia pelos degraus de pedra. Damen deu um passo para trás, com um nó no estômago.

Era Jord.

Capítulo dezoito

Abruptamente separados, Damen parou à frente de Laurent em uma das ilhas de luz onde as tochas ardiam em intervalos. As ameias se estendiam longamente para os dois lados, e Jord, a alguns metros de distância, foi detido em sua aproximação.

– Eu ordenei que o lugar fosse esvaziado – disse Damen. Jord estava se intrometendo. Em casa, em Akielos, ele precisaria apenas tirar os olhos do que estava fazendo e ordenar: *Deixe-nos*, e a intromissão iria embora. E ele poderia voltar ao que estava fazendo.

Ao que gloriosamente estava fazendo. Ele estava beijando Laurent, e isso não devia ser interrompido. Seus olhos se voltaram quentes e possessivos para seu objeto: Laurent parecia com qualquer jovem que tivesse sido beijado contra uma ameia. O cabelo despenteado na nuca de Laurent era maravilhoso.

– Não estou aqui pelo senhor – disse Jord.

– Então diga a que veio e saia.

– Meu assunto é com o príncipe.

Sua mão estivera ali, e subira pelo cabelo dourado, macio e quente. Interrompido, o beijo estava vivo entre eles, em olhos escuros e pulsações. Sua atenção se voltou outra vez para o intruso.

A ameaça que Jord representava para ele era eletrizante. O que tinha acontecido não ia ser ameaçado por nada nem ninguém.

Laurent se afastou do muro.

– Veio aqui para me alertar dos riscos de tomar decisões de comando na cama? – perguntou Laurent.

Houve um silêncio breve, espetacular. O flamejar das tochas e o vento atingindo a parede estavam muito altos. Jord estava imóvel.

– Alguma coisa a dizer? – insistiu Laurent.

Jord estava evitando se aproximar deles. Havia a mesma aversão persistente em sua voz.

– Não com ele aqui.

– Ele é seu capitão – disse Laurent.

– Ele sabe muito bem que devia ir.

– Enquanto comparamos observações sobre se abrir para o inimigo? – disse Laurent.

Esse silêncio foi pior. Damen sentiu a distância entre ele e Laurent com todo o seu corpo, quatro passos infinitos pelas muralhas.

– Então? – disse Laurent.

Os olhos de Jord se voltaram para Damen, cheios de raiva. Jord não disse: *Mas ele é Damianos de Akielos*, embora parecesse ter chegado ao limite absoluto de repulsa com o que acabara de ver, e o silêncio se estendeu, denso e tangível, encobrindo o que havia por baixo.

Damen deu um passo à frente.

– Talvez...

Mais sons na escada, as batidas de passos urgentes. Jord se virou. Guymar e outro soldado estavam chegando à área que ele

A JOGADA DO PRÍNCIPE

mandara isolar. Damen passou a mão pelo rosto. Todo mundo no forte estava chegando à área que ele mandara esvaziar.

– Capitão, peço desculpas por desobedecer a suas ordens. Mas há uma situação em andamento lá embaixo.

– Uma situação?

– Um grupo de homens botou na cabeça a ideia de brincar com um dos prisioneiros.

O mundo não ia embora. O mundo invasivo estava voltando com suas preocupações, as questões disciplinares, os mecanismos do posto de capitão.

– Os prisioneiros devem ser bem tratados – disse Damen. – Se alguns homens beberam demais, vocês sabem como detê-los. Minhas ordens foram claras.

Houve hesitação. Guymar era um dos homens de Enguerran, um soldado de carreira, educado e profissional. Damen o promovera exatamente por essas qualidades.

– Capitão, suas ordens foram claras, mas... – disse Guymar.

– Mas?

– Alguns dos homens parecem achar que sua alteza vai apoiar suas ações.

Damen organizou os pensamentos. Pelo tom de Guymar, era óbvio de que tipo de esporte ele estava falando. Eles estavam na estrada havia semanas sem prostitutas. Ainda assim, ele acreditara que os homens capazes de atos como aqueles tinham sido removidos da tropa.

O rosto de Guymar estava impassivo, mas sua leve desaprovação era tangível: esses eram atos de mercenários, vestidos com o

307

uniforme do príncipe. Os homens do príncipe estavam mostrando sua qualidade inferior.

Como um arqueiro apontando para seu alvo, Laurent disse precisa e deliberadamente:

– Aimeric.

Damen se virou. Os olhos de Laurent estavam em Jord, e Damen viu em sua expressão que Laurent estava certo, e claro que era por Aimeric que Jord tinha ido até ali.

Sob aquele olhar perigoso e firme, Jord caiu de joelhos.

– Alteza – disse Jord. Ele não estava olhando para ninguém, mas para as pedras escuras embaixo dele. – Sei que agi mal. Aceito a punição por isso. Mas Aimeric foi leal à família dele. Foi leal ao que conhecia. Não precisa rodar na mão dos homens por isso. – A cabeça de Jord estava baixa, mas as mãos sobre seus joelhos estavam cerradas em punhos. – Se meus anos de serviço ao senhor valem alguma coisa, que seja isso.

– Jord – disse Laurent. – Foi por isso que ele fodeu com você. Por este momento.

– Eu sei disso – disse Jord.

– Orlant – disse Laurent – não merecia morrer sozinho na espada de um aristocrata egoísta que ele considerava amigo.

– *Eu sei disso* – disse Jord. – Não estou pedindo que liberte Aimeric nem que perdoe o que ele fez. Só que eu o conheço, e naquela noite, ele estava...

– Eu devia fazê-lo assistir – disse Laurent – enquanto ele é despido para que todo homem da tropa o possua.

Damen deu um passo à frente.

A JOGADA DO PRÍNCIPE

– Você não gostaria de fazer isso. Precisa dele como refém.

– Eu não preciso que ele seja casto – disse Laurent.

O rosto de Laurent estava perfeitamente impassível; os olhos azuis, tranquilos e intocáveis. Damen se sentiu encolher um pouco diante do olhar insensível, surpreso. Ele percebeu que tinha perdido Laurent em algum ponto crucial. Ele queria mandar todos embora, para que pudesse encontrar o caminho de volta.

Ainda assim, era preciso lidar com aquilo. A situação estava espiralando para algo desagradável.

Ele disse:

– Se deve haver justiça para Aimeric, que seja justiça, decidida com razão, aplicada publicamente, não com os homens tomando a situação nas próprias mãos.

– Então, vamos ter justiça – disse Laurent. – Já que vocês dois estão tão ávidos por isso. Arranquem Aimeric de seus admiradores. Tragam-no para mim na torre sul. Vamos fazer tudo abertamente.

– Sim, alteza.

Damen se viu dando um passo à frente quando Guymar fez uma breve mesura e saiu, e os outros o seguiram, na direção da torre sul. Ele quis deter Laurent, se não com a mão, com a voz.

– O que está fazendo? – perguntou. – Quando eu disse que devia haver justiça para Aimeric, quis dizer depois, não agora, quando você... – Ele examinou o rosto de Laurent. – Quando nós...

Ele encontrou um olhar que parecia uma parede e sobrancelhas douradas erguidas friamente.

Laurent disse:

– Se Jord quer ficar de joelhos por Aimeric, ele deve saber exatamente por quem está rastejando.

◆ ◆ ◆

A torre sul era coroada por uma plataforma e um parapeito vazado não com seteiras retangulares utilitárias, mas com arcos estreitos e pontudos, porque aquilo era Vere e sempre devia haver algum floreio. Abaixo da plataforma ficava a sala onde Damen, Laurent e Jord se reuniram, um pequeno espaço redondo conectado a um terraço fortificado por uma escada reta de pedra. Durante uma luta, durante qualquer ataque ao forte, a sala seria ponto de reunião de arqueiros e espadachins, mas agora funcionava como sala de guarda informal, com uma mesa de madeira robusta e três cadeiras. Os homens que normalmente estariam de vigia, tanto ali como acima, tinham saído por ordens de Damen.

Laurent, com um ar de poder supremo, ordenou que não apenas Aimeric fosse trazido, mas também comidas e bebidas. A comida chegou primeiro. Criados lutavam para subir a torre carregando pratos de carne, pão e jarros de vinho e água. Os cálices que levaram eram de ouro, com a imagem de um cervo em relevo, em uma caçada. Laurent se sentou em uma cadeira de espaldar alto e reto junto à mesa e cruzou as pernas. Damen pensou que Laurent dificilmente iria sentar em frente a Aimeric com as pernas cruzadas para jogar conversa fora. Mas talvez fosse.

Ele conhecia aquela expressão. Seu senso de perigo, altamente

A JOGADA DO PRÍNCIPE

sintonizado aos estados de ânimo de Laurent, dizia a ele que Aimeric estaria melhor lá embaixo com meia dúzia de homens do que ali em cima com Laurent. As pálpebras de Laurent estavam lisas sobre um olhar frio, sua postura era ereta, os dedos balanceados na borda do cálice.

Eu o beijei, pensou Damen, a ideia parecia irreal naquela sala de pedra pequena e redonda. O beijo quente e doce tinha sido interrompido em um momento de promessa: o primeiro entreabrir leve de lábios, a sensação de que Laurent estava prestes a permitir que o beijo se aprofundasse, embora se corpo estivesse ressoando tensão.

Quando fechou os olhos, ele sentiu como podia ter acontecido: devagar, a boca de Laurent se abrindo, as mãos de Laurent erguendo-se hesitantes para tocar seu corpo. Ele teria sido cuidadoso, muito cuidadoso.

Aimeric chegou arrastado por dois guardas. Ele resistia, com as mãos amarradas às costas e os braços agarrados pelos homens. Haviam-lhe tirado a armadura. Sua camisa de baixo estava coberta de sujeira e suor, e pendia parcialmente aberta em uma confusão de laços. Seus cachos pareciam mais emplastrados que lustrados, e havia um corte em sua bochecha esquerda.

Seus olhos mantinham o ar desafiador. Damen sabia que havia um antagonismo intrínseco na natureza de Aimeric. Ele gostava de uma luta.

Quando viu Jord, ele ficou branco. Então disse:

— *Não.*

Seu guarda o empurrou para dentro.

– O reencontro amoroso – disse Laurent.

Quando Aimeric ouviu isso, tomou o desafio para si mesmo. Os guardas o ergueram outra vez, bruscamente. Embora seu rosto ainda estivesse branco, Aimeric empinou o nariz.

– Você me trouxe aqui para tripudiar? Estou feliz por ter feito o que fiz. Eu o fiz pela minha família e pelo sul. E faria outra vez.

– Isso foi bonito – disse Laurent. – Agora, a verdade.

– Isso foi a verdade – disse Aimeric. – Não tenho medo de você. Meu pai vai esmagá-lo.

– Seu pai foi para Fortaine com o rabo entre as pernas.

– Para reagrupar. Meu pai nunca daria as costas para a família. Diferente de você. Abrir as pernas para seu irmão não é a mesma coisa que lealdade familiar. – A respiração de Aimeric estava curta.

– Isso me lembra de algo – disse Laurent.

Ele se levantou. O cálice pendia relaxadamente da ponta de seus dedos. Ele olhou para Aimeric por um instante. Então mudou a pegada no cálice, ergueu-o com brutalidade calma e deu um golpe com as costas da mão no rosto de Aimeric.

Aimeric deu um grito. O golpe jogou sua cabeça com força para o lado quando o ouro pesado atingiu a maçã de seu rosto com um som sólido perverso. Ele girou até cair no braço dos guardas. Jord fez um movimento violento à frente, e Damen sentiu todo o seu corpo se retesar quando, instintivamente, foi detê-lo.

– Não fale de meu irmão – disse Laurent.

Nos primeiros movimentos, Damen jogara Jord com urgência para trás, então o imobilizara com um aperto firme. Jord ficou imóvel, mas a tensão dos músculos ainda estava ali; sua respiração, sofrida. Laurent recolocou o cálice com precisão delicada sobre a mesa.

Aimeric apenas piscou, os olhos vidrados e estupefatos; o conteúdo do cálice tinha espirrado, molhando o rosto inerte e atônito do rapaz. Havia sangue em seus lábios, fruto de uma mordida ou um corte, e uma marca vermelha no rosto.

Damen ouviu Aimeric dizer, com voz rouca:

– Pode me bater o quanto quiser.

– Posso? Acho que vamos nos dar bem, eu e você. Diga-me, o que mais posso fazer com você?

– Pare com isso – disse Jord. – Ele é só um garoto. É só um garoto, não tem idade suficiente para isso, ele está com medo. Ele acha que o senhor vai acabar com sua família.

Aimeric voltou seu rosto machucado e ensanguentado na direção das palavras, sem acreditar que Jord o estava defendendo. Laurent se virou para Jord ao mesmo tempo, arqueando as sobrancelhas douradas. Também havia descrença na expressão de Laurent, mas era mais fria, mais fundamental.

Damen levou um momento para entender por quê. Ele foi tomado por uma sensação de desconforto enquanto olhava do rosto de Laurent para o de Aimeric, e percebeu, de repente e pela primeira vez, como Laurent e Aimeric eram próximos em idade. Havia seis meses de diferença entre eles, no máximo.

– Eu vou acabar com a família dele – afirmou Laurent. – Mas não é pela família que ele está lutando.

– É claro que é – disse Jord. – Por que mais ele iria trair seus amigos?

C. S. PACAT

– Você não consegue pensar em uma razão?

A atenção de Laurent tinha voltado para Aimeric, e ele se aproximou até ficarem cara a cara. Como um amante, Laurent sorriu e enfiou um cacho solto atrás do ouvido de Aimeric. Aimeric recuou violentamente, então reprimiu o gesto, embora não fosse capaz de controlar sua respiração.

Com delicadeza, Laurent passou a ponta de um dedo pelo sangue que brotava do lábio cortado de Aimeric.

– Rosto bonito – disse Laurent. Em seguida, seus dedos desceram para esfregar o queixo do rapaz, e o levantaram como se para um beijo. Aimeric fez um som engasgado em resposta à dor; a carne machucada sob os dedos de Laurent estava branca. – Quantos anos você tinha quando fodeu com meu tio?

Damen ficou imóvel – tudo na torre ficou absolutamente imóvel – quando Laurent disse:

– Você já tinha idade suficiente para gozar?

– Cale a boca – disse Aimeric.

– Ele lhe disse que vocês voltariam a ficar juntos, se você fizesse isso? Ele disse o quanto sentia sua falta?

– *Cale a boca* – disse Aimeric.

– Ele estava mentindo. Ele jamais o aceitaria de volta. Você é velho demais.

– Você não sabe... – disse Aimeric.

– De voz grossa e queixo áspero, você o deixaria enojado.

– Você não *sabe de nada*.

– Com seu corpo mais velho, suas atenções mais maduras, você não é nada além...

A JOGADA DO PRÍNCIPE

– Você está errado sobre nós! *Ele me ama!*

Aimeric lançou as palavras em tom de desafio. Elas saíram alto demais. Damen sentiu um vazio no estômago, tomado por uma sensação de algo totalmente errado. Ele percebeu que tinha soltado Jord, que, ao seu lado, dera dois passos para trás. Laurent estava olhando para Aimeric com um desprezo revoltante.

– Ama você? Seu reles arrivistazinho. Duvido até que ele preferisse você. Por quanto tempo segurou a atenção dele? Algumas fodas enquanto ele estava entediado no campo?

– Você não sabe nada sobre nós – disse Aimeric.

– Sei que ele não o levou para a corte. Ele o deixou em Fortaine. Você nunca se perguntou por quê?

– Ele não queria me deixar – disse Aimeric. – Ele me contou.

– Aposto que você foi fácil. Alguns elogios, um pouco de atenção, e você deu a ele todos os prazeres ingênuos de um virgem do campo em sua cama. Ele deve ter achado divertido. No começo. O que mais há para fazer em Fortaine? Mas a novidade passou.

– Não – disse Aimeric.

– Meu tio é exigente. Não é como Jord – disse Laurent –, que fica com a sobra de um homem de meia-idade e a trata como se valesse alguma coisa.

– *Pare* – disse Aimeric.

– Por que você acha que meu tio lhe pediu para se entregar a um soldado comum antes que se dignasse a deitar com você? Era para isso que ele achava que você servia. Foder com meus soldados. E você não conseguiu nem fazer isso direito.

Damen disse:

– Já chega.

Aimeric estava chorando. Soluços feios, fortes, que sacudiam todo seu corpo. Jord estava pálido. Antes que alguém pudesse agir ou falar, Damen ordenou:

– Tirem Aimeric daqui.

– Seu filho da puta de sangue frio – disse Jord para Laurent. Sua voz estava trêmula.

Laurent se virou deliberadamente para ele.

– Além disso, é claro – disse Laurent –, sobra você.

– Não – disse Damen, entrando entre eles. Seus olhos estavam em Laurent. Sua voz estava dura. – Saia – disse ele para Jord. Foi uma ordem direta. Ele não se virou para olhar para Jord e ver se sua ordem tinha ou não sido cumprida. Para Laurent, na mesma voz, ele disse: – Acalme-se.

Laurent disse:

– Eu não tinha acabado.

– Acabado de fazer o quê? Arrasar todos os homens na sala? Jord não é páreo para você nesse estado de ânimo, e você sabe disso. Acalme-se.

Laurent deu para ele o tipo de olhar que um espadachim dá enquanto decide se vai cortar ao meio seu inimigo desarmado.

– Vai tentar isso comigo? Ou só tem prazer em atacar aqueles que não podem se defender? – Damen ouviu a dureza na própria voz. Ele manteve-se firme. Em torno deles, o salão da torre estava vazio. Ele tinha mandado todo mundo embora. – Eu me lembro da última vez que você ficou assim. Fez uma besteira tão grande

A JOGADA DO PRÍNCIPE

que deu a seu tio a desculpa de que ele precisava para confiscar suas terras.

Ele quase fora morto por isso. Sabia disso e ficou onde estava. A atmosfera fervilhava, quente, densa e mortal.

Abruptamente, Laurent se virou. Ele apoiou a base das mãos sobre a mesa e agarrou sua borda, a cabeça baixa, os braços rigidamente apoiados, e as costas tensas. Damen observou sua caixa torácica se expandir e desinflar várias vezes.

Laurent permaneceu imóvel por um momento, então, abruptamente, varreu a mesa com o antebraço, um único movimento repentino que mandou pratos dourados e seu conteúdo pelo chão. Uma laranja rolou. Água do jarro pingava da beirada da mesa no piso. Ele podia ouvir o som da respiração irregular de Laurent.

Damen permitiu que o silêncio na sala se estendesse. Ele não olhou para a mesa destruída, com suas carnes reviradas, seus pratos espalhados e o jarro bojudo virado. Ele olhou para a linha das costas de Laurent. Da mesma maneira que soubera que devia mandar os outros saírem, ele sabia que não devia falar. Ele não soube quanto tempo se passou. Não o suficiente para que a tensão nas costas de Laurent relaxasse.

Laurent falou sem se virar. Sua voz estava desagradavelmente precisa.

– O que você está dizendo é que, quando eu perco o controle, cometo erros. Meu tio sabe disso, é claro. Teria lhe dado uma espécie perversa de prazer enviar Aimeric para trabalhar contra mim, você tem razão. Você, com suas atitudes bárbaras, sua arrogância brutal e dominadora, está sempre *certo*.

As mãos de Laurent sobre a mesa estavam brancas.

– Eu me lembro daquela viagem a Fortaine. Ele deixou a capital por duas semanas, em seguida avisou que iria ficar por três. Ele disse que eram seus negócios com Guion que precisavam de mais tempo.

Damen deu um passo à frente, chamado pelo tom na voz de Laurent.

Laurent disse:

– Se você quer que eu me acalme, *saia*.

Capítulo Dezenove

— Capitão.

Damen tinha dado três passos para fora da sala da torre quando Guymar o cumprimentou com uma continência e a intenção clara de entrar na sala.

— Aimeric está de volta sob guarda, e os homens se acalmaram. Posso me reportar ao príncipe e...

Ele percebeu que tinha se colocado fisicamente no caminho de Guymar.

— Não. Ninguém entra.

Uma raiva irracional brotou nele. Atrás dele havia a porta fechada para os aposentos da torre, uma barreira para o desastre. Guymar devia saber que era melhor não entrar e piorar o humor de Laurent.

— Há ordens sobre o que fazer com o prisioneiro?

Jogue Aimeric das muralhas.

— Mantenham-no confinado em seus aposentos.

— Sim, capitão.

— Quero que toda esta área seja isolada. E, Guymar?

— Sim, capitão?

– Dessa vez, eu quero que permaneça realmente isolada. Não me importa quem esteja prestes a ser molestado. Ninguém deve entrar aqui. Está entendido?

– Sim, capitão. – Guymar fez uma mesura e se retirou.

Damen se viu com as mãos apoiadas na ameia de pedra, ecoando inconscientemente a pose de Laurent, a linha de suas costas a última coisa que ele tinha visto antes de encostar a palma da mão à porta.

Seu coração estava batendo forte. Ele queria criar uma barreira que protegesse Laurent de qualquer um que se intrometesse. Ele manteria esse perímetro livre, mesmo que isso significasse espreitar aquelas ameias e patrulhá-las pessoalmente.

Ele sabia disso sobre Laurent: depois que tinha um tempo sozinho para pensar, o controle voltava, a razão vencia.

A parte dele que não queria derrubar Aimeric com um soco reconhecia que tanto Jord como Aimeric tinham acabado de passar pelo espremedor. Foi uma confusão que não precisava ter acontecido. Se eles tivessem apenas... mantido distância. *Amigos*, dissera Laurent, no alto das muralhas. *É isso o que somos?* As mãos de Damen se cerraram em punhos. Aimeric era um encrenqueiro inveterado, com uma péssima noção de hora certa.

Ele se viu na base da escada, dando a mesma ordem aos soldados que dera a Guymar, esvaziando a área.

Passava muito da meia-noite. Uma sensação de cansaço, pesada, abateu-se sobre ele, e Damen subitamente tomou consciência de como faltavam poucas horas para o amanhecer. Os soldados estavam rareando, o espaço se esvaziando ao seu redor. A ideia

A JOGADA DO PRÍNCIPE

de parar, dar a si mesmo um momento para pensar, era terrível. Lá fora, não havia nada, apenas as últimas horas de escuridão e a longa cavalgada ao amanhecer.

Ele pegou um dos soldados pelo braço antes de perceber que isso o impedia de seguir os outros.

O homem parou, preso no lugar.

– Capitão?

– Cuide do príncipe – ele se ouviu dizer. – Qualquer coisa de que ele precise, assegure-se de que ele a tenha. Cuide dele. – Ele estava consciente da incongruência das palavras, de sua pegada firme no braço do soldado. Quando tentou parar, sua mão apenas apertou com mais força. – Ele merece sua lealdade.

– Sim, capitão.

Um leve aceno de cabeça, seguido por consentimento. Ele observou o homem subir a escada e tomar seu lugar.

◆ ◆ ◆

Levou muito tempo para terminar seus preparativos, e depois ele encontrou um criado que o levou a seus aposentos. Ele teve de abrir caminho pelo final da festa: taças de vinho jogadas, Rochert roncando e algumas cadeiras viradas, graças a alguma briga ou uma dança vigorosa demais.

Seus aposentos eram excessivos porque os veretianos eram sempre excessivos: através dos arcos da porta, ele podia ver pelo menos dois outros aposentos, com pisos de lajotas e sofás baixos e confortáveis, típicos de Vere. Ele deixou que os olhos passassem pelas janelas arqueadas, pela mesa bem fornida de vinho e frutas, e pela cama, cercada por sedas cor-de-rosa penduradas que caíam em dobras tão compridas e se empoçavam no chão.

Dispensou o criado. As portas se fecharam. Ele se serviu uma taça de vinho de um jarro e a virou. Pôs a taça de volta na mesa e repousou as mãos sobre ela, e o peso de seu corpo nas mãos.

Então ele levou a mão ao ombro e soltou o distintivo de capitão.

As janelas estavam abertas. Era o tipo de noite doce e quente que ocorria com frequência no sul. Havia decoração veretiana por toda parte, das grades intricadas que cobriam as janelas às tranças helicoidais que prendiam os lençóis, mas aqueles fortes de fronteira tinham alguns toques sulistas, na forma dos arcos, e no fluxo do espaço, aberto e sem divisórias.

Ele olhou para o distintivo na mão. Seu período como capitão de Laurent teve vida curta. Uma tarde. Uma noite. Durante esse tempo, eles venceram uma batalha e tomaram um forte. Parecia louca e improvável, aquela peça de metal dourada de bordas duras na mão.

Guymar era uma boa escolha, o interino certo até Laurent reunir conselheiros e encontrar um novo capitão. Essa seria a primeira coisa a fazer: consolidar seu poder ali, em Ravenel. Como comandante, Laurent ainda era inexperiente, mas cresceria de acordo com o desafio. Ele encontraria seu caminho, se transformaria de príncipe comandante em rei.

Damen pôs o distintivo na mesa.

Então se afastou, foi até as janelas e olhou para fora. Ele podia ver as tochas nas muralhas, onde o azul e o dourado tinham substituído os estandartes de lorde Touars.

A JOGADA DO PRÍNCIPE

Touars, que tinha hesitado, mas fora convencido a entrar na batalha por Guion.

Em sua mente havia imagens que estariam para sempre ligadas àquela noite. Estrelas passando alto acima das muralhas. Os disfarces e a armadura de Enguerran. Um elmo com uma única pena comprida. Terra pisada, violência e Touars, que lutou até que um único momento de reconhecimento mudou tudo.

Damianos. O assassino do príncipe.

Atrás dele, as portas se fecharam. Ele se virou e viu Laurent.

Ele sentiu um vazio no estômago, um momento de choque e confusão – não esperava ver Laurent ali. Então tudo se resolveu, e o tamanho e a opulência daqueles aposentos fizeram sentido: Laurent não era o intruso.

Eles se encararam. Laurent parou, quatro passos no interior do quarto, vívido nos trajes severos e de laços apertados, com apenas um ornamento no ombro para representar sua posição. Damen sentiu o pulso bater com a surpresa, a consciência da presença de Laurent.

– Desculpe – disse ele. – Seus criados me trouxeram para os aposentos errados.

– Não trouxeram, não – disse Laurent.

Houve uma breve pausa.

– Aimeric está de volta a seus aposentos sob guarda – disse Damen. Ele tentou usar um tom normal. – Ele não vai mais causar nenhum problema.

– Não quero falar de Aimeric – disse Laurent. – Nem de meu tio.

Laurent começou a se aproximar. Damen estava consciente dele da mesma forma que estava consciente da insígnia que tinha retirado, como uma peça de armadura descartada cedo demais.

Laurent disse:

– Sei que você está planejando partir amanhã. Vai cruzar a fronteira e não vai voltar. Diga isso.

– Eu...

– Diga.

– Eu vou partir amanhã – confirmou Damen, com toda a firmeza que conseguiu. – Eu não vou voltar. – Ele deu um suspiro que machucou seu peito. – Laurent...

– Não, eu não me importo. Amanhã você parte. Mas agora você é meu. Esta noite você ainda é meu escravo.

Damen sentiu as palavras o atingirem, mas elas foram abafadas pelo choque da mão de Laurent sobre ele, um empurrão para trás. Suas pernas atingiram a cama. O mundo balançou – sedas na cama e luz rosada. Ele sentiu o joelho de Laurent junto de sua coxa, a mão de Laurent em seu peito.

– Eu... Não...

– Acho que quer, sim – disse Laurent.

Sua jaqueta começou a se abrir sob os dedos de Laurent. Ele se movia com segurança, e uma parte distante da mente de Damen registrou isso: um príncipe com habilidade de criado, melhor do que Damen tinha sido, como se tivesse sido ensinado.

– O que está fazendo? – A respiração de Damen estava trêmula.

– O que eu estou fazendo? Você não é muito observador.

A JOGADA DO PRÍNCIPE

– Você não está raciocinando – disse Damen. – E mesmo que estivesse, não faz nada sem uma dúzia de motivos.

Laurent ficou absolutamente imóvel, as palavras delicadas meio amargas.

– Não faço? Eu devo querer algo.

– Laurent.

– Você toma liberdades – disse Laurent. – Eu nunca lhe dei permissão para me chamar pelo nome.

– Alteza – disse Damen, e as palavras se torceram de um jeito incômodo em sua boca. Ele precisava dizer: *Não faça isso*. Mas não conseguia pensar em nada além de Laurent, incrivelmente perto. Ele sentia cada centímetro esquivo que dividia o corpo dos dois com uma sensação ilícita e tremulante diante da proximidade de Laurent. Fechou os olhos para lutar contra isso, sentindo o desejo doloroso em seu corpo.

– Não acho que você me quer. Acho que quer apenas que eu sinta isso.

– Então sinta – disse Laurent.

E enfiou a mão no interior da jaqueta aberta de Damen, além de sua camisa, até sua barriga.

Não era possível, naquele momento, fazer nada além de experimentar a mão de Laurent sobre sua pele. A respiração dele saiu ofegante quando o toque de Laurent passou quente além de seu umbigo. Ele estava semiconsciente dos lençóis de seda amarfanhados ao seu redor, os joelhos e a outra mão de Laurent como alfinetes na seda, segurando-o. A jaqueta dele foi descartada; a camisa saiu pela metade. Os laços entre suas pernas se abriram, obedientes aos dedos de Laurent, e então ele ficou completamente nu.

Foi para o rosto de Laurent que ele olhou. E viu, como se fosse a primeira vez, a expressão nos olhos de Laurent, sua respiração levemente alterada. Viu a linha tensa das costas de Laurent; a forma consciente como ele erguia o corpo; ele se lembrou da linha das costas de Laurent na torre, curvada sobre a mesa. Ouviu o tom da voz de Laurent.

– Vejo que você é todo bem dimensionado.

Damen disse:

– Você já me viu excitado antes.

– E me lembro do que você gosta.

Laurent fechou a mão em volta da cabeça e passou o polegar sobre a ponta, empurrando-a levemente para baixo.

Todo o corpo de Damen se curvou. A pegada parecia mais possessiva que uma carícia. Laurent se aproximou mais e deixou que seu polegar delineasse um pequeno círculo molhado.

– Você gostou disso também, com Ancel.

– Não foi Ancel que fez aquilo – disse Damen. As palavras saíam cruas e honestas. – Era só você, e você sabe disso.

Ele não queria pensar em Ancel. Seu corpo se tensionou como uma correia esticada demais. Ele fez o que era natural para ele, mas Laurent disse:

– Não. – E ele não pôde tocar.

– Sabe, Ancel usou a boca – disse ele, de forma quase desconexa, tentando desesperadamente distrair Laurent, e distrair a si mesmo, lutando para se manter parado sobre os lençóis.

A JOGADA DO PRÍNCIPE

– Acho que eu não preciso – disse Laurent.

O sobe e desce da mão de Laurent era como o deslizar de suas palavras, como todas as discussões frustrantes que eles já tiveram: engasgado, embargado na voz de Laurent. Ele podia sentir a tensão em Laurent, tão forte quanto as batidas do próprio coração. Laurent manteve seu mau humor anterior para si, contido, e o converteu em outra coisa.

Ele lutou contra a sensação à medida que ela aflorava em seu interior, tentando se segurar nas sedas acima da cabeça. Mas a mão livre de Laurent impediu esse movimento, empurrando-o para baixo em um comando caloroso e insistente. Ele foi pego inesperadamente no olhar de Laurent, e percebeu, em um turbilhão confuso, Laurent completamente vestido em cima dele, um príncipe com toda a panóplia, as botas engraxadas ao lado das coxas de Damen. Mesmo quando Damen sentiu o primeiro tremor percorrer seu corpo, o momento estava se transformando, coisas demais comunicadas entre eles. Sentiu, de repente, que devia desviar os olhos, que devia parar ou se virar. Mas não conseguia. Os olhos de Laurent estavam escurecidos, arregalados, e, por um momento, não olharam para lugar nenhum além dele.

Ele sentiu Laurent recuar, se afastar, fechando-se, tentando – sem conseguir completamente – fazer uma retirada rápida e tranquila.

Laurent disse:

– Adequado.

Com a respiração arquejante, ainda trêmulo pelo clímax, Damen se empurrou para cima, procurando a expressão nos olhos de Laurent para captá-la antes que desaparecesse.

Ele segurou os pulsos de Laurent, sentiu os ossos finos, e a pulsação, antes que Laurent conseguisse se levantar da cama.

Damen disse:

– Beije-me.

Sua voz estava rouca de um prazer que ele queria dividir. Ele sentiu a onda quente que tomara sua própria pele. Tinha se erguido, de modo que seu corpo se encurvava, os planos de seu abdômen se movendo. O olhar de Laurent o percorreu instintivamente, em seguida encontrou seus olhos.

Ele já tinha segurado o pulso de Laurent antes, para se proteger de um golpe, de uma facada. Ele o segurava agora. Podia sentir a vontade desesperada de recuar. Podia sentir outra coisa, também – Laurent se mantendo afastado, como se, depois de terminar aquele ato, ele não soubesse o que fazer.

– Beije-me – repetiu ele.

De olhos sérios, Laurent estava se segurando firme como se ultrapassasse uma barreira, a tensão em seu corpo ainda berrando para que fugisse, e Damen sentiu o choque com todo o corpo quando o olhar de Laurent caiu sobre sua boca.

Seus próprios olhos se fecharam quando ele percebeu que Laurent ia fazer aquilo, e ele se manteve imóvel. Laurent o beijou com os lábios levemente afastados, como se não tivesse consciência do que estava pedindo, e Damen retribuiu o beijo com cuidado, inebriado com a ideia de que iria se aprofundar.

Ele se afastou antes que isso acontecesse, apenas o suficiente para ver os olhos de Laurent se abrirem. Seu coração batia forte. Por um momento, aquele olhar pareceu um beijo, uma troca na

A JOGADA DO PRÍNCIPE

qual as distinções de intimidade se confundiam. Ele se aproximou lentamente, inclinou o queixo de Laurent com os dedos e o beijou delicadamente no pescoço.

Não era o que Laurent esperava. Ele sentiu o leve choque de surpresa de Laurent, e a forma como ele se conteve, como se não entendesse por que Damen queria fazer aquilo, mas então notou o momento em que a surpresa se transformou em outra coisa. Damen se permitiu o prazer menor de afundar o rosto em seu pescoço. A pulsação de Laurent acelerou sob seus lábios.

Dessa vez, quando ele recuou, nenhum dos dois se afastou totalmente do outro. Ele ergueu a outra mão para acariciar o rosto de Laurent, deslizou os dedos em seu cabelo – remexendo em ouro com dedos maravilhados. Então pegou a cabeça de Laurent delicadamente nas mãos e deu o beijo que desejava dar, longo, lento e profundo. A boca de Laurent se abriu para a dele, e ele não conseguiu evitar a onda de calor que sentiu com o toque da língua de Laurent, a sensação da sua própria língua deslizando para o interior da boca do outro.

Eles estavam se beijando. Ele sentiu isso no corpo, como um tremor que não podia deter. Foi abalado pela força de tudo o que queria, e fechou os olhos diante disso. Passou a mão pelo corpo de Laurent, sentiu as dobras da jaqueta. Ele mesmo estava nu, enquanto Laurent estava total e intocavelmente vestido.

Laurent tomara cuidado, desde aquele primeiro despir portentoso nos banhos do palácio, para não tirar toda a roupa diante dele. Mas ele se lembrava da aparência de Laurent dos banhos; o equilíbrio arrogante de suas proporções, a água escorrendo translúcida sobre a pele branca.

C. S. PACAT

Na época, ele não apreciara aquilo. Ele não soubera, no palácio, como era raro que Laurent aparecesse em qualquer coisa menos que um traje completo e impecável na frente de qualquer um.

Agora, ele sabia. Pensou no criado que vira cuidando de Laurent mais cedo, e o quanto não gostara daquilo.

Levou o dedo ao laço que fechava a gola de Laurent. Ele tinha sido treinado para fazer isso, conhecia cada amarração intricada. Uma fresta se abriu e se alargou, e seus dedos subiram pela linha fina da clavícula de Laurent e a revelaram. Sua pele era tão pálida que as veias em seu pescoço eram azuis, como estrias no mármore, e com todas as sedas e tendas, os toldos sombreados e golas altas, sua delicadeza pura tinha sido preservada mesmo ao longo de um mês de marcha. Contra ela, sua própria pele, escurecida pelo sol, parecia marrom como uma noz.

Eles estavam respirando em sequência. Laurent ficara muito imóvel. Quando Damen puxou e abriu sua jaqueta, o peito de Laurent arquejava por baixo da fina camisa branca. As mãos de Damen alisaram as linhas da camisa, em seguida, as afastaram e abriram.

Expostos, os mamilos de Laurent estavam duros e eriçados, o primeiro indício tangível de desejo, e Damen sentiu uma onda louca de gratificação. Seus olhos subiram até os de Laurent.

Laurent disse:

– Você achava que eu era feito de pedra?

Ele não conseguiu deter a onda de prazer que sentiu com isso.

– Nada que você não queira – disse.

– Você acha que eu não quero?

A JOGADA DO PRÍNCIPE

Ao ver a expressão nos olhos de Laurent, Damen deliberadamente o empurrou para trás sobre os lençóis.

Eles estavam olhando um para o outro. Laurent estava deitado virado para cima, levemente despenteado, uma perna erguida e afastada um pouco para um lado, ainda calçando sua bota imaculada. Ele queria passar a mão pelo peito de Laurent, segurar seus pulsos sobre o colchão, tomar sua boca. Ele fechou os olhos e invocou um esforço heroico de contenção, então os abriu.

Laurent levou preguiçosamente a mão ao lugar exato acima de sua cabeça onde Damen poderia tê-la prendido. Laurent olhou de volta para ele através de cílios velados.

– Você gosta de ficar por cima, não é?

– É. – E nunca tanto quanto naquele momento. Ter Laurent embaixo dele era inebriante. Ele não conseguiu evitar passar a mão pela barriga dura de Laurent, pelos movimentos controlados da sua respiração. Ele chegou à linha delicada de pelos, tocou-a com a ponta dos dedos. Seus dedos, agora, descansavam onde a linha desaparecia por baixo de laços simétricos. Ele voltou a erguer os olhos.

E se viu empurrado para trás, de repente, com ímpeto inesperado, e se sentou entre as pernas de Laurent, um pouco ofegante. Laurent tinha posto a bota contra o peito de Damen, e empurrava. Ele não removeu a bota de sua posição, mantendo Damen no lugar com ela, a pressão firme da parte dianteira do pé de Laurent um alerta para se afastar.

A excitação que ele sentiu com isso deve ter transparecido em seus olhos.

Laurent disse:

– Então?

Era uma orientação, não um alerta: de repente ficou claro o que Laurent estava esperando. Damen envolveu a panturrilha de Laurent com uma das mãos, pôs a outra no salto da bota, e puxou.

Quando a bota caiu no chão ao lado da cama, Laurent recolheu o pé e o substituiu pelo outro. Ela saiu tão deliberadamente quanto a primeira.

Ele podia ver os movimentos da respiração de Laurent, perto de sua bacia. Apesar do tom calmo, ele estava consciente de quanto Laurent estava se segurando no lugar, permitindo-se ser tocado. A tensão ainda reluzia no corpo de Laurent, como o brilho no gume de uma faca que o cortaria se a tocasse de maneira errada.

De repente, ele ficou trêmulo com tudo o que queria. Ele se sentiu atônito com os impulsos em conflito. Queria ser delicado. Queria apertar mais forte. Eles estavam se beijando outra vez, e Damen não conseguia parar de tocá-lo, não conseguia deter o deslizar leve das mãos pela pele de Laurent. Houve um intervalo de toques, e Damen o beijou de modo mais delicado, mais doce. As costuras e laços cruzados pareciam distintos sob seus dedos. Ele enfiou o dedo entre os nós e o tecido, e sentiu o laço correr lento, ficando mais longo à medida que ele se aproximava do vértice.

Com uma súbita necessidade, Damen se afastou e desceu, e Laurent meio que o seguiu, erguendo-se sobre um braço – sem saber ao certo, talvez, o propósito daquele desvio – até o momento em que Damen enrolou os dedos e puxou o tecido para baixo até o meio da coxa, depois além.

A JOGADA DO PRÍNCIPE

Ele puxou e tirou a calça, então alisou a coxa de Laurent com a mão, sentindo-a flexionar. Ao chegar à junção entre a perna e o quadril, tocou-a com o polegar, sentindo a pulsação alucinada sob a pele finíssima. Damen se deixou experimentar inebriantemente o gosto salgado dele e o quanto gostava da ideia do controlado Laurent se trair em necessidade. Ele o tocou com sua mão e encontrou uma textura similar a seda quente.

Laurent tinha se erguido, a jaqueta e a camisa pendendo dos cotovelos, apoiando os braços semirrestritos atrás das costas.

– Eu não vou retribuir.

Damen ergueu os olhos.

– O quê?

Laurent disse:

– Eu não vou fazer isso com você.

– E o que tem isso?

– Você quer que eu chupe seu pau? – perguntou Laurent com precisão. – Porque eu não planejo fazê-lo. Se está procedendo com expectativa de reciprocidade, então é melhor saber que...

Aquilo era enrolado demais para conversa de cama. Damen ouviu até se satisfazer de que não havia nenhuma objeção real em todo aquele falatório, então simplesmente aplicou a boca.

Apesar de toda sua experiência aparente, Laurent reagiu como um inocente àquele prazer. Ele soltou um leve som de surpresa, e seu corpo se reposicionou em torno do lugar ao qual Damen estava dando atenção. Damen o segurou no lugar, as mãos nos quadris, e se permitiu saborear os movimentos e empurrões delicados e impotentes de Laurent, a qualidade de sua surpresa e o ato duro de repressão que se seguiu, quando Laurent tentou controlar a respiração.

Ele queria aquilo. Ele queria cada reação contida. Estava consciente da própria excitação, quase esquecida, apertando os lençóis. Ele chegou à cabeça e dobrou sua língua ali, tão satisfeito com a experiência que ficou ali chupando, antes de descer outra vez.

Laurent era, fácil, o amante mais controlado que Damen já levara para a cama. Os movimentos de cabeça e gritos, os sons fáceis e escancarados de amantes do passado eram, em Laurent, um simples tremor ou uma leve alteração na respiração. E ainda assim, Damen se viu satisfeito com cada reação, com a tensão de sua barriga, o leve tremor das coxas. Ele podia sentir o ciclo de reação e repressão de Laurent sob ele, à medida que o ímpeto se acumulava, crescendo nas linhas do corpo de Laurent.

E ele o sentiu se retrair. Com o aumento do ritmo, o corpo de Laurent travou, suas respostas foram reprimidas. Ao erguer os olhos, ele viu que as mãos de Laurent estavam cerradas em punhos sobre os lençóis, os olhos fechados, a cabeça virada para um lado. Laurent, no limite destroçado do prazer, estava impedindo seu clímax por pura força de vontade.

Damen se afastou e se ergueu para examinar o rosto de Laurent. Seu próprio corpo, totalmente pronto, mal ocupava um quarto de sua atenção quando os olhos de Laurent se abriram.

Depois de um longo momento, Laurent disse, com honestidade dolorosa:

– Eu... Eu acho difícil perder o controle.

– Não brinca – disse Damen.

A JOGADA DO PRÍNCIPE

Houve uma pausa prolongada. Em seguida:

– Você quer me tomar, como um homem toma um...

– Como um homem toma um homem – disse Damen. – Eu quero ter prazer com você, e dar prazer a seu corpo com o meu. Ele falava com honestidade delicada.

– Quero gozar dentro de você. – As palavras afloraram como aquela sensação em seu interior. – Quero que você goze nos meus braços.

– Você faz parecer simples.

– É simples.

Laurent cerrou os dentes, e a forma de sua boca mudou.

– Imagino que seja mais simples ser o homem do que se virar.

– Então me fale de seu próprio prazer. Acha que eu vou simplesmente virá-lo e montar?

Ele sentiu Laurent reagir às palavras, e a realização se abriu em seu interior, como algo tangível transmitido pelo ar. Ele disse:

– É isso o que você quer?

As palavras caíram na imobilidade entre eles. A respiração de Laurent estava arquejante e seu rosto, corado, quando ele fechou os olhos, como se quisesse bloquear o mundo.

– Eu quero... – disse Laurent. – Eu quero que seja simples.

– Vire-se – disse Damen.

As palavras emergiram dele, um comando baixo e delicado, seguro. Laurent tornou a fechar os olhos, como se estivesse se decidindo. Em seguida, agiu.

Em um movimento suave e experiente, Laurent se virou de

bruços, entregando ao olhar de Damen a curva limpa de suas costas e nádegas, estas erguendo-se de leve à medida que suas coxas se afastavam.

Damen não estava preparado para isso. Para vê-lo se apresentar desse jeito, o desdobrar cintilante de membros, não era nada que ele jamais pensara que Laurent fosse... Era ali que ele desejava estar, onde, ele esperava – ele mal se permitira essa esperança –, os dois desejavam que ele estivesse, mas as palavras que usara como prelúdio os haviam levado até ali antes que estivesse pronto. De repente, ele se sentiu nervoso, inexperiente, como não se sentia desde que tinha 13 anos, sem saber ao certo o que haveria depois desse momento, e querendo ser digno dele.

Ele levou a mão delicadamente até o lado do corpo de Laurent, cuja respiração ficou irregular. Ele podia sentir o desconforto passar por Laurent em ondas.

– Você está muito tenso. Tem certeza de que já fez isso antes?

– Sim – disse Laurent. A palavra saiu parecendo estranha.

– Isso – insistiu Damen, botando a mão para deixar explícito o que estava dizendo.

– Sim – repetiu Laurent.

– Mas... Não foi...

– Você quer *parar de falar sobre isso?*

As palavras saíam com dificuldade. Damen estava no processo de alisar as costas de Laurent com a mão, acariciando sua nuca, beijando-a, sua cabeça inclinada sobre ela. Ele ergueu a cabeça quando ouviu isso. Delicadamente, mas com firmeza, ele virou Laurent e olhou para ele.

A JOGADA DO PRÍNCIPE

Exposto abaixo dele, Laurent estava corado; e sua respiração, entrecortada. Em seus olhos reluzentes havia uma irritação desesperada que ocultava alguma outra coisa. Ainda assim, a excitação exposta de Laurent parecia quente e dura como estivera em sua boca. Apesar de toda essa tensão nervosa bizarra, Laurent estava indiscutivelmente ávido fisicamente. Damen procurou seus olhos azuis.

– Teimoso, não é? – disse Damen com delicadeza enquanto acariciava o rosto de Laurent com o polegar.

– Me foda – disse Laurent.

– Eu quero – disse Damen. – Você consegue me deixar?

Ele disse isso baixo e esperou, enquanto os olhos de Laurent se fechavam outra vez, um músculo se tensionando em seu queixo. A ideia de ser fodido tinha claramente deixado Laurent enlouquecido, enquanto o desejo competia com algum tipo de objeção mental confusa que, Damen achava, precisava ser dispensada.

– Eu *estou* deixando – disse Laurent, as palavras tensas saindo com esforço. – Quer ir logo com isso?

Os olhos de Laurent se abriram e encontraram os de Damen, e dessa vez foi Laurent quem esperou, o rosto corado diante do silêncio que caiu em torno de suas palavras. Nos olhos de Laurent, a impaciência e a tensão se sobrepunham a algo inesperadamente jovem e vulnerável. O coração de Damen parecia exposto, fora do peito.

Ele deslizou a mão por toda extensão do braço de Laurent até o ponto que estava jogado acima de sua cabeça, e, depois de segurar a mão de Laurent, ele a empurrou para baixo, apertando as palmas deles uma contra a outra.

C. S. PACAT

O beijo foi lento e deliberado. Ele podia sentir o leve estremecimento do corpo de Laurent enquanto sua boca se abria sob a dele. Sua própria mão estava trêmula. Quando ele se afastou, foi longe apenas o bastante para encontrar outra vez o olhar de Laurent, procurando consentimento. Ele o encontrou, junto de uma nova chama de tensão. Tensão, entendeu ele, era parte daquilo. Então ele sentiu Laurent apertar uma garrafinha de vidro em sua mão.

Respirar era difícil. Ele não conseguia olhar para nada exceto Laurent, os dois ali sem nada entre eles, e Laurent permitindo aquilo. Um dedo penetrou. Era muito apertado. Ele o mexeu para trás e para a frente, devagar. Observou o rosto de Laurent, o leve rubor, as pequenas mudanças em sua expressão, seus olhos grandes e escuros. Era intensamente privado. A pele de Damen parecia quente demais, tensa demais. Suas ideias do que poderia acontecer na cama com Laurent não tinham passado de uma ternura sofrida, que apenas agora encontrava expressão física. A realidade era diferente; Laurent era diferente. Damen nunca achou que pudesse ser daquele jeito, delicado, silencioso e extremamente pessoal.

Ele sentiu o óleo deslizar, os movimentos pequenos e impotentes de Laurent, e a sensação impossível de seu corpo começando a se abrir. Ele achou que Laurent devia conseguir ouvir as batidas de seu coração dentro do peito. Agora eles estavam se beijando, beijos lentos e íntimos, seus corpos em alinhamento total, os braços de Laurent se envolvendo em torno do pescoço dele. Damen passou o braço livre por baixo de Laurent, e a mão espalmada viajou pelas curvas flexionadas de suas costas. Ele sentiu Laurent puxar uma perna, sentiu o deslizar da parte interna

A JOGADA DO PRÍNCIPE

e quente da coxa de Laurent, a pressão do calcanhar de Laurent em suas costas.

Ele achou que podia fazer dessa forma, seduzir Laurent com a boca e as mãos, dar isso a ele. Damen sentiu um calor apertado com os dedos. Era impossível que ele pudesse botar o pau ali, ainda assim ele não conseguia parar de imaginar aquilo. Ele fechou os olhos, sentiu o lugar onde eles deviam se entrelaçar, se encaixar.

– Preciso entrar em você – disse ele, e sua voz saiu rouca de desejo e do esforço para se conter.

A tensão em Laurent aumentou, e ele sentiu Laurent suprimi--la ao dizer:

– Sim.

Ele sentiu uma onda de emoção que comprimiu seu peito. Ele teria permissão de fazer aquilo. Toda conexão de pele contra pele pareceu sensualmente íntima demais, ainda assim eles iam ficar mais próximos. Laurent ia deixar que ele o penetrasse. *Dentro dele*. O pensamento voltou a ele mais uma vez. Então estava acontecendo, e ele não conseguia pensar em nada além da lenta pressão para a frente e para dentro do corpo de Laurent.

Laurent deu um grito, e seu mundo se transformou em uma série de impressões fraturadas. A cabeça de seu pau penetrou um calor oleoso, e a resposta de Laurent foi simultânea, um tremor; o movimento dos bíceps de Laurent; seu rosto corado; o cabelo louro meio caído.

Você é meu, ele queria dizer, mas não podia. Laurent não pertencia a ele; aquilo era uma coisa que ele só poderia ter uma vez.

Seu peito doía. Ele fechou os olhos e se obrigou a sentir aqueles empurrões lentos e curtos, o vaivém vagaroso que era tudo o que ele podia se permitir, sua única defesa contra o instinto que ansiava por entrar fundo, mais fundo do que jamais estivera, e se plantar no interior de Laurent, e se agarrar àquilo para sempre.

– Laurent – disse ele, fazendo-se em pedaços.

Para conseguir o que quer, você precisa saber exatamente do quanto está disposto a abrir mão.

Nunca ele quis tanto alguma coisa e a teve nas mãos sabendo que amanhã não estaria mais ali, trocada pelos penhascos altos de Ios e o futuro incerto do outro lado da fronteira, a chance de encarar o irmão, de pedir a ele todas as respostas que não pareciam mais tão importantes. Um reino ou isso.

Mais fundo, era o impulso avassalador, e ele lutou contra isso. Lutou para se segurar, embora seu corpo estivesse encontrando o próprio ritmo, seus braços envolvendo o peito de Laurent, seus lábios em seu pescoço, um desejo de olhos fechados de tê-lo o mais perto possível.

– Laurent – disse ele, que estava inteiro dentro, cada movimento levando-o mais perto de um final que latejava em seu interior, e ainda queria ir mais fundo.

Todo o peso de seu corpo agora estava sobre Laurent, toda sua extensão se movendo dentro dele, e ele percebia aquilo com todos os sentidos: o som emaranhado que fez Laurent, novo e docemente inarticulado, o rubor de seu rosto, o leve desvio da cabeça, visão e audição misturadas com a pressão quente no interior do corpo de Laurent, seu pulso, o tremor nos próprios músculos.

Ele teve uma visão repentina e arrasadora de como aquilo

A JOGADA DO PRÍNCIPE

poderia ser, se esse fosse um mundo onde eles tivessem tempo. Não haveria urgência, nem ponto-final, apenas uma série delicada de dias passados juntos, fazendo amor com languidez por muito tempo, quando poderia passar horas dentro dele.

– Não posso... *Eu preciso* – Ele se ouviu dizer, e as palavras saíram em sua própria língua. Ao longe, ele ouviu Laurent responder em veretiano, mesmo enquanto ele sentia Laurent jorrar, os arrancos pulsantes de seu corpo, o primeiro fio molhado, quente como sangue. Laurent gozou embaixo dele, e Damen tentou experimentar tudo aquilo, tentou se apegar ao momento, mas seu corpo estava perto demais da própria liberação, e ele fez o que lhe foi pedido na voz entrecortada de Laurent e se esvaziou dentro dele.

Capítulo vinte

De vez em quando, Laurent se mexia contra ele sem acordar. Damen estava deitado no calor do seu lado e sentia o cabelo dourado e macio no pescoço, o peso leve de Laurent nos lugares onde seus corpos se tocavam.

Do lado de fora, o turno nas muralhas estava mudando, e criados estavam acordados, cuidando de fogos e mexendo panelas. Lá fora, o dia estava começando, e todas as coisas relacionadas a ele: sentinelas, estalajadeiros e homens se levantando e se armando para lutar. Ele ouviu o grito distante de uma saudação em algum pátio; mais perto, o som de uma porta batendo.

Só mais um pouco, pensou, e podia ter sido um desejo mundano de cochilar na cama não fosse a dor em seu peito. Ele sentia a passagem do tempo como uma pressão crescente. Estava consciente de cada momento, porque era um a menos que lhe restava.

Dormindo ao lado de Damen, revelou-se um novo aspecto físico em Laurent: a cintura firme, a parte superior musculosa do corpo de um espadachim, o ângulo exposto de seu pomo de adão. Laurent parecia o que era: um jovem. Quando amarrado dentro de suas roupas, a graça perigosa de Laurent lhe emprestava uma

A JOGADA DO PRÍNCIPE

qualidade quase andrógina. Ou talvez fosse mais preciso dizer apenas que era raro associar Laurent com um corpo físico: sempre se estava lidando com uma mente. Mesmo quando batalhava, quando levava seu cavalo a realizar algum feito impossível, o corpo estava sob o controle da mente.

Damen, agora, conhecia seu corpo. Ele conhecia a surpresa que uma atenção delicada podia obter dele. Conhecia sua confiança preguiçosa e perigosa... suas hesitações delicadas e ternas. Sabia como ele fazia amor, uma combinação de conhecimento explícito com reticências quase tímidas.

Ao se remexer de forma sonolenta, Laurent se aproximou um pouco mais e fez um som delicado e espontâneo de prazer do qual Damen iria se lembrar para o resto da vida.

Então Laurent começou a piscar de forma sonolenta, e Damen o observou tomar consciência do ambiente e despertar em seus braços.

Ele não sabia como seria, mas quando Laurent viu quem estava ao seu lado, sorriu – uma expressão um pouco tímida, mas completamente autêntica. Damen, que não esperava por isso, sentiu o coração doer no peito. Ele nunca pensou que Laurent pudesse olhar desse jeito para alguém.

– É de manhã – disse Laurent. – Nós dormimos?

– Dormimos – disse Damen.

Eles estavam olhando um para o outro. Ele se manteve imóvel enquanto Laurent estendia a mão e tocava seu peito. Apesar do sol nascente, eles começaram a se beijar, beijos lentos e fantásticos, com o movimento maravilhoso de mãos, as pernas emaranhadas. Ele ignorou a sensação em seu interior e fechou os olhos.

– Sua inclinação se parece muito com a de ontem à noite.

Damen se viu dizendo:

– Você fala igual na cama. – As palavras saíram como ele se sentia: completamente encantado.

– Você consegue pensar em um jeito melhor de dizer isso?

– Quero você – disse Damen.

– Você me teve – disse Laurent. – Duas vezes. Ainda posso sentir...

Laurent se mexeu um pouco. Damen enterrou o rosto no pescoço dele e grunhiu, e houve risos também, e algo semelhante a felicidade que doía ao crescer em seu peito.

– Pare com isso. Você não vai conseguir andar – disse Damen.

– Eu adoraria uma possibilidade de andar – disse Laurent. – Em vez disso, preciso montar um cavalo.

– Está...? Eu tentei... Eu nunca...

– Eu gosto da sensação – disse Laurent. – Gostei da sensação na hora. Você é um amante generoso e atencioso, e eu sinto... – Laurent se calou e deu uma risada trêmula diante das próprias palavras. – Sinto como a tribo vaskiana no corpo de uma pessoa. Imagino que seja sempre assim, não?

– Não – disse Damen. – Nunca... – *Nunca é assim*. A ideia de que Laurent pudesse encontrar aquilo com outra pessoa o magoou.

– Isso trai minha inexperiência? Você conhece minha reputação. Uma vez a cada dez anos.

– Não posso... – disse Damen. – Não posso ter isso só por uma noite.

A JOGADA DO PRÍNCIPE

– Uma noite e uma manhã – disse Laurent. E, dessa vez, foi Damen quem foi empurrado de costas sobre a cama.

◆ ◆ ◆

Depois, ele cochilou, embalado pela luz matinal do sol, e acordou com a cama vazia.

Choque por ter se permitido dormir e ansiedade sobre seu prazo fizeram com que ele se levantasse. Criados estavam entrando no quarto, abrindo portas e perturbando o espaço com atividades impessoais: removendo as velas queimadas e os recipientes vazios onde óleos aromáticos tinham queimado.

Ele olhou instintivamente para a posição do sol através da janela. Era o fim da manhã. Ele tinha cochilado por uma hora. Mais. Restava muito pouco tempo.

– Onde está Laurent?

Um criado estava se aproximando da cama.

– O senhor deve ser levado de Ravenel e escoltado diretamente até a fronteira.

– Escoltado?

– O senhor deve se levantar e se preparar. Sua coleira e braceletes serão removidos. Então o senhor vai deixar o forte.

– Onde está Laurent? – perguntou ele outra vez.

– O príncipe está ocupado com outros assuntos. O senhor deve partir antes de seu retorno.

Ele ficou abalado. Entendeu que o que perdera dormindo não foi seu prazo, mas os últimos momentos com Laurent, o último

345

beijo, a despedida final. Laurent não estava ali porque decidira não estar. E, quando ele pensou no adeus, era um silêncio crescente cheio de todas as coisas que ele não poderia dizer.

Então, ele se levantou. Foi banhado e vestido. Eles amarraram sua jaqueta. Quando terminaram, os criados tinham arrumado o quarto; recolhido, peça por peça, as roupas descartadas da noite anterior, as botas espalhadas, a camisa amarfanhada, a jaqueta e uma confusão de laços – e tinham arrumado a cama.

◆ ◆ ◆

Retirar a coleira exigia um ferreiro.

Ele era um homem chamado Guerin, com cabelo liso escuro, grudado na cabeça como um gorro fino. Ele se encontrou com Damen em um barracão, e aquilo foi feito sem observadores e sem cerimônia.

Era uma construção empoeirada com um banco de pedra e um sortimento de ferramentas de ferreiro trazidas da forja. Ele olhou para o ambiente pequeno e disse a si mesmo que não faltava nada. Se tivesse partido em segredo como planejara, aquilo teria sido feito desse jeito, discretamente, por um ferreiro do outro lado da fronteira.

A coleira saiu primeiro, e quando Guerin a removeu de seu pescoço, ele sentiu a leveza de sua ausência, sua espinha se esticando, os ombros relaxando.

Como uma mentira, se rompendo e escorrendo dele.

Ele olhou para o brilho do ouro onde Guerin o colocou, cortado ao meio, na bancada de trabalho. Algemas veretianas. Na

A JOGADA DO PRÍNCIPE

curva do metal estava toda a humilhação de seu tempo nesse país, toda a frustração com o confinamento veretiano, toda a indignidade de um akielon servindo a um mestre veretiano.

Exceto que a coleira tinha sido colocada nele por Kastor, e era Laurent quem o estava libertando.

Ela era feita de ouro akielon. Ela o atraiu para a frente, e ele a tocou. Ainda estava aquecida pela pele de seu pescoço, como se fosse parte dele. Ele não sabia por que isso o perturbava. Seus dedos, alisando a superfície, encontraram o amassado, o vinco profundo onde lorde Touars tentara enfiar a espada em seu pescoço e, em vez disso, atingira o anel de ouro.

Ele se afastou e entregou o pulso direito a Guerin. A coleira, com seu fecho, tinha sido um assunto simples para um ferreiro, mas as algemas tinham de ser arrancadas com um cinzel e um malho.

Chegara àquele forte como escravizado. Iria deixá-lo como Damianos de Akielos. Era como trocar de pele e descobrir o que havia por baixo. A primeira algema se abriu sob os golpes ritmados de Guerin, e ele encarou seu novo eu. Não era mais o príncipe teimoso que fora em Akielos. O homem que ele era em Akielos jamais serviria a um mestre veretiano, ou lutaria ao lado de veretianos por sua causa.

Jamais teria conhecido Laurent como ele realmente era; nunca teria dado sua lealdade a Laurent, nem tido a confiança de Laurent por um momento em suas mãos.

Guerin moveu-se para arrancar o ouro de seu pulso esquerdo, e ele puxou a mão.

C. S. PACAT

– Não – ele se ouviu dizer. – Deixe essa aí.

Guerin deu de ombros, se virou e, com movimentos impessoais, jogou a coleira e os pedaços da algema em um pano e os embalou antes de entregá-los a Damen. Damen pegou a bolsa improvisada. O peso era surpreendente.

Guerin disse:

– O ouro é seu.

– Um presente? – disse ele, como teria dito a Laurent.

– O príncipe não precisa disso – disse Guerin.

◆ ◆ ◆

Sua escolta chegou.

Eram seis homens, e um deles, já montado, era Jord, que olhou para ele nos olhos e disse:

– Você manteve sua palavra.

Seu cavalo estava sendo conduzido adiante. Não apenas um cavalo de montaria, mas também um cavalo de carga, com uma espada, roupas e suprimentos. *Tem alguma coisa que queira?*, tinha perguntado Laurent uma vez. Ele se perguntou que presente de despedida veretiano ornamentado poderia estar escondido em um daqueles fardos e soube instintivamente que não havia nenhum. Ele afirmara desde o princípio que queria apenas sua liberdade. E foi exatamente isso o que ganhou.

– Eu sempre pensei em partir – disse ele.

Subiu na sela. Seus olhos passaram pelo pátio grande do forte, dos grandes portões à plataforma com seus degraus baixos e

A JOGADA DO PRÍNCIPE

largos. Ele se lembrou de sua chegada, da recepção fria de lorde Touars, da sensação de estar no interior de um forte veretiano pela primeira vez. Viu os homens do portão em seus postos, um soldado cuidando de suas tarefas. Sentiu Jord se aproximar e parar ao seu lado.

– Ele saiu para cavalgar – disse Jord. – Era seu hábito no palácio também, quando precisava limpar a cabeça. Não é do tipo que gosta de despedidas.

– Não – disse Damen.

Ele fez menção de partir, mas Jord pôs a mão em suas rédeas.

– Espere – disse Jord. – Eu queria dizer... obrigado. Por defender Aimeric.

– Eu não fiz isso por Aimeric – disse Damen.

Jord assentiu com a cabeça. Em seguida, disse:

– Quando os homens souberam que você estava de partida, eles quiseram, nós quisemos, nos despedir. Tem tempo – disse ele.

Ele fez um aceno e homens surgiram no enorme pátio, os homens do príncipe, e, sob o sol cada vez mais alto, eles se puseram em formação diante do palanque. Damen olhou para as fileiras imaculadas e exalou algo como surpresa e certa emoção. Cada correia estava engraxada, cada peça de armadura brilhava. Ele deixou que seus olhos passassem por cada um dos rostos, em seguida virou-se para o pátio mais amplo, onde homens e mulheres do forte estavam se reunindo por curiosidade. Laurent não estava ali, e ele deixou que esse fato fosse absorvido no seu âmago.

Lazar deu um passo à frente e disse:

– Capitão, foi uma honra servir com o senhor.

C. S. PACAT

Foi uma honra servir com o senhor. As palavras ecoaram em sua mente.

– Não – disse ele. – A honra foi minha.

Então houve uma agitação súbita vinda do portão baixo, e um cavaleiro entrou no pátio: era Laurent.

Ele não estava ali em uma mudança súbita de opinião. Damen precisou apenas olhar para saber que sua intenção era ficar fora até que Damen tivesse partido, e não estava satisfeito por ter sido forçado a voltar antes.

Ele vestia sua roupa de couro de montaria. Ela grudava-se tão tensa em seu corpo quanto o portão levadiço, nem uma única correia fora do lugar, mesmo após uma cavalgada longa. Ele tinha as costas eretas. Seu cavalo, com o pescoço curvado sob a rédea tensionada, ainda expelia ar pelas narinas devido à cavalgada. Ele lançou um único olhar frio para Damen do outro lado do pátio antes de prosseguir com o cavalo.

Então Damen viu por que ele estava ali.

Ele ouviu a atividade nas muralhas; primeiro, os gritos que ecoaram pelas fileiras; em seguida, do alto do cavalo, viu o estandarte acenando. Aqueles eram seus próprios alertas, e ele sabia o que estava chegando enquanto Laurent erguia a mão e fazia um sinal próprio, aceitando a solicitação de entrada.

A maquinaria enorme dos portões começou a girar. Engrenagens opressivas e madeira escura rangeram e ganharam vida com cabrestantes e a força de músculos humanos.

Acompanhando o movimento, veio o grito:

– *Abram os portões!*

A JOGADA DO PRÍNCIPE

Laurent não desmontou, mas virou o cavalo na base do palanque para ver o que estava se aproximando.

Eles adentraram o pátio em uma onda vermelha. Os estandartes eram vermelhos; os uniformes eram vermelhos; as bandeiras, o metal polido e as armaduras eram dourados, brancos e vermelhos. O som das trompas parecia o som de clarins, e os emissários do regente entraram em Ravenel com toda a panóplia.

Os soldados reunidos se afastaram para eles, e um espaço se abriu entre Laurent e os homens de seu tio, de modo que eles se encararam em um corredor cada vez mais largo de calçamento vazio, com observadores dos dois lados.

Um silêncio caiu. O próprio cavalo de Damen se agitou, em seguida ficou parado. No rosto dos homens de Laurent havia a hostilidade que a Regência sempre engendrara, agora ampliada. No rosto dos habitantes do forte, as reações eram mais variadas: surpresa, neutralidade cuidadosa, curiosidade devoradora.

Havia 25 homens do regente: um mensageiro e duas dúzias de soldados. Laurent, diante deles sobre o cavalo, estava sozinho.

Ele devia ter visto o grupo se aproximando lá fora e provavelmente tinha corrido para chegar antes deles no forte. E escolhera encontrá-los assim, um jovem a cavalo, em vez de parado no alto daqueles degraus, um aristocrata no comando de seu forte. Ele não se parecia em nada com lorde Touars, que os tinha saudado com todo seu cortejo disposto em formação reprovadora sobre o palanque. Contrastando com a pompa do emissário do regente, Laurent era um cavaleiro solitário vestido de maneira informal. Mas, na verdade, ele nunca precisara de nada além do cabelo para identificá-lo.

351

– O rei de Vere manda uma mensagem – disse o mensageiro. Sua voz, treinada para viajar, podia ser ouvida por toda a extensão do pátio, por cada um dos homens e mulheres ali reunidos. Ele falou:

– O falso príncipe está envolvido em uma conspiração traiçoeira com Akielos, na qual entregou aldeias veretianas ao massacre e matou senhores de fronteira veretianos. Ele está, portanto, sumariamente expulso da linha de sucessão, e acusado do crime de traição contra seu próprio povo. Qualquer autoridade que ele tenha até aqui reivindicado sobre as terras de Vere ou o protetorado de Acquitart é inválida. A recompensa por sua entrega à justiça é generosa e será entregue tão rapidamente quanto a punição a qualquer homem que lhe der abrigo. Disse o rei.

Houve silêncio no pátio. Ninguém falou.

– Mas não há rei em Vere — disse Laurent, sua voz também viajou. – O rei, meu pai, está morto. – Ele disse: – Fale o nome do homem que profana seu título.

– O rei – disse o mensageiro. – Seu tio.

– Meu tio insulta a família. Ele usa um título que pertenceu a meu pai, que deveria ter passado para meu irmão, e que agora corre em meu sangue. Acha que vou aceitar esse insulto?

O mensageiro tornou a falar, de forma rotineira:

– O rei é um homem honrado. Ele lhe oferece uma chance de batalha honesta. Se o sangue de seu irmão está realmente em suas veias, você vai encontrá-lo no campo em Charcy dentro de três dias. Ali o senhor pode tentar vencer com suas tropas patranas contra bons homens veretianos.

A JOGADA DO PRÍNCIPE

– Vou lutar com ele, mas não no lugar e na hora de sua escolha.

– Essa é sua resposta final?

– É.

– Nesse caso, há uma mensagem pessoal do tio para o sobrinho.

O mensageiro acenou com a cabeça para o soldado à sua esquerda, que soltou de sua sela um saco de pano sujo e manchado de sangue.

Damen sentiu o estômago se revirar quando o soldado ergueu o saco e o mensageiro disse:

– Este implorou pelo senhor. Tentou defender o lado errado. Ele sofreu o destino de qualquer homem que se alie ao falso príncipe contra o rei.

O soldado removeu o saco da cabeça decepada.

Tinham sido quinze dias de marcha, em clima quente. A pele havia perdido todo o frescor que a juventude já lhe emprestara. Os olhos azuis, sempre sua melhor característica, tinham sido removidos. Mas o cabelo castanho jogado estava enfeitado com pérolas que pareciam estrelas, e pela forma do rosto era possível ver que tinha sido bonito.

Damen se lembrou do garoto enfiando um garfo em sua coxa, se lembrou dele insultando Laurent, olhos azuis brilhando de injúria. Lembrou-se dele parado sozinho e desconfiado em um corredor, vestido em lençóis, um menino à beira da adolescência, receando-a, temendo-a.

Não diga a ele que eu vim, dissera.

Eles sempre, desde o começo, tiveram uma afinidade estranha. *Este implorou pelo senhor.* Talvez com isso tivesse esgotado sua moeda de troca com o regente. Sem perceber quão pouca lhe restava.

Ninguém jamais saberia se sua beleza iria sobreviver à adolescência, pois Nicaise, agora, não chegaria aos 15 anos.

Sob a luz forte do pátio, Damen viu Laurent reagir, então se forçar a não reagir. A resposta de Laurent se comunicou com seu cavalo, que se moveu em um rompante brusco e nervoso, antes que Laurent o pusesse também sob controle rígido.

O mensageiro ainda segurava seu troféu repulsivo. Ele não sabia que devia fugir quando viu a expressão nos olhos de Laurent.

– Meu tio matou seu bibelô sexual – disse Laurent. – Como uma mensagem para nós. E qual é essa mensagem? – Sua voz ecoou. – Que não se pode confiar em seus favores? Que até os meninos em sua cama veem como é falsa sua reivindicação ao trono? Ou que seu poder é tão frágil que ele teme as palavras de uma criança comprada? Que ele vá a Charcy, com suas razões. Lá ele vai me encontrar, e com todo poder de meu reino eu vou expulsá-lo à força do campo de batalha. E se você quer uma mensagem pessoal – acrescentou Laurent –, pode dizer a meu tio assassino de meninos que ele pode cortar a cabeça de toda criança daqui até a capital. Isso não vai fazer dele um rei, vai significar apenas que não vai lhe sobrar ninguém para foder.

Laurent girou o cavalo, e Damen estava ali, diante dele, enquanto os emissários do regente, dispensados, partiam, e os homens e mulheres no pátio se misturavam, excitados com o choque do que tinham visto e ouvido.

Por um momento, eles se encararam, e o olhar de Laurent era

A JOGADA DO PRÍNCIPE

gélido, tanto que se ele estivesse a pé talvez tivesse dado um passo para trás. Ele viu as mãos de Laurent tensas nas rédeas, os nós dos dedos possivelmente brancos por baixo das luvas. Ele sentiu um aperto no peito.

– Você já não é bem-vindo aqui – disse Laurent.

– Não faça isso. Se partir para enfrentar seu tio despreparado, vai perder tudo aquilo pelo que lutou.

– Mas não estarei despreparado. O jovem e belo Aimeric vai dizer tudo o que sabe, e depois de arrancar até a última palavra dele, talvez eu mande o que sobrar para meu tio.

Damen abriu a boca, mas Laurent o interrompeu com uma ordem brusca para a escolta de Damen:

– Eu disse a vocês que o tirassem daqui. – E esporeou o cavalo, passou por Damen e subiu os degraus do palanque, onde desmontou com um movimento fluido e seguiu na direção dos aposentos de Aimeric.

Damen se viu encarando Jord. Ele não precisou olhar para cima para ver a posição do sol.

– Eu vou detê-lo – disse Damen. – O que você vai fazer?

– É meio-dia – disse Jord. As palavras soaram duras, como se machucassem sua garganta.

– Ele precisa de mim – disse Damen. – Não me importa que você conte para o mundo todo.

Ele passou por Jord com seu cavalo e subiu na plataforma.

Desmontando como Laurent tinha feito, ele jogou as rédeas para um soldado próximo e seguiu Laurent para o interior do forte, subindo a escada até o segundo andar dois degraus por vez.

C. S. PACAT

Os guardas de Aimeric abriram caminho para ele sem questionar, e a porta já estava aberta.

Ele parou bruscamente após dar um único passo para o interior. Os aposentos, claro, eram bonitos. Aimeric não era um soldado, era um aristocrata. Era o quarto filho de um dos senhores de fronteira veretianos mais poderosos, e seus aposentos refletiam sua posição. Havia uma cama, um divã, azulejos decorados e uma janela alta arqueada e um segundo assento recortado no interior, coberto de almofadas. Havia uma mesa no outro lado do aposento, e Aimeric recebera comida, vinho, papel e tinta. Ele recebera até uma muda de roupa. Era um arranjo cuidadoso. Sentado à mesa, ele não vestia mais a camisa suja que usara por baixo da armadura. Estava trajado como um cortesão. Tinha tomado banho. Seu cabelo parecia limpo.

Laurent estava imóvel a dois passos dele; todas as linhas de seu corpo, rígidas.

Damen caminhou até chegar ao lado de Laurent. Seu movimento foi o único no aposento silencioso. Sem lhes dar muita atenção, ele percebeu alguns detalhes: o painel de vidro quebrado no canto inferior esquerdo da janela; a refeição da noite anterior intocada no prato; a cama arrumada.

Na torre, Laurent batera no lado direito do rosto de Aimeric, mas o lado direito agora estava oculto por sua pose, a cabeça despenteada apoiada no braço, de modo que tudo o que Damen via estava intacto. Não havia olho inchado, face arranhada, nem boca inchada, apenas a linha ilesa do perfil de Aimeric e um pedaço do vidro da janela quebrada caído ao lado de sua mão estendida.

A JOGADA DO PRÍNCIPE

Sangue ensopara sua manga e empoçara sobre a mesa e o chão de lajotas, mas estava seco. Ele estava assim havia horas, tempo o suficiente para o sangue escurecer, para seus movimentos cessarem, para uma imobilidade tomar o quarto, até que ficasse tão imóvel quanto Laurent, olhando para ele com olhos vazios.

Ele tinha escrito algo; o papel não estava longe da ponta de seus dedos, e Damen podia ver as palavras que ele escrevera. Não devia ser surpreendente que ele tivesse uma letra bonita. Ele sempre se esforçara para desempenhar bem seus deveres. Na marcha, ele se esgotava até cair para acompanhar homens mais fortes.

Um quarto filho, pensou Damen, esperando que alguém o notasse. Quando não estava tentando agradar, estava questionando a autoridade, como se a atenção negativa pudesse substituir a aprovação que ele buscava – e que recebera uma vez, do tio de Laurent.

Sinto muito, Jord.

Essas foram as últimas palavras que qualquer um teria dele. Ele tinha se matado.

Capítulo vinte e um

O QUARTO ONDE JAZIA Aimeric estava silencioso. Ele tinha sido levado de sua suíte para uma cela menor e deitado sobre pedra com o corpo coberto por linho fino. *Dezenove anos*, pensou Damen, silencioso.

Lá fora, Ravenel estava se preparando para a guerra.

Era uma empreitada que tomava todo o forte, da armaria aos armazéns. Tudo começara quando Laurent tinha se virado da mesa arruinada e dito:

– Preparem os cavalos. Nós vamos para Charcy. – Ele havia tirado a mão de Damen de seu ombro quando este tentou detê-lo.

Damen tentara acompanhar e tinha sido impedido. Laurent passara uma hora dando ordens breves, e Damen não conseguira se aproximar. Depois disso, Laurent se retirara para seus aposentos, e as portas se fecharam com firmeza às suas costas.

Quando um criado chegara à entrada, Damen o deteve com o próprio corpo.

– Não – disse ele. – Ninguém entra.

Ele postara uma guarda de dois homens à porta com as mesmas ordens, e mandara evacuar e isolar a área – como tinha feito antes,

A JOGADA DO PRÍNCIPE

na torre. Quando estava certo de que Laurent tinha privacidade suficiente, ele saíra para aprender tudo o que pudesse sobre Charcy. O que descobriu fez com que sentisse um nó no estômago.

Localizada entre Fortaine e as rotas comerciais do norte, Charcy estava perfeitamente posicionada para que duas forças emboscassem uma terceira. Havia uma razão para o regente estar tentando fazer com que Laurent saísse de seu forte: Charcy era uma armadilha mortal.

Damen afastara os mapas, frustrado. Isso tinha sido duas horas atrás.

Agora ele estava no silêncio daquele pequeno quarto semelhante à cela de pedras grossas que abrigava Aimeric. Ele ergueu os olhos para Jord, que o havia chamado.

– Você é amante dele – disse Jord.

– Eu fui. – Ele devia a verdade a Jord. – Nós… foi a primeira vez. Ontem à noite.

– Então você contou a ele.

Ele não respondeu, e o silêncio falou por ele. Jord soltou o ar, então Damen falou:

– Eu não sou Aimeric.

– Já se perguntou qual seria a sensação de descobrir que você deu para o assassino de seu irmão? – Jord olhou ao redor do pequeno aposento. Ele olhou para o lugar onde jazia Aimeric. – Acho que a sensação seria essa.

Espontaneamente, palavras recordadas surgiram em seu interior. *Eu não me importo. Esta noite você ainda é meu escravo.* Damen fechou os olhos com força.

C. S. PACAT

– Eu não era Damianos ontem à noite. Eu era apenas...

– Apenas um homem? – disse Jord. – Você acha que Aimeric pensava isso? Que havia dois dele? Porque não havia. Sempre houve apenas um, e veja o que aconteceu com ele.

Damen estava em silêncio.

– O que você vai fazer?

– Não sei – disse Jord.

– Você vai deixar de servir a ele?

Dessa vez foi Jord quem ficou em silêncio.

– Alguém precisa dizer a Laurent para não enfrentar as tropas do tio em Charcy.

– Você acha que ele vai me dar ouvidos? – perguntou Jord com amargura.

– Não – disse Damen. Ele pensou naquelas portas fechadas e falou com toda a honestidade. – Eu acho que ele não vai dar ouvidos a ninguém.

◆ ◆ ◆

Ele parou diante das portas duplas e dos dois soldados que a flanqueavam e olhou para a madeira de painéis pesados, resolutamente fechada.

Ele pusera aqueles soldados ali para barrar o caminho de homens que procurassem por Laurent por alguma razão trivial, ou por qualquer razão, porque quando Laurent queria ficar sozinho, ninguém deveria sofrer as consequências de interrompê-lo.

O soldado mais alto se dirigiu a ele:

A JOGADA DO PRÍNCIPE

– Comandante, ninguém entrou em sua ausência. – Os olhos de Damen tornaram às portas.

– Bom – disse ele, e empurrou as portas.

Lá dentro, os aposentos estavam como ele se lembrava, limpos e reorganizados, e até a mesa estava reabastecida, com pratos de fruta e jarros de água e vinho. Quando as portas se fecharam atrás de Damen, os sons distantes dos preparativos no pátio ainda podiam ser ouvidos. Ele parou no meio do quarto.

Laurent havia tirado a roupa de couro de montaria e voltara à formalidade severa de seus trajes de príncipe, as roupas bem amarradas do pescoço à ponta dos pés. Ele estava de pé junto à janela, uma das mãos sobre a pedra da parede, os dedos curvados como se segurasse algo no punho. Seu olhar estava fixo na atividade no pátio, onde o forte estava se preparando para a guerra por ordens suas. Ele falou sem se virar:

– Veio se despedir? – perguntou Laurent.

Houve uma pausa, na qual Laurent se virou. Damen olhou para ele.

– Sinto muito. Eu sei o que Nicaise significava para você.

– Ele era o prostituto de meu tio – disse Laurent.

– Ele era mais que isso. Você o considerava...

– Um irmão? – disse Laurent. – Mas eu tenho uma sorte terrível com eles. Espero que você não esteja aqui para uma demonstração ridícula de sentimento. Eu vou expulsá-lo.

Houve um silêncio longo. Eles se encararam.

– Sentimento? Não. Eu não esperaria isso – disse Damen. Os sons lá fora eram de comandos e metal. – Como não lhe resta um capitão para aconselhá-lo, estou aqui para dizer que você não pode ir para Charcy.

– Eu tenho um capitão. Eu nomeei Enguerran. Isso é tudo? Tenho reforços chegando amanhã e vou levar meus homens para Charcy. – Laurent se dirigiu à mesa; a dispensa estava clara em sua voz.

– Então vai matá-los como matou a Nicaise – disse Damen. – Arrastando-os para essa tentativa infantil de chamar a atenção de seu tio que você chama de luta.

– Saia – disse Laurent. Ele estava branco.

– É difícil ouvir a verdade?

– Eu disse saia.

– Ou vai dizer estar marchando para Charcy por alguma outra razão?

– Eu estou lutando por meu trono.

– É isso o que acha? Você enganou os homens e os fez acreditar nisso. Mas não me enganou. Porque isso entre você e seu tio não é uma briga, é?

– Posso lhe assegurar – disse Laurent, a mão esquerda inconscientemente cerrada em um punho – que é uma luta.

– Em uma luta, o objetivo é tentar derrotar seu adversário. Não sair correndo para fazer o que ele quer. Isso vai além do que Charcy. Você nunca fez um único movimento próprio contra seu tio. Deixou que ele escolhesse o terreno. Deixou que ele determinasse as regras. Você faz os jogos dele como se quisesse mostrar que consegue. Como se estivesse tentando impressioná-lo. É isso?

Damen se aproximou mais.

A JOGADA DO PRÍNCIPE

– Você precisa derrotá-lo em seu próprio jogo? Quer que ele o veja fazer isso? À custa de sua posição e da vida de seus homens? Está assim tão desesperado pela atenção dele?

Ele deixou que seus olhos examinassem Laurent de cima a baixo.

– Bem, você a tem. Parabéns. Deve ter amado o fato de ele estar tão obcecado por você a ponto de matar o o próprio menino só para atingi-lo. Você ganhou.

Laurent deu um passo para trás, o movimento oscilante de um homem à beira da náusea. Ele encarou Damen com o rosto vazio.

– Você não sabe de nada – disse então Laurent com uma voz fria e terrível. – Você não sabe nada sobre mim. Nem sobre meu tio. Você é muito cego. Não consegue ver o que está bem na sua frente. – O riso repentino de Laurent foi baixo e desdenhoso. – Você me quer? Você é meu escravo?

Ele se sentiu enrubescer.

– Isso não vai funcionar.

– Você não é nada – disse Laurent. – Apenas uma decepção rastejante que permitiu que o bastardo de um rei o botasse a ferros porque não conseguiu manter a amante feliz na cama.

– Isso não vai funcionar – disse ele.

– Quer ouvir a verdade sobre meu tio? Eu vou lhe contar – disse Laurent, com um novo brilho nos olhos. – Vou lhe contar o que você não conseguiu evitar. O que você foi cego demais para ver. Você estava acorrentado enquanto Kastor estava destruindo sua família real. Kastor e meu tio.

Ele ouviu, e sabia que não devia responder. Ele sabia, e uma parte de si estava sofrendo com o que Laurent estava fazendo, mesmo ao se ouvir dizer:

— O que seu tio tem a ver com...

— Onde você acha que Kastor conseguiu o apoio militar para deter a facção do irmão? Por que acha que o embaixador veretiano chegou com o tratado em mãos logo depois que Kastor assumiu o trono?

Ele tentou respirar. Ele se ouviu dizer:

— Não.

— Você acha que Theomedes morreu de doença natural? Com todas aquelas visitas de médicos que só o deixavam mais doente?

— *Não* — disse Damen. Sua cabeça latejava. Então ele sentiu o mesmo no corpo; era impossível que a carne contivesse sua força trepidante. E Laurent ainda estava falando.

— Você não sabia que foi Kastor? Seu pobre brutamontes ignorante. Kastor matou o rei, depois tomou a cidade com as tropas de meu tio. E tudo o que meu tio teve de fazer foi ficar parado e observar os acontecimentos.

Ele pensou no pai em um leito de enfermo cercado de médicos, seus olhos e bochechas encovados, o quarto com o cheiro denso de sebo de velas e morte. Ele se lembrou da sensação de impotência, observando seu pai se esvair, e Kastor, tão solícito, ajoelhado ao lado do pai.

— *Você sabia disso?*

— Saber? — disse Laurent. — Todo mundo sabe. Eu fiquei *feliz*. Queria ter visto acontecer. Queria poder ter visto Damianos

A JOGADA DO PRÍNCIPE

quando as espadas de aluguel de Kastor chegaram por ele. Eu teria rido na sua cara. Seu pai recebeu exatamente o que merecia, morrer como o animal que era, e não havia nada que nenhum deles pudesse fazer para impedir que isso acontecesse. Mas, na verdade – disse Laurent –, se Theomedes tivesse mantido seu pau na esposa em vez de enfiá-lo na amante...

Isso foi a última coisa que ele disse, porque Damen o acertou. Ele lançou o punho contra o queixo de Laurent com toda a força de seu peso. Os nós dos dedos bateram em carne e osso, e a cabeça de Laurent foi jogada de lado quando ele bateu com força na mesa às suas costas, espalhando o que havia sobre ela. Pratos metálicos caíram sobre as lajotas do piso; fez-se uma bagunça de vinho derramado e comida espalhada. Laurent se agarrou à mesa com o braço que estendera instintivamente para deter sua queda.

Damen estava respirando com dificuldade, suas mãos cerradas em punhos. *Como ousa falar assim sobre meu pai?* As palavras estavam em seus lábios. Sua mente pulsava e latejava.

Laurent se ergueu e lançou para Damen um olhar cintilante de triunfo, mesmo enquanto passava as costas da mão direita sobre a boca, cujos lábios estavam sujos de sangue.

Então Damen viu o que mais havia entre os pratos virados que sujavam o chão. Estava nítido sobre as lajotas, como uma constelação de estrelas. Era o que Laurent estava segurando na mão direita quando Damen entrou. As safiras azuis do brinco de Nicaise.

As portas às suas costas se abriram, e Damen soube sem se virar que o som convocara os soldados para o quarto. Ele não tirou os olhos de Laurent.

365

– Prendam-me – disse Damen. – Eu levantei as mãos contra o príncipe.

Os soldados hesitaram. Era a resposta justa a suas ações, mas ele era, ou tinha sido, seu capitão. Ele teve de dizê-lo outra vez:

– Prendam-me.

O soldado de cabelo mais escuro se aproximou, e Damen sentiu sua mão segurá-lo. Laurent cerrou os dentes.

– Não – disse Laurent. Em seguida: – Ele foi provocado.

Outra hesitação. Estava claro que os dois soldados não sabiam o que fazer diante da situação que tinham encontrado. O ar de violência pairava pesado no quarto em que seu príncipe estava parado diante de uma mesa destruída com sangue escorrendo do lábio.

– Eu disse para o soltarem.

Era uma ordem direta de seu príncipe, e dessa vez ela foi obedecida. Damen sentiu as mãos se afastarem. O olhar de Laurent acompanhou os soldados enquanto fizeram uma mesura e saíram, fechando as portas. Então Laurent transferiu seu olhar para Damen.

– Agora saia – disse Laurent.

Damen fechou e apertou os olhos brevemente. Ele se sentia ferido ao pensar no pai. As palavras de Laurent pressionavam o interior de suas pálpebras.

– Não – disse ele. – Você não pode ir para Charcy. Eu preciso convencê-lo disso.

O riso de Laurent foi um som estranho e arquejante.

– Você não ouviu nada do que eu lhe disse?

A JOGADA DO PRÍNCIPE

– Ouvi – disse Damen. – Você tentou me ferir, e conseguiu. Eu queria que visse que o que acabou de fazer comigo é o mesmo que seu tio está fazendo com você.

Ele viu Laurent receber isso como um homem no limite que tomara mais um golpe.

– Por que... – disse Laurent. – Por que você... você sempre... – Ele se deteve. O arquejar da respiração em seu peito estava entrecortado.

– Eu vim com você para impedir uma guerra – disse Damen. – Eu vim porque você era a única coisa que havia entre Akielos e seu tio. Foi você que perdeu isso de vista. Precisa lutar contra seu tio nos seus próprios termos, não nos dele.

– *Não consigo.* – Foi uma confissão difícil. – Não consigo *pensar.* – As palavras foram arrancadas dele. De olhos arregalados em meio ao silêncio, Laurent tornou a dizê-las com uma voz diferente, seus olhos azul-escuros expondo a verdade. – Não consigo pensar.

– Eu sei – disse Damen.

Ele falou de maneira delicada. Havia mais que uma confissão nas palavras de Laurent. Ele também sabia disso.

Ele se ajoelhou e pegou o brinco brilhante de Nicaise do chão. Era uma coisa delicada e bem-feita, um punhado de safiras. Ele se levantou e o pôs sobre a mesa.

Depois de algum tempo, ele recuou do lugar onde Laurent se apoiava, com os dedos envoltos em torno da borda da mesa. Ele respirou fundo, pronto para dar outro passo para trás.

– Não vá – disse Laurent em voz baixa.

– Estou só desanuviando a cabeça. Já disse à minha escolta que não precisarei dela até amanhã de manhã – disse Damen.

Houve outro silêncio horrível enquanto Damen se dava conta do que Laurent estava lhe pedindo.

– Não. Não estou dizendo para sempre... Só... – Laurent fez uma pausa. – Três dias – disse Laurent, como se produzisse das profundezas a resposta a uma pergunta cuidadosamente pensada. – Eu posso fazer isso sozinho. Sei que posso. Só que, neste momento, parece que não consigo... *pensar*, e não posso... confiar em mais ninguém para me questionar quando eu estou... assim. Se puder me dar três dias, eu... – Ele fez um esforço para se calar.

– Vou ficar – disse Damen. – Você sabe que vou ficar por quanto tempo você...

– Não – disse Laurent. – Não minta para mim. Não você.

– Vou ficar – repetiu Damen. – Três dias. Depois disso, vou para o sul.

Laurent assentiu com a cabeça. Depois de um momento, Damen voltou, apoiando-se na mesa ao lado de Laurent. Ele observou Laurent se recompor.

Por fim, Laurent começou a falar, palavras precisas e firmes.

– Você tem razão. Eu matei Nicaise ao deixar as coisas pela metade. Eu devia ter me afastado dele ou feito com que perdesse a fé em meu tio. Eu não planejei isso, deixei ao acaso. Eu não estava pensando direito. Não estava pensando nele desse jeito. Eu só... eu só *gostava* dele. – Por baixo das palavras frias e analíticas, também havia algo desnorteado.

Era horrível.

A JOGADA DO PRÍNCIPE

– Eu nunca devia ter dito aquilo. Nicaise fez uma escolha. Ele falou a seu favor porque você era seu amigo, e isso não é algo de que você deva se arrepender.

– Ele me defendeu porque não achava que meu tio iria machucá-lo. Nenhum deles acha isso. Pensam que ele os ama. No início, tem a aparência externa de amor. Mas não é... Para meu tio os meninos são descartáveis. – A voz de Laurent não mudou. – No fundo, ele sabia disso. Ele sempre foi mais inteligente que os outros. Ele sabia que, quando ficasse velho demais, seria substituído.

– Como Aimeric – disse Damen.

No longo silêncio que se estendeu entre eles, Laurent disse:

– Como Aimeric.

Damen se lembrou dos ataques verbais causticantes de Nicaise. Ele olhou para o perfil nítido de Laurent e tentou entender a estranha afinidade entre homem e menino.

– Você gostava dele.

– Meu tio cultivava o que havia de pior nele. Mas, às vezes, ele ainda tinha bons instintos. Quando as crianças são moldadas tão cedo, leva tempo para desfazer o estrago. Eu pensei...

– Você achou que pudesse ajudá-lo – disse Damen com delicadeza.

Ele olhou para o rosto de Laurent, para o tremeluzir de alguma verdade interna por trás da cuidadosa inexpressividade.

– Ele estava do meu lado – disse Laurent. – Mas, no fim, a única pessoa do seu lado era ele mesmo.

Damen sabia que não devia estender a mão nem tentar tocá-lo.

O chão de lajotas ao redor da mesa estava coberto de detritos espalhados: uma vasilha de estanho virada, uma maçã que rolara até a lajota mais distante, o conteúdo derramado de uma jarra de vinho, de modo que o chão estava encharcado de vermelho. O silêncio se prolongou.

Foi com um choque que ele sentiu o toque dos dedos de Laurent na parte de trás de seu pulso. Ele achou que fosse um gesto de conforto, uma carícia, então percebeu que Laurent estava mexendo no tecido de sua manga, puxando-o um pouco para baixo para revelar o ouro oculto, até que o bracelete-algema que ele pedira ao ferreiro para deixar ficasse exposto entre eles.

– Sentimento? – perguntou Laurent.

– Algo assim.

Seus olhos se encontraram, e ele podia sentir cada batida de seu coração. Alguns segundos de silêncio, um espaço que se estendeu, até que Laurent falou:

– Você devia me dar a outra.

Damen corou lentamente, o coração parecendo querer escapar de seu peito, as batidas invasivas. Ele tentou responder com uma voz normal.

– Não consigo imaginar você usando isso.

– Para guardar. Eu não iria *usá-la* – disse Laurent. – Embora acredite que sua imaginação não tenha nenhum problema com a ideia.

Damen deu uma risada curta e delicada, porque ele estava certo. Por algum tempo eles ficaram sentados juntos em um silêncio confortável. Laurent tinha praticamente se recomposto. Sua

A JOGADA DO PRÍNCIPE

postura estava mais relaxada e, com o peso apoiado nos braços, ele observava Damen como de costume. Mas era uma versão nova dele, relaxada, jovial, um pouco mais tranquila, e Damen percebeu que estava vendo Laurent com as defesas abaixadas, uma ou duas delas, pelo menos. Havia uma sensação frágil de novidade na experiência.

– Eu não devia ter contado sobre Kastor da maneira que lhe contei. – As palavras saíram baixas.

Vinho tinto estava penetrando nas lajotas do piso. Ele se ouviu perguntar:

– Você estava falando sério? Ficou feliz?

– Sim – disse Laurent. – Eles mataram minha família.

Seus dedos se cravaram na madeira da mesa. A verdade estava tão próxima naquele aposento que pareceu, por um momento, que ele iria dizê-la – declarar seu próprio nome a Laurent. A proximidade daquilo parecia pressioná-lo, porque os dois tinham perdido a família.

Ele achava que tinha sido isso que conectara Laurent ao regente em Marlas: os dois tinham perdido um irmão mais velho.

Mas era o regente que tinha forjado alianças por toda a fronteira. Era o regente que tinha dado a Kastor o apoio de que ele precisava para desestabilizar o trono akielon. E por isso Theomedes estava morto, e Damianos tinha sido mandado...

A ideia, quando surgiu, pareceu abalar o chão sob seus pés, mudando a configuração de tudo.

Nunca fizera sentido Kastor mantê-lo vivo. Kastor tinha sido tão cuidadoso em eliminar qualquer prova de sua traição.

Ordenara a morte de todas as testemunhas, de escravizados a homens de alto posto como Adrastus. Deixar Damen vivo era loucura, algo perigoso. Sempre havia a possibilidade de que Damen escapasse e voltasse para desafiá-lo pelo trono.

Mas Kastor tinha feito uma aliança com o regente. E em troca de tropas, dera-lhe escravizados.

Um escravizado em particular. Damen sentiu calor, depois frio. Será que ele tinha sido o preço do regente? Que, em troca de tropas, o regente dissera: quero Damianos enviado como um escravo de alcova para meu sobrinho?

Porque, ao juntar Laurent e Damianos, um dos dois iria matar o outro, ou, se Damen mantivesse sua identidade oculta e eles de algum modo conseguissem formar uma aliança... Se ele ajudasse Laurent em vez de feri-lo, e Laurent, por algum sentimento de justiça profundamente enterrado dentro de si, por sua vez o ajudasse... Se a fundação de confiança fosse construída entre eles de modo que pudessem se tornar amigos, ou mais que amigos... Se em algum momento Laurent resolvesse usar seu escravo de alcova...

Ele pensou sobre as sugestões que o regente lhe dera, dissimuladas, sutis. *Laurent poderia se beneficiar de uma influência fortificante, alguém perto dele preocupado com seus interesses. Um homem com bom julgamento, que pudesse guiá-lo sem ser manipulado.* E a insinuação constante e penetrante: *Você tomou meu sobrinho?*

Quando eu perco o controle, cometo erros. Meu tio sabe disso, é claro. Teria lhe dado uma espécie perversa de prazer enviar Aimeric para trabalhar contra mim, dissera Laurent.

Quão maior seria o prazer perverso obtido disso?

A JOGADA DO PRÍNCIPE

– Eu ouvi tudo o que você me disse – estava dizendo Laurent. – Não vou correr para Charcy com um exército. Mas ainda quero lutar. Não porque meu tio tenha lançado um desafio, mas nos meus próprios termos, porque este é meu país. Sei que, juntos, podemos encontrar um meio de usar Charcy de maneira vantajosa para mim. Juntos, podemos fazer o que não podemos fazer separados.

Aquilo, na verdade, nunca tivera a marca de Kastor. Kastor era capaz de raiva, de brutalidade, mas suas ações eram diretas. Esse tipo de crueldade criativa pertencia a outra pessoa.

– Meu tio planeja tudo – disse Laurent, como se estivesse lendo os pensamentos de Damen. – Faz planos para a vitória e para a derrota. Foi você que na verdade nunca se encaixou... Você sempre esteve fora dos esquemas dele. Apesar de tudo o que meu tio e Kastor planejaram – disse Laurent, enquanto Damen se sentia ficar gelado –, eles não tinham ideia do que estava fazendo quando o deram de presente para mim.

◆ ◆ ◆

Do lado de fora, quando saiu, ele ouviu as vozes de homens, o ruído metálico de arreios e esporas e o barulho de rodas sobre pedra. Ele respirava de maneira irregular e pôs a mão na parede para apoiar parte do peso.

Em um forte cheio de atividade, ele sabia ser apenas uma peça do jogo, e estava apenas começando a vislumbrar a amplitude do tabuleiro.

O regente tinha feito aquilo, mas Damen tinha feito aquilo

também, também era responsável. Jord tinha razão. Ele devia a verdade a Laurent e não a contara. E agora ele sabia quais poderiam ser as consequências dessa escolha. Ainda assim, ele não conseguia se arrepender do que eles tinham feito: a noite anterior tinha sido reluzente de um modo que não podia ser maculado.

Tinha sido certo. Seu coração batia com a sensação de que a outra verdade de algum modo precisava mudar para que as coisas se acertassem, e ele sabia que isso não ia acontecer.

Ele se imaginou com 19 anos outra vez, sabendo, então, o que sabia agora. E se perguntou se teria deixado que aquela antiga batalha fosse perdida para os veretianos, se teria deixado Auguste viver. Se ele teria ignorado completamente o chamado de seu pai às armas, e em vez disso tivesse ido até as tendas veretianas e procurado Auguste para encontrar algo em comum. Laurent teria 13 anos, mas, na mente de Damen, ele o teria encontrado um pouco mais velho, com 16 ou 17, idade o bastante para que o Damen de 19 anos pudesse ter começado, com toda a exuberância da juventude, a cortejá-lo.

Ele não podia fazer nada disso. Mas, se houvesse algo que Laurent quisesse, Damen poderia dar a ele. Podia dar um golpe no regente do qual ele jamais iria se recuperar.

Se o regente quisesse Damianos de Akielos ao lado de seu sobrinho, ele iria consegui-lo. E se ele não era capaz de contar a verdade a Laurent, podia usar tudo mais que tinha para dar a Laurent uma vitória definitiva no sul.

Ele faria com que aqueles três dias contassem.

◆ ◆ ◆

A JOGADA DO PRÍNCIPE

O autocontrole de olhos azuis estava firmemente de volta no lugar quando Laurent surgiu no palanque do pátio, armado e com armadura, pronto para partir.

No pátio, os homens de Laurent estavam montados e à sua espera. Damen olhou para os 120 cavaleiros, os homens com quem ele marchara do palácio à fronteira, os homens com quem ele trabalhara lado a lado e dividira pão e vinho à noite junto de fogueiras de acampamento. Havia algumas ausências notáveis. Orlant. Aimeric. Jord.

O plano tomara forma sobre um mapa. Ele descrevera as coisas para Laurent de maneira simples.

– Veja a localização de Charcy. Fortaine vai ser o ponto de onde as tropas serão lançadas. Charcy vai ser a luta de Guion.

– Guion e todos os seus outros filhos – dissera Laurent.

– O melhor ataque que você pode fazer agora é tomar Fortaine. Isso vai lhe dar o controle completo do sul. Com Ravenel, Fortaine e Acquitart, você vai controlar todas as rotas comerciais de Vere no sul para Akielos e também para Patras. Você já detém as rotas para Vask, e Fortaine lhe dá acesso a um porto. Você vai ter tudo de que precisa para lançar uma campanha no norte.

Houvera silêncio, até que Laurent disse:

– Você estava certo. Eu não estava pensando nisso dessa forma.

– De que forma? – perguntara Damen.

– Como uma guerra – dissera Laurent.

Agora eles olhavam um para o outro sobre o palanque, e palavras quase brotaram dos lábios de Damen, palavras pessoais.

Mas o que ele disse foi:

– Tem certeza de que quer deixar seu inimigo no comando de seu forte?

– Sim – disse Laurent.

Eles olharam um para o outro. Era uma despedida pública, em plena vista dos homens. Laurent estendeu a mão. Ele não fez isso como um príncipe poderia fazer, para que Damen se ajoelhasse e a beijasse, mas como um amigo. Havia reconhecimento no gesto, e quando Damen tomou sua mão, diante dos homens, Laurent o olhou fixamente nos olhos.

Laurent disse:

– Cuide de meu forte, comandante.

Em público, não havia nada que ele pudesse dizer. Ele sentiu seu aperto ficar um pouco mais forte. Pensou em se aproximar, em tomar a cabeça de Laurent nas mãos. E então ele se lembrou do que era, e de tudo o que sabia agora. E se forçou a soltar a mão de Laurent.

Laurent estava balançando a cabeça para seu criado e montando em seu cavalo. Damen disse:

– Muita coisa depende de escolher o momento certo. Nós temos um encontro em dois dias. Eu... não se atrase.

– Confie em mim – disse Laurent, com um único olhar brilhante, dominando o cavalo com um puxão na rédea antes que a ordem fosse dada, e ele e seus homens partissem.

◆ ◆ ◆

O forte sem Laurent parecia vazio. Mas, mesmo operado por uma força mínima, ele ainda tinha homens para repelir qualquer

A JOGADA DO PRÍNCIPE

ameaça externa séria. Os muros de Ravenel permaneciam fortes havia duzentos anos. Além disso, o plano deles contava com a divisão de suas forças: Laurent saindo primeiro, enquanto Damen ficava à espera dos reforços do príncipe. Então eles partiriam de Ravenel, um dia depois.

Como não era possível, não importava o que se dissesse, confiar completamente em Laurent, a manhã foi um fio delicado de tensão, esticado ao máximo. Os homens se preparavam no verdadeiro clima sulista. O céu azul no alto não era interrompido, exceto onde era cortado por uma ameia.

Damen subiu as muralhas. A vista se estendia sobre as colinas até o horizonte. A paisagem, vasta sob a luz do dia, estava vazia de tropas, e ele tornou a se maravilhar que eles tivessem tomado aquele forte sem o sangue derramado e a terra revolvida de um cerco.

Era bom olhar para o que eles tinham realizado e saber que era apenas o começo. O regente tivera ascendência por tempo demais. Fortaine ia cair, e Laurent iria dominar o sul.

Então ele viu o brilho no horizonte.

Vermelho. Um vermelho que escurecia. Então, correndo pela paisagem, seis cavaleiros adiantavam-se a galope ao vermelho que se aproximava, seus próprios batedores, correndo de volta para o forte.

Isso se desenrolou em miniatura abaixo dele, o exército ainda distante o suficiente para sua aproximação ser silenciosa, os batedores meros pontos na extremidade de seis linhas que conduziam ao forte.

O vermelho sempre tinha sido a cor da Regência, mas não foi isso o que alterou o ritmo do coração de Damen, mesmo antes do som distante de uma trompa que cortou o ar.

Eles marchavam, uma linha de capas vermelhas em formação perfeita, e o coração de Damen estava batendo forte. Ele os conhecia. Lembrava-se da última vez que os vira, com o corpo escondido por afloramentos de granito. Ele cavalgara por horas ao longo de um rio para evitá-los, com Laurent pingando na sela atrás dele. *A tropa akielon mais próxima está mais perto do que eu esperava*, dissera Laurent.

Aquelas não eram tropas do regente.

Aquele era o exército de Nikandros, o kyros de Delpha, e seu comandante, Makedon.

Houve uma explosão de atividade no pátio, com batidas de cascos e gritos alarmados.

Damen se dava conta daquilo como se estivesse longe. Ele se virou quase às cegas quando um batedor subiu apressado a escada, dois degraus de cada vez, se jogou sobre um joelho diante de Damen e transmitiu sua mensagem.

Ele esperava que o homem dissesse: *Akielons estão marchando sobre nós*. E ele fez isso, mas em seguida disse:

– Eu tenho de entregar isso ao comandante do forte. – E empurrou com urgência algo na mão de Damen.

Damen o encarou. Atrás dele, o exército akielon estava se aproximando. Em sua mão havia um aro duro de metal com uma pedra entalhada, a gravação uma estrela.

Ele estava olhando para o anel de sinete de Laurent.

Sentiu os pelos se arrepiarem por todo o corpo. Na última vez que vira o anel, ele estava em uma estalagem em Nesson, e Laurent o entregara a um mensageiro. *Dê isso a ele e diga que vou esperar por ele em Ravenel*, dissera.

A JOGADA DO PRÍNCIPE

Estava vagamente consciente da presença de Guymar na muralha com um contingente de homens, de que Guymar estava se dirigindo a ele e lhe dizendo:

– Comandante, akielons estão marchando para o forte.

Ele se virou para olhar Guymar com a mão fechada em torno do anel de sinete. Guymar pareceu parar e perceber com quem estava falando. Damen viu aquilo escrito no rosto de Guymar: uma força akielon se concentrando do lado de fora, e um akielon no comando do forte.

Guymar superou essa hesitação.

– Nossos muros podem resistir a qualquer coisa, mas eles vão bloquear a chegada de nossos reforços.

Lembrou-se da noite em que Laurent se dirigiu a ele em akielon pela primeira vez, e das longas noites falando em akielon, Laurent aumentando seu vocabulário, melhorando a fluência, e sua escolha de assunto – geografia da fronteira, tratados, movimentos de tropas.

Ele falou quando teve a revelação:

– Eles são nossos reforços.

A verdade estava marchando em sua direção. Seu passado estava chegando a Ravenel, uma aproximação constante e impossível de deter. Damen e Damianos. E Jord estava certo. Sempre houvera apenas um deles.

Ele disse:

– Abram os portões.

◆ ◆ ◆

A marcha akielon para o interior do forte foi uma única torrente vermelha, exceto que, enquanto a água se revolvia e ondulava, ela era reta e firme.

Os braços e pernas dos homens estavam grosseiramente nus, como se a guerra fosse um ato de impacto de carne contra carne. Suas armas não tinham adornos, como se eles tivessem levado apenas o essencial necessário para matar. Fileiras e fileiras deles, dispostos com precisão matemática. A disciplina de pés marchando em uníssono era uma demonstração de poder, violência e força.

Damen estava de pé sobre o palanque e observou a longa passagem. Será que eles tinham sido sempre assim? Tão despidos de tudo, menos do utilitário? Tão famintos por guerra?

Os homens e mulheres de Ravenel estavam amontoados nas bordas do pátio, e os homens de Damen foram deslocados para mantê-los sob controle. A multidão empurrava e se lançava sobre eles. Notícias da entrada dos akielons tinham se espalhado. A multidão murmurava, os soldados estavam insatisfeitos com seu dever. O regente estava certo, as pessoas estavam dizendo: Laurent estava em conluio com Akielos o tempo todo. Era um tipo estranho de loucura perceber que isso, de fato, era verdade.

Damen viu o rosto dos homens e mulheres veretianos, viu flechas apontadas do alto das muralhas. Em um dos cantos do vasto pátio, uma mulher protegia uma criança, agarrada à sua perna, colocando a mão em torno de sua cabeça.

Ele sabia o que havia em seus olhos, visível, agora, sob a hostilidade. Era terror.

Também podia sentir a tensão das forças akielons, sabia que

A JOGADA DO PRÍNCIPE

eles estavam esperando traição. A primeira espada sacada, a primeira flecha disparada, iria liberar uma força mortífera.

Um toque estridente de trompa foi ouvido, alto demais no pátio. Ecoando em cada superfície de pedra, era o sinal para interromper a marcha. A parada foi súbita. Ela deixou um silêncio no espaço antes preenchido pelos sons de metal, de passos. O toque de trompa estava terminando, e era quase possível ouvir uma corda de arco ser tensionada.

– Isso é errado – disse Guymar com a mão tensa sobre o cabo da espada. – Nós devíamos...

Damen estendeu a mão em um gesto de repreensão.

Porque um homem akielon estava desmontando de seu cavalo, sob o estandarte principal, e o coração de Damen batia forte. Ele se sentiu mover adiante, descer os degraus baixos do palanque, deixando Guymar e os outros para trás.

Sentiu cada par de olhos no pátio observá-lo enquanto descia, degrau a degrau. Não era assim que as coisas eram feitas. Veretianos permaneciam no alto de seus palanques e faziam com que os convidados fossem até eles. Nada disso importava para ele, que mantinha os olhos no homem que, por sua vez, o observava se aproximar.

Damen estava usando roupas veretianas. Ele as sentiu sobre si, a gola alta, o tecido com laços apertados para envolver as linhas de seu corpo, as mangas compridas, o brilho das botas compridas. Até o cabelo tinha sido cortado em estilo veretiano.

Ele observou o homem analisando tudo isso primeiro, então percebeu que o homem o tinha visto.

– Na última vez que falamos, era temporada de damascos

– disse Damen, em akielon. – Caminhamos pelo jardim à noite e você me tomou pelo braço e me aconselhou, e eu não o ouvi.

Nikandros de Delpha o encarou e, com voz chocada, falando as palavras em parte para si mesmo, disse:

– Não é possível.

– Velho amigo, você veio a um lugar onde nada é como nenhum de nós pensava.

Nikandros não tornou a falar. Apenas olhava fixamente e em silêncio, branco como alguém que tivesse acabado de levar um golpe. Então, como se uma perna cedesse, depois a outra, ele caiu lentamente de joelhos, um comandante akielon ajoelhado nas pedras rústicas e pisoteadas de um forte veretiano.

Ele disse:

– *Damianos.*

Antes que Damen pudesse lhe dizer para se levantar, ele tornou a ouvir seu nome, ecoado em outra voz, em seguida em mais uma. Estava sendo transmitido pelos homens reunidos no pátio, em tons de choque e surpresa. O intendente ao lado de Nikandros se ajoelhou. Em seguida, quatro dos homens nas fileiras da frente. Depois mais dúzias de homens, fileira após fileira de soldados.

E quando Damen olhou, o exército inteiro estava se ajoelhando, até que o pátio se transformou em um mar de cabeças curvadas, e o silêncio substituiu o murmúrio de vozes, as palavras faladas repetidas vezes.

– *Ele está vivo. O filho do rei está vivo. Damianos.*

Agradecimentos

Príncipe Cativo nasceu de uma série de conversas telefônicas nas noites de segunda-feira com minha amiga Kate Ramsay, que disse, em determinado momento: "Acho que essa história vai ser maior do que você imagina".

Obrigada, Kate, por ser uma ótima amiga quando eu mais precisei. Sempre vou me lembrar do som do velho telefone vacilante tocando em meu pequeno apartamento em Tóquio.

Tenho uma enorme dívida de gratidão com Kirstie Innes-Will, minha amiga incrível e editora, que leu inúmeros rascunhos e passou horas incansáveis tornando a história melhor. Não consigo colocar em palavras o quanto essa ajuda significou para mim.

Anna Cowan não é só uma de minhas escritoras favoritas, mas também me ajudou muito nesta história com suas maravilhosas sessões de criação e um *feedback* cheio de novas perspectivas. Muito obrigada, Anna. Esta história não seria o que é sem você.

Toda minha gratidão a meu grupo de escritores Isilya, Kaneko e Tevere, por todas as suas ideias, críticas, sugestões e apoio. Tenho muita sorte por ter amigos escritores maravilhosos como vocês em minha vida.

C. S. PACAT

Para minha editora Sarah Fairhall e a equipe da Penguin Austrália, muito obrigada por sua excelência inspiradora, e por todo seu trabalho duro para melhorar cada detalhe do livro.

Por fim, a todo mundo que foi parte da experiência *on-line* de *Príncipe Cativo*, muito obrigada a todos vocês por sua generosidade e seu entusiasmo, e por me darem a chance de fazer um livro como este.

CAPÍTULO DEZENOVE E MEIO

Um conteúdo extra de *A jogada do príncipe*

DAMEN ESTAVA FELIZ. Aquilo irradiava dele, de seu corpo pesado e satisfeito. Ele ficou consciente de Laurent, saindo da cama. A sensação de proximidade sonolenta permanecia.

Quando ouviu Laurent andando pelo quarto, Damen se virou para saborear um intervalo de observação, mas Laurent havia desaparecido pela arcada e entrara em um dos quartos contíguos àquele.

Ele estava satisfeito por esperar, com os membros nus pesados sobre os lençóis. As algemas e a coleira de ouro de escravizado eram seus únicos adornos. Ele absorveu o fato quente, maravilhoso e impossível de sua situação. *Escravo de alcova.* Fechou os olhos e sentiu outra vez aquela primeira estocada longa e lenta no interior do corpo de Laurent, ouviu o primeiro dos pequenos sons feitos por ele.

Como eles eram um estorvo, ele puxou os laços de sua camisa, que estavam presos embaixo dele, em seguida a amassou e a usou, sem pensar muito, para se limpar. Então a jogou da cama. Quando tornou a olhar para cima, Laurent havia reaparecido na arcada do quarto.

Laurent vestira a camisa branca outra vez, e mais nada. Ele a devia ter apanhado do chão; Damen tinha uma vaga lembrança deliciosa de puxá-la dos pulsos de Laurent, onde ela ficara presa. A camisa chegava ao alto das coxas dele. O tecido branco fino combinava com ele. Havia algo esplêndido em vê-lo daquele jeito, com os laços frouxos, só parcialmente vestido. Damen apoiou a cabeça em uma das mãos e o observou se aproximar.

– Eu trouxe uma toalha, mas vejo que você improvisou – disse Laurent, fazendo uma pausa à mesa para servir um copo de água, que colocou no banco baixo perto da cama.

– Volte para a cama – disse Damen.

– Eu... – disse Laurent, e parou. Damen segurou sua mão, entrelaçando os dedos compridos nos seus. Laurent olhou para os braços deles.

Damen se surpreendeu com a sensação: nova, cada pulsação como a primeira, e Laurent mudando de forma à sua frente.

Laurent restaurara tanto a camisa como uma versão difusa de sua reserva habitual. Mas ele não tinha se amarrado de volta em suas roupas, não havia reaparecido com a jaqueta de gola alta e botas reluzentes, como podia ter feito. Ele estava ali hesitante, à beira da incerteza. Damen puxou a mão de Laurent.

Laurent resistiu parcialmente ao puxão, e terminou com um joelho sobre a seda e uma das mãos apoiada de modo estranho no ombro de Damen. Damen olhou para ele, para o dourado de seu cabelo, a camisa caindo do corpo. Os membros de Laurent estavam levemente rígidos, ainda mais quando se mexeu para se equilibrar, desconfortável, como se ele não soubesse o que fazer.

A JOGADA DO PRÍNCIPE

Ele tinha os modos de um jovem correto que tinha sido convencido pela primeira vez a uma luta de rapazes e se via puxado por cima de seu adversário sobre a serragem do chão. A toalha estava apertada em sua mão sobre a cama.

– Você toma liberdades.

– Volte para a cama, alteza.

Isso lhe ganhou um olhar longo e frio à curta distância. Damen se sentiu inebriado de felicidade com a própria ousadia. Ele olhou de lado para a toalha.

– Você trouxe isso mesmo para mim?

Depois de um momento:

– Eu... Eu pensei em passar a toalha em você.

A ternura daquilo foi surpreendente. Ele percebeu num instante que Laurent estava falando sério. Ele estava acostumado à atenção de escravizados, mas era uma indulgência além de qualquer sonho ostentoso ter Laurent fazendo isso. Sua boca se curvou ao pensar em como aquilo era absurdo.

– O quê?

– Então é assim que você é na cama – disse Damen.

– Assim como? – perguntou Laurent, se enrijecendo.

– Atencioso – disse Damen, encantado com a ideia. – Esquivo. – Ele olhou para Laurent. – Eu devia estar cuidando de você – disse ele.

– Eu... cuidei disso – disse Laurent depois de uma pausa. Seu rosto ruborizou de leve enquanto ele falava, embora sua voz, como sempre, fosse firme. Levou um momento para que Damen entendesse que Laurent falava de questões práticas.

Os dedos de Laurent tinham se apertado em torno da toalha. Estava incerto de si, agora, como se tivesse se dado conta da estranheza do que estava fazendo: um príncipe servindo um escravizado. Damen olhou outra vez para o copo de água, que Laurent trouxera, como percebeu, para ele.

O rubor de Laurent aumentou. Damen se virou para vê-lo melhor. Ele viu o ângulo do queixo de Laurent, a tensão em seus ombros.

– Vai me banir para o pé da cama? Gostaria que não fizesse isso, é bem longe.

Depois de um momento:

– É assim que se faz em Akielos? Posso cutucá-lo com o calcanhar se necessitar de você outra vez antes de amanhecer.

– Necessitar? – perguntou Damen.

– Essa é a palavra?

– Nós não estamos em Akielos. Por que não me mostra como se faz em Vere?

– Nós não mantemos escravos em Vere.

– Preciso discordar – disse Damen, de lado sob o olhar de Laurent, relaxado, o pau repousando quente sobre a própria coxa.

Ele foi novamente atingido pelo fato de estarem juntos ali, e pelo que acabara de se passar entre eles. Laurent tinha pelo menos uma camada de armadura removida, e estava exposto, um jovem vestindo apenas uma camisa. A camisa branca tinha laços pendurados, era delicada e estava aberta, um contraponto à tensão do corpo de Laurent.

Damen, deliberadamente, nada fez além de olhar para ele. Laurent tinha realmente cuidado de tudo, e removera qualquer

A JOGADA DO PRÍNCIPE

prova das atividades de sua aparência. Ele não parecia alguém que tinha acabado de ser fodido. Os instintos pós-coitais de Laurent eram incrivelmente abnegados. Damen esperou.

– Eu não tenho – disse Laurent – os maneirismos fáceis que são normalmente compartilhados com um... – Era possível ver ele se esforçando para dizer a palavra. – Amante.

– Você não tem os maneirismos fáceis que são normalmente compartilhados com ninguém – disse Damen.

O espaço de um palmo os separava. O joelho de Damen quase tocava o de Laurent, onde a perna de Laurent se dobrava sobre os lençóis. Ele viu Laurent fechar brevemente os olhos, como para se firmar.

– Você também não é... como eu achei que fosse.

A confissão foi feita em voz baixa. Não havia ruído no quarto, apenas o brilho tremeluzente da chama da vela.

– Você pensou nisso?

– Você me beijou – disse Laurent. – Na muralha. Eu pensei nisso.

Damen não conseguiu conter a palpitação de prazer em seu estômago.

– Aquilo mal foi um beijo.

– Ele durou algum tempo.

– E você pensou nele.

– Você está querendo que eu fale?

– Sim – disse ele, tampouco contendo o sorriso cálido. Laurent ficou em silêncio enquanto lutava uma batalha interna. Damen sentiu a qualidade de sua imobilidade, o momento em que ele se forçou a falar.

– Você foi diferente – disse Laurent.

Foi tudo o que ele disse. As palavras pareciam saídas de um lugar profundo em Laurent, extraídas de algum núcleo de verdade.

– Quer que eu apague as luzes, alteza?

– Deixe-as acesas.

Ele sentiu o aspecto cuidadoso da imobilidade de Laurent, a forma como até sua respiração era cuidadosa.

– Você pode me chamar pelo meu nome – disse Laurent. – Se quiser.

– Laurent – disse ele.

Ele quis dizê-lo deslizando os dedos pelo cabelo de Laurent, inclinando sua cabeça para o primeiro toque de lábios. A vulnerabilidade do beijo fizera com que a tensão percorresse o corpo de Laurent, um emaranhado doce e quente. Como agora.

Damen se sentou ao lado dele.

Teve um efeito – a respiração ofegante –, embora Damen não fizesse nenhuma menção de tocá-lo. Ele era maior e ocupava mais espaço na cama.

– Eu não tenho medo de sexo – disse Laurent.

– Então pode fazer como quiser.

E esse era o xis da questão, como ficou repentinamente claro pela expressão dos olhos de Laurent. Foi a vez de Damen ficar imóvel. Laurent estava olhando para ele como tinha feito desde que voltara para a cama, os olhos sérios e no limite de algo.

Laurent disse:

– Não me toque.

Ele estava esperando... Não sabia ao certo o que estava

A JOGADA DO PRÍNCIPE

esperando. O primeiro toque hesitante dos dedos de Laurent em sua pele foi um choque. Havia um ar estranho de inexperiência em Laurent, como se o papel fosse tão novo para ele quanto era para Damen. Como se tudo isso fosse novo para ele, o que não fazia sentido.

O toque em seu bíceps era hesitante, exploratório, como se fosse uma novidade a ser destacada, seu tamanho, a forma do músculo curvo.

O olhar de Laurent estava viajando pelo seu corpo, e ele olhava do mesmo modo que tocava, como se Damen fosse território novo, inexplorado, que ele não pudesse crer completamente estar sob seu comando.

Quando sentiu Laurent tocar seu cabelo, ele curvou a cabeça e se entregou, como um cavalo podia baixar a cabeça para que lhe pusessem os arreios. Sentiu Laurent espalmar a curva de seu pescoço, sentiu os dedos de Laurent deslizarem pelo peso de seu cabelo como se experimentassem a sensação pela primeira vez.

Talvez fosse a primeira vez. Ele não tinha segurado a cabeça de Damen assim, envolvendo-a com os dedos estendidos, quando Damen usara a boca. Ele mantivera as mãos cerradas nos lençóis. Damen corou com a ideia de Laurent segurar sua cabeça enquanto ele lhe dava prazer. Laurent não era tão desinibido. Ele não se entregara à sensação, mas a prendera em um emaranhado interno.

Ele estava confuso, agora. Os olhos sérios, como se o toque fosse para ele um ato extremo.

O subir e descer do peito de Damen parecia cuidadoso. Uma única respiração podia perturbar Laurent, ou assim parecia.

Os lábios de Laurent estavam levemente entreabertos enquanto seus dedos percorriam o peito de Damen. Era diferente da pressão dominadora que exercera ao empurrar Damen de costas e o tomar na mão.

O sangue de Damen rugia com a extrema percepção de Laurent. O calor do corpo próximo do outro não era antecipado, assim como os movimentos delicados da camisa branca de Laurent, que faziam cócegas – detalhes que faltavam em sua imaginação.

Os dedos de Laurent desceram até sua cicatriz.

Seu olhar chegou ali primeiro. O toque veio em seguida, atraído por um estranho fascínio, quase reverência. Damen sentiu um choque quando os dedos de Laurent viajaram por sua extensão, a linha fina e branca onde uma espada atravessara seu ombro.

Os olhos de Laurent estavam extremamente escuros à luz de velas. Houve um primeiro transbordamento de tensão; os dedos de Laurent sobre sua pele enquanto seu coração latejava como uma ferida no peito.

Laurent disse:

– Achei que ninguém fosse bom o suficiente para passar pela sua guarda.

– Uma pessoa – disse Damen.

Laurent umedeceu os lábios, a ponta de seus dedos passando de uma extremidade à outra, devagar, sobre o fantasma de uma luta antiga. Havia uma estranha duplicação, irmão por irmão, Laurent próximo como Auguste tinha ficado, e Damen ainda mais vulnerável, com os dedos de Laurent no lugar onde ele fora ferido.

A JOGADA DO PRÍNCIPE

De repente, o passado estava ali com eles, perto demais, exceto que o golpe de espada tinha sido limpo e rápido, e Laurent o encarava com intensidade e movia os dedos lentamente pelo tecido da cicatriz.

Então Laurent ergueu os olhos, não para os dele, mas para a coleira. Seus dedos se ergueram para tocar o metal amarelo, e o polegar apertou a mossa.

– Não me esqueci de minha promessa de tirar a coleira.

– Você disse de manhã.

– De manhã. Você pode pensar nisso como entregar seu pescoço para a faca.

Seus olhos se encontraram. A pulsação de Damen estava se comportando de maneira estranha.

– Eu ainda a estou usando.

– Eu sei disso.

Damen se viu preso por aquele olhar, detido em seu interior. Laurent o deixara entrar. Essa ideia parecia impossível, embora ele sentisse, agora, que tinha atravessado algum limite crucial: ali estava o espaço quente entre o queixo e o pescoço, onde seus próprios lábios tinham descansado; ali estava a boca, que ele tinha beijado.

Ele sentiu o joelho de Laurent escorregar até o lado do seu. Ele sentiu Laurent se mover em sua direção, e seu coração bateu forte no peito quando, no momento seguinte, Laurent o beijou.

Ele esperava uma manifestação de dominação, mas Laurent beijou com um toque casto dos lábios, delicado e hesitante, como se estivesse explorando as sensações mais simples. Damen se esforçou para permanecer passivo, com as mãos apertando os lençóis, e simplesmente deixou que Laurent tomasse sua boca.

Laurent subiu por cima dele. Damen sentiu o deslizar da coxa de Laurent, o joelho de Laurent no lençol. O tecido da camisa branca de Laurent roçou sua ereção. Laurent estava ofegante, como se estivesse à beira de um precipício.

Os dedos de Laurent roçaram seu abdômen, parecendo curiosos com a sensação, e todo o ar deixou o corpo de Damen enquanto a curiosidade de Laurent o levava em certa direção.

Seu toque, ao chegar ali, fez sua descoberta inevitável.

– Excesso de confiança? – perguntou Laurent.

– Não é… com um propósito.

– Eu me lembro de outra coisa.

Damen estava a meio caminho de ser empurrado de costas, com Laurent se ajoelhando em seu colo.

– Toda essa contenção – disse Laurent.

Quando Laurent se inclinou, Damen sem pensar ergueu a mão ao quadril para ajudar a equilibrá-lo. Então percebeu o que tinha feito.

Ele sentiu que Laurent havia percebido. Sua mão vibrava de tensão. No limite do que era permitido, Damen podia sentir o arquejar da respiração de Laurent. Mas Laurent não se afastou; em vez disso, inclinou a cabeça. Damen se aproximou devagar e, como Laurent não se afastou, deu um único beijo delicado no pescoço de Laurent. E depois outro.

Seu pescoço estava quente; e o espaço entre o pescoço e o ombro; e o pequeno espaço oculto embaixo de seu queixo. Só um

A JOGADA DO PRÍNCIPE

toque mais delicado com o nariz. Laurent soltou uma respiração hesitante. Damen sentiu as alterações e movimentos delicados, e percebeu a sensibilidade da pele muito fina de Laurent. Quanto mais lento seu toque, mais Laurent respondia a ele, seda esquentando por baixo de um toque insubstancial de lábios. Ele fez isso mais devagar. Laurent estremeceu.

Ele queria passar as mãos pelo corpo de Laurent. Queria ver o que aconteceria se essa atenção delicada fosse derramada por todo o seu corpo, uma parte de cada vez, se ele relaxaria em cada uma delas, se iria começar a desmoronar, entregando-se ao prazer do jeito que não tinha se permitido fazer por completo em nenhum momento, exceto, talvez, no clímax, gozando com o rosto corado sob as estocadas de Damen.

Ele não ousou mover a mão. Todo o seu mundo parecia ter desacelerado ao tremor delicado da respiração, a agitação do pulso de Laurent, o rubor no rosto e no pescoço dele.

– Isso… é bom – disse Laurent.

Seus peitos se tocaram. Ele podia ouvir a respiração de Laurent em seu ouvido. Sua própria excitação, espremida entre seus corpos, sentia apenas as mudanças mais sutis enquanto Laurent se apertava inconscientemente contra ele. A outra mão de Damen repousou no quadril de Laurent, para sentir o movimento sem guiá-lo. Laurent tinha se entregado o suficiente para começar a se mover contra ele. Não havia nada de premeditado nisso, apenas uma busca de prazer de olhos fechados.

Foi um choque perceber nos tremores leves, no tremeluzir da respiração, que Laurent estava perto, e o quanto estava perto

– que ele podia gozar com um beijo e aquele vaivém lento. Damen sentiu o deslizar lento como fagulhas de prazer, pequenas faíscas saídas de uma pederneira.

Os olhos de Laurent estavam semicerrados. Damen não conseguiria jamais chegar ao auge assim, mas, quanto mais devagar Damen o beijava enquanto se moviam juntos, mais isso parecia fazer Laurent desmoronar.

Talvez Laurent sempre tivesse sido tão sensível ao carinho. Um primeiro suspiro escapou dele. Seu rosto estava corado, e seus lábios se afastaram. A cabeça virou levemente para um lado, um pequeno tumulto na expressão normalmente calma e tranquila.

É isso, Damen queria encorajá-lo, mas não sabia se as palavras seriam condescendentes. Seu próprio corpo estava chegando mais próximo do que ele jamais teria acreditado ser possível, pela sensação de Laurent contra ele. Então as coisas ficaram ainda mais indistintas quando ele subiu a mão pela lateral do corpo de Laurent, por baixo de sua camisa, e os dedos de Laurent apertaram seus ombros.

Ele viu no rosto de Laurent quando seu corpo começou a tremer e entregar suas defesas. *Sim*, pensou Damen, estava acontecendo. Laurent estava se entregando. Ele sentiu o movimento contra seu corpo, os olhos de Laurent se abrindo quase surpresos, enquanto suas resistências internas se dissolviam e se liberavam. Eles estavam emaranhados juntos, Damen de costa sobre os lençóis, onde Laurent, nos últimos momentos de seus movimentos, o empurrara.

Damen sorriu, desarmado.

A JOGADA DO PRÍNCIPE

– Isso foi adequado.

– Você estava esperando para dizer isso. – As palavras estavam apenas um pouco indistintas.

– Permita-me. – Ele o rolou de lado e o secou com a toalha. Porque podia fazer isso, ele se inclinou e deu um único beijo no ombro de Laurent. Ele sentiu a incerteza estremecer de leve outra vez em Laurent, embora não forte o bastante para emergir na superfície. Ela se acalmou, e Laurent não se afastou. Damen se deitou relaxado e satisfeito ao seu lado, depois de enxugá-lo.

– Você pode – disse Laurent depois de um momento, querendo dizer algo completamente diferente.

– Você está quase dormindo.

– Nem tanto.

– Temos a noite inteira – disse Damen, embora não fosse tanto assim, agora. – Temos até de manhã.

Ele sentiu a forma esguia de Laurent ao seu lado na cama. A luz das velas derretidas estava fraca. *Ordene que eu fique*, ele queria, mas não conseguia dizer.

Laurent tinha 20 anos, e era o príncipe de um país rival, e mesmo que suas nações fossem amigas, seria impossível.

– Até de manhã – disse Laurent.

Depois de um momento, ele sentiu os dedos de Laurent se erguerem e repousarem em seu braço, e se fecharem delicadamente ali.

SUA OPINIÃO É MUITO IMPORTANTE

Mande um e-mail para **opiniao@vreditoras.com.br**
com o título deste livro no campo "Assunto".

2ª edição, fev. 2023

FONTE Adobe Caslon Pro 11/16pt;
　　　　Trajan Pro Bold 14/21pt
PAPEL Pólen® Natural 80g/m^2
IMPRESSÃO Lisgráfica
LOTE LIS211222